명문대 입학을 위해
반드시 읽어야 할

생기부
고전
필독서
30

| 외국문학 편 |

명문대 입학을 위해 반드시 읽어야 할

생기부 고전 필독서 30

필독서

30

권희린 지음

> 외국문학 편 <

데이스타
Daystar

《생기부 고전 필독서 30》 시리즈를 내며

우리는 빠른 속도로 변하는 사회에 살고 있습니다. 그 사이 정보는 폭발적으로 증가하고, 내용과 형식 면에서 더욱 다양해지고 있습니다. 이에 반해 정보의 생명력은 날이 갈수록 짧아지는 모습입니다. 이에 따라 우리 사회가 요구하는 인재상도 달라지고 있습니다.

현대 사회는 단순히 한 분야만을 전문으로 하는 인재보다는 다양한 능력과 가치를 동시에 지니며 공동체 내에서 활발히 소통하고 협력할 수 있는 전인적이며 통합적인 인재를 원합니다. 스스로 새로운 가치를 창출하고 이를 증명할 창의적이고 종합적인 사고력을 지닌 인재를 요구하는 것입니다. 이는 단순히 인지적 능력만이 아니라 정서적 능력, 실천 능력, 의사소통 능력, 창의적 능력 등 다방면의 능력과 공동체 역량까지 골고루 발달시켜야 한다는 의미이기도 합니다.

현대 사회가 요구하는 인재를 키우기 위해서는 무엇이 필요할까요? 의외로 다시 옛것으로 돌아가는 것이 요청됩니다. 변화하는 세상 속에서 변하지 않는 것을 찾는 일이지요. 바로 고전古典 읽기입니다. 고전은 시간과 공간을 초월하여 인류 문화의 보편적 가치를 담고 있습니다. 인류의 정수를 담은 보고와도 같습니다. 고전을 읽고 탐구하는 것은 단순히 지식을 습득하는 과정을 넘어서 그 시대의 문화, 사상, 가치는 물론 인간이 마주한 근본적인 질문과 답을 찾는 과정입니다. 고전은 시대를 대표하는 천재들의 사유를 포함하며, 이를 통해 학문의 발전에 기여하고 인류 발전의 원동력이 되어 왔습니다.

복잡다단한 현대 사회를 살아가며 우리가 맞닥뜨리는 문제를 해결하는 데에도 고전이 필요합니다. "나는 어떻게 살아야 하는가?", "내가 원하는 게 무엇인가?", "어떤 삶이 올바른 삶인가?", "어떤 선택을 하는 것이 도움이 되는가?"와 같이 본질적인 문제에 대해 고전이 훌륭한 조언을 줄 수 있습니다. 고전에는 시간이 흘러도 변치 않는 인류의 지혜와 통찰이 담겨 있기 때문입니다.

시대를 살아오며 많은 이들이 고민해 온 보편적인 문제들, 그 문제들을 바라보고 해결하는 과정, 그 속에서 나의 가치관을 세우는 시간. 고전을 읽다 보면 자연스럽게 경험할 수 있는 것들입니다. 이는 창의성과 비판적 사고력을 키울 수 있는 가장 좋은 방법입니다. 또한 고전을 읽다 보면 다양한 감정과 상황에 대한 이해를 넓혀 갈 수도 있습니다. 이는 자신과 타인에 대해 깊이 이해할 기회가 됩니다. 고전을 읽는 것은 단순히 책을 읽는 것이 아니라 인생을 읽고 삶의 의미를 탐구하는 일입니다.

최근 교육의 흐름도 바뀌고 있습니다. 통합적 전인적 인재 양성이 중요해짐에 따라 고교학점제가 도입되고, 문이과가 통합되었습니다. 이에 따라 학생들은 스스로 진로를 탐색하고 결정하여 교과목을 선택해야 합니다. 이번 《생기부 고전 필독서 30》 시리즈는 2022 개정 교육과정과 2028 대입 개편안에 따라 학교생활기록부에 교과 세부 능력 및 특기사항의 중요성이 커지고 있는 교육 현장의 변화를 반영하여 기획되었습니다.

고전의 중요성에 공감하는 현직 교사 6명이 한국문학, 외국문학, 경제, 과학, 역사, 철학 등 다양한 분야의 대표적인 고전 작품 180편을 엄선하여 소개합니다. 국내 굴지의 대학들이 제시하는 권장 도서 혹은 필독 도서를 중심으로 학생들이 반드시 살펴보아야 할 대표적인 작품을 담았습니다. 이렇듯 다양한 영역의 고전 독서는 학생들이 선택의 방향을 잡는 데 나침반이 되어 줄 것입니다.

이 책에는 고전에 대한 소개뿐 아니라 학생들의 학업 역량을 향상시킬 수 있는 내용, 심화 탐구 활동 가이드를 함께 제공함으로써 단순히 독서 활동에서 끝나지 않고 학업과 연계될 수 있도록 심혈을 기울였습니다. 핵심 내용을 통해 학생들이 고전 읽기에 대한 심리적 허들을 낮추고 한결 편안하게 고전을 받아들일 수 있도록 하였으며, 작품에 대한 꼼꼼한 해설로 내신 대비도 가능하도록 했습니다.

한 단계 더 나아가 교과별로 고전과 연계하여 찾아볼 탐구 주제와 방향 등을 제시하여 학생들이 고전 독서를 학교생활기록부 교과세특과 연계하여 반영할 방법을 예시를 통해 안내하였습니다. 이는 독서를 통해 학생부종합전형을 대비할 수 있는 최고의 방법이 되어 줄 것입니다.

고등학교의 생활기록부는 그 학생의 명함이나 마찬가지입니다. 자신의 진로를 위해 준비해 나가는 모습을 고스란히 담은 것이 바로 학교생활기록부입니다. 현직 교사로서 학교생활기록부의 중요성을 크게 체감하고 있습니다. 진로가 확고하든 확고하지 않든 가장 안전하고 편안하게 접근할 수 있는 방법이 바로 독서입니다. 더구나 그것이 양질의 독서라면 더할 나위 없을 것입니다. 나만의 포트폴리오를 만드는 방법으로, 고전 독서를 통해 학교생활기록부의 로드맵을 그려 보길 추천합니다.

이 책을 통해 학생들이 독서의 즐거움과 삶의 가치를 배우고, 학부모님들은 자녀가 독서를 통해 풍부한 경험과 지식을 쌓도록 도울 방법을 찾길 바랍니다. 교사들 또한 학생들에게 독서를 장려하는 효과적인 방법을 찾을 수 있으면 더욱 좋겠습니다.

이 고전 시리즈가 여러분의 독서 여정을 돕고, 그 기록이 학교생활기록부를 통해 더욱 빛나기를 바랍니다. 그 과정에 이 시리즈가 도움이 되기를 기원합니다. 감사합니다.

《생기부 고전 필독서 30》
외국문학 편을 내며

10여 년 전, 방과 후 프로그램으로 '어쩌다 독서'라는 고전 읽기 수업을 진행한 적이 있습니다. 디스토피아에 대한 메시지를 전하고자 그 당시 선택한 작품은 조지 오웰의 《1984》와 올더스 헉슬리의 《멋진 신세계》였습니다. 하지만 고전을 읽히고 싶은 의욕만 가득했고 어떻게 읽어 나가면 좋을지, 어떤 활동을 함께 해나가면 좋을지에 대한 고민이 없었기에 책 내용에 대한 이해뿐 아니라 그와 관련된 발제나 토론이 제대로 이루어지기는 어려웠습니다. 무엇이 문제였을까 나중에 고민해보니, 독서에 대한 학생들의 동기부여가 부족했던 게 첫 번째 요인이었습니다. "수업이니까 읽어야지"라는 말은, 학생들에게 독서에 대한 흥미보다는 피로감을 안겨주었습니다. 고전을 어떻게 읽어야 하는지에 대한 제대로 된 가이드 역시 부족했습니다. 누구나 읽고 싶어 하지만 실상 제대로 읽어 낸 사람은 찾기 힘들 정도로 쉽지 않은 작품들이었기에, 어디에서부터 어떻게 접근해야 할지에 대한 안내가 먼저 필요했던 것입니다. 마지막으로, 연계 독서나 작품에 대한 정보가 충분치 않았습니다. 시대적 배경이나 사회적 배경이 복잡한 작품들은 읽기 전에 충분한 배경지식이 있어야 훨씬 더 수월하게 읽을 수 있는데, 그 부분을 간과했던 것입니다. 《생기부 고전 필독서 30》 외국문학 편은 바로 저의 이러한 시행착오에 따른 결과물이자 학생들의 고전 읽기에 날개를 달아 주고 싶은 고민이 그대로 담긴 책입니다.

 문학적 가치와 더불어 학생들의 삶과 사유에 깊은 통찰을 제공할 수 있는 서른 권의 작품을 오롯이 담았습니다. 독창적인 문체와 서사 기법이 두드러지는 프란츠 카프카의 《변신》이나 가브리엘 가르시아 마르케스의 《백년 동안의 고독》은 학생들의 문학적 감상의 폭을 넓혀줄 것이며, 사회적·정치적 비판을 담고 있는 조지 오웰의 《동물농장》이나 빅토르 위고의 《레 미제라블》은 비판적 사고력이 성장하는 것을 도와 줄 것입니다. 헤르만 헤세의 《데미안》은 자아 발견의 여정을, 어니스트 헤밍웨이의 《노인과 바다》는 스스로 삶에 부여하는 가치에 대해 보여줄 것입니다. 이렇게 각 작품들은 서로 다른 시대와 문화적 배경을 토대로 하고 있지만, 인간 존재의 본질이나 도덕적 갈등, 사회적 부조리 등 시대를 초월해서 사유해볼 만한 보편적인 주제를 다루고 있기에 읽는 것만으로도 누구에게나 성장의 기회를 제공할 것입니다.

이렇게 좋은 작품들을 좀 더 입체적으로 읽을 수 있도록 이 책의 각 장은 '전체 줄거리 소개 – 연계 교과 정보 – 진로 및 과세특에 활용하기'와 같은 형식으로 구성하였습니다. 줄거리를 명확하고 흥미롭게 소개하여 학생들이 고전에 관심을 가질 수 있도록 했으며, 해당 작품이 어떤 교과와 연결되는지, 어떤 학과를 희망하는 학생들이 읽으면 도움이 될지에 대해서 자세하게 담아, 학생들이 자신의 진로에 따라 독서 동기를 가질 수 있도록 하였습니다. 또한 작품을 좀 더 쉽게 이해할 수 있도록, 작품 속에 등장하는 낯선 개념이나 시대적·사회적 배경에 대한 정보 및 시사점도 함께 수록하였습니다. 더 나아가 학생 스스로가 자신의 생각을 정리하고 의견을 제시할 수 있도록 각 작품과 관련된 토론 발제문을 예시로 담았으며, 독서의 폭을 넓힐 수 있도록 함께 읽으면 좋은 책들도 함께 수록해 놓았습니다.

고전 읽기는 좀처럼 시작하기가 쉽지 않습니다. 특히나 우리와는 다른 문화권을 이해하면서 읽어내야 하는 외국 고전은 평소보다 한 단계 더 높은 수준의 읽기가 필요합니다. 이 책은 바로 그런 어려움을 가진 독서의 여정에 좋은 가이드가 되어줄 것입니다. 이 책과 함께 고전 읽기를 시작한다면, 좀 더 쉽고 즐겁게 작품 속으로 흠뻑 빠져들 수 있을 것입니다.

과거의 지혜로부터 미래에 대한 통찰력을 얻고, 지금 현재를 좀 더 의미 있게 살아갈 수 있도록 도와주는 외국 고전 읽기, 지금부터 시작해 보세요.

차례

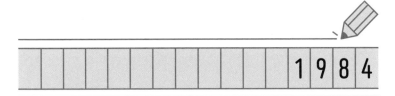

조지 오웰 ▶ 민음사

조지 오웰은 영국의 저명한 소설가이자 저널리스트로 스페인 내
전에 참전하였는데, 그때 공산주의 세력이 개인과 사상의 자유를
억압하는 것을 목격하면서 전체주의적 사회에 대한 깊은 비판적 시
각을 갖게 되었습니다. 그러한 시각은 이 작품《1984》에서 특히 잘
드러납니다. 동시에 이 작품은, 고도화된 정보화 사회에 던지는 경
고이자 거대한 시스템의 지배를 받는 개인이 어떻게 저항하고 어떻
게 파멸되어 가는지를 적나라하게 보여주는 소설입니다.

《1984》속 가상의 세상은, 러시아가 유럽을 차지하고 미국이 영
국을 흡수해서, 세계가 유라시아와 오세아니아, 동아시아 이렇게

세 지역으로 나뉘어져 패권을 다투는 곳입니다. 어제의 적이 오늘의 아군이 되는 등 세 지역 간의 분쟁이 끝없이 벌어지지만, 작품의 무대가 되는 오세아니아에서 전쟁이란 국민들을 통제하고 권력을 유지하기 위한 수단일 뿐입니다. 곳곳에 카메라와 마이크가 숨겨져 있어 시민들은 늘 감시를 당하고 있고, 집에는 시민들을 통제하고 감시하기 위한 텔레스크린이 항상 켜져 있으며, 때때로 시민들은 일부 프로그램을 강제로 시청해야 하기도 합니다.

이 국가를 지배하는 당의 지도자는 강한 권력을 소유하고 있고 국민들의 추앙을 받는 빅브라더입니다. 그는 존재하고 있지만 그 존재를 확인할 수 없는, 영원히 사라지지 않는 유일무이한 신과 같은 존재입니다. 사람들은 빅브라더의 보호 아래 누구나 평등한 삶을 살게 되었다고 믿고 있지만 그것은 철저한 세뇌 교육의 결과일 뿐입니다. 당은 인간의 본능이라 할 수 있는 사랑과 성욕까지 통제하며, 가족마저 서로를 감시하게 만듭니다. 세뇌된 아이들은 부모까지 고발하며, 고발당한 사람은 어느 순간 '증발'해 버리거나 애초에 존재하지 않았던 것처럼 지워집니다.

그들은 또한 '신어'를 만들어 내 단어의 개수를 줄여 자유로운 사고를 제한합니다. 사용할 수 있는 언어가 줄어든 만큼 사람들은 깊게 사유하는 방법을 자연스럽게 잊어버립니다. 또한 '텔레스크린'과 '사상경찰'을 통해 24시간 고도의 감시 환경을 조성해 놓고, 사실이면서 사실이 아니고 있으면서 없는 것과 같은 '이중사고'라는 세뇌 교육을 통해 상반된 신념을 진심으로 믿게끔 만들어서, 진실과 도덕성이 사라지게 만듭니다. 그래야 지배층이 진실을 날조하기가 더 쉬워지기 때문입니다. 물론 프롤레타리아 계급 사람들에게는 텔레스크린이 붙지 않습니다. 지배층은 그들을 이미 멍청하다고 여겨 감시할 필요성을 느끼지 못하고, 오히려 자유라는 명목 하에 그들을 방임합니다. 또한 진실부라는 부서에서는 과거의 기록을 삭제하고 사실을 '왜곡'하는데, 처음에 사람들은 이러한 현상을 이상하게 여겼지만 시간이 지날수록 점차 '사실 여부'에 무관심해집니다.

이 부서에서 일하고 있던 주인공 윈스턴은, 당의 이런 모습들에 의구심을 품기 시작합니다. 그는 한 골동품 가게에서 노트를 하나 구입해 일기를 쓰면서, 텔레스크린의 눈을 피해 자신의 생각을 조심스럽게 적기 시작합니다. 이 작품 속 사회에서는 간단한 메모만 가능할 뿐, 글을 쓰는 것 자체는 반역 행위로 간주됩니다. 따라서 글을 쓰는 것이 발각되면 사형 또는 강제노동 25년 형을 받게 됩니다. 국가가 사람들의 사고를 통제하기 위해 글쓰기 자체를 제한했던 것입니다. 하지만 그는 글을 쓰면서 전체주의를 더욱더 의심하게 되고 더 부정하게 됩니다. 이 시스템을 거스르고 싶다는 독자적인 '생각'을 하기 시작하면서 그러한 과정 속에서 '줄리아'라는 여인을 만나 그녀로부터 사랑한다는 고백을 받습니다. 당시 당은 남녀의 사랑을 죄악이자 역겨운 행위로 금지하고 있었으며 오직 국가의 노동력 증대를 위한 수단으로써만, 즉 당에 충성을 바칠 아이를 생산할 때만 가치가 있다고 여겼습니다. 그렇기에 누군가를 사랑한다는 것은 그 자체로 무서운 도전이었지만, 윈스턴은 줄리아를 사랑하게 되면서 오히려 더 적극적으로 국가 권력에 저항하고자 하는 의지를 갖게 됩니다.

어느 날, 윈스턴은 자신처럼 당의 사상에 반대하는 듯한 느낌을 주는 핵심당원인 오브라이언을 만나게 됩니다. 오브라이언의 집에 초대받은 그는 오브라이언이 자신과 같은 생각을 가지고 있다고 여겨 진심을 모두 털어놓고 오브라이언을 따라 빅브라더가 아닌 골드스타인의 조직인 형제단에 가입하지만, 사실 그것은 함정이었습니다. 결국 줄리아와 함께 지내고 있던 아지트까지 발각되면서 그들은 사상경찰에게 체포당하고 사상범으로 끌려가게 됩니다.

당에서는 국가에 불신을 가진 사람들의 마음마저 모두 지배하고 조종하려고 했기 때문에 계속해서 윈스턴을 끔찍하게 고문하며 강압적으로 권력을 휘두릅니다. 그가 진심으로 전체주의에 복종하는 듯한 행동을 보일 때까지 고문하면서 그를 신실한 신도로 만들려고 하지만 그는 온갖 고문에도 자신의 신념을 지키려고 노력합니다. 하지만 결국 잔인한 고문에 의해 어느 순간 인간성마저 철저히 훼손당한 그는 줄리아를 사랑하는 진실한 마음까지도 부정하게 되면서 만신창이가 되어 당 앞에 굴복합니다. 이제 윈스턴은 당에 대한 반감이나 부정적인 생각을 떠올리지 않는 어디서나 볼 수 있는 평범한 사람이 되고 말았습니다. "그는 빅 브라더를 사랑했다"는 작품 속 마지막 문장은 거대한 권력 앞에 한 인간이 속절없이 무너지는 모습을 그대로 보여줍니다.

우리가 지금 살고 있는 세계는 《1984》 속 사회와 얼마나 다를까요? 이미 우리는 코로나19 시기 때 위치기반 서비스에 기반한 재난문자 발송, 감염 확진자의 카드사용 내역 확보, CCTV를 통한 동선 확보 등을 경험했습니다. 이미 빅브라더 사회에 대한 위기의식을 경험한 것입니다. 게다가 지금은 또 어떤가요? 24시간 돌아가는 감시카메라가 사방에 있고 스마트폰이나 미디어, 다양한 장비들을 통해 각 개인의 행동반경이나 위치 등이 실시간으로 파악됩니다.

그렇기에 현대의 '1984' 사회에 조종당하거나 세뇌당하지 않고 자유와 존엄성을 지키기 위해 우리가 스스로 어떻게 행동하면 좋을지 이 작품을 통해 진지하게 생각해 보는 시간을 가졌으면 좋겠습니다.

도서분야	외국고전	관련과목	언어와 매체, 독서, 통합사회, 윤리와 사회	관련학과	영어영문학과, 심리학과, 윤리교육학과, 광고홍보학과, 경제학과, 컴퓨터공학과

고전 필독서 심화 탐구하기

▶ 기본 개념 및 용어 살펴보기

주요 기본 개념 및 용어	
개념 및 용어	**의미**
텔레스크린	사람들을 감시하기 위한 촬영 도구로, CCTV와 비슷하다. 수신과 송신이 동시에 가능한 금속 기계 장치로, 잠자는 것, 목욕하는 것을 포함한 개인의 모든 일상의 소리와 행동을 포착하고 감시한다. 소리를 줄일 수 있지만 완전히 끌 수는 없으며, 지배층은 이를 통해 적극적으로 다수를 선동, 가스라이팅 하고 우민화 정책을 펼친다.
신어	소설 속에 등장하는 가공의 언어로, 국민들의 언어 사용을 단순화시키기 위해 영어를 인위적으로 개량한 것이다. 예를 들어 good, ungood처럼 어떤 단어의 앞에 반대의 의미를 지닌 'un'을 붙여 반대어로 사용하고, 그 대신 자체적으로 반대를 뜻하는 단어인 bad는 아예 삭제해버리는 식이다. 이렇게 하면 표현할 수 있는 단어의 수가 점점 줄어드는데, 지도층은 이런 식으로 사람들의 자유로운 사고를 억제할 수 있다고 생각했다.
이중사고	사람들의 마음을 통제하기 위한 수단으로, 모순되는 두 가지의 명제를 동시에 받아들이게끔 만드는 사고방식을 뜻한다. '전쟁은 평화, 자유는 예속, 무지는 힘'처럼 이렇게 서로 상반되는 내용을 거부감 없이 진심으로 믿게 만들면, 진실과 도덕성은 사라지고 범죄에 대한 죄책감도 무뎌지게 된다. 결국 지배층은 더 쉽게 과거를 날조할 수 있게 된다.

▶ 시대적 배경 및 사회적 배경 살펴보기

작가 조지 오웰은, 제2차 세계대전 직후 이데올로기적 대립이 심화되던 냉전 시기에 이 소설을 쓰기 시작했다. 그는 전체주의 국가들의 억압적인 정책과 사상통제를 비판하며 소설 속에 이러한 요소들을 반영했다. 이 소설은 언어와 역사가 철저히 통제되고, 성 본능은 오직 당에 충성할 자녀를 생산하는 수단으로 여겨지며, 획일화와 집단 히스테리가 난무하여 인간의 존엄성과 자유가 박탈된 전체주의 사회를 배경으로 한다. 전체주의라는 거대한 시스템 앞에서 개인이 파멸해 가는 소설 속 모습을 통해 개인의 사상과 표현의 자유를 억압하는 정치 체제에 대한 비판과 저항을 그대로 확인할 수 있다.

현재에 적용하기

어두운 디스토피아 세계관에서 첨예하게 다루고 있는 가상의 사회가 지금의 사회와 어떻게 닮았는지, 그리고 어떻게 닮아가고 있는지를 비교해 본다.

생기부 진로 활동 및 과세특 활용하기

▸ **책의 내용을 진로 활동과 연관 지은 경우**(희망 진로: 통계학과)

통계 단원을 학습하면서 빅 데이터의 데이터 수집과 집계 결과가 모두 통계적 분석으로 이루어진다는 사실을 알게 됨. 이러한 통계적 분석을 통해 빅 데이터가 우리 삶을 편리하게 만들어주는 사례를 조사하던 중 알고리즘이 편향성을 가지게 되면 일어날 문제점이나 개인의 프라이버시 및 윤리적 이슈에 대해 고민함. 이 과정에서 '1984(조지 오웰)'를 읽으며 텔레스크린을 통해 모든 사람들을 감시하는 '빅 브라더'가 결국은 빅 데이터와 유사하다는 점을 확인하고, 과거의 빅브라더식 사회를 보여주는 사례들을 조사하여 그 문제점을 분석하여 발표함. 이 분석을 토대로 심화탐구 주제를 <다가오는 미래에 빅브라더 정부를 예방할 수 있는 방안 탐구>로 설정하여 소설 속 텔레스크린의 개인정보 수집을 통한 프라이버시 침해 문제를 제시하고, 빅 데이터 활용 시 정보보안을 위한 암호화 및 복호화 프로그램을 개발해야 함을 제시함. 또한 데이터 수집을 위한 개인정보보호를 강화하기 위해 개인정보 무단 사용과 거래 시 사용해볼 만한 법적제재 방안까지 제시함.

또한 "인공지능 빅 데이터 활용에 인권, 공정성 지켜야(2021.08.16.)." 이 기사를 인용하여 소설 속 메시지와 통계학과 관련된 윤리적 쟁점을 소개하면서 현대 사회의 문제점을 날카롭게 분석함.

▶ 책의 내용을 화법과 작문 교과와 연관 지은 경우

화법과 작문 시간의 '화법과 작문의 태도' 단원을 통해, 요즘 젊은 세대의 줄임말이나 신조어들이 집단이나 사회의 언어생활에 어떤 영향을 미치는지에 대해 배우고, 이를 통해 언어에 생각이 깃들어 있다는 생각을 하게 됨. 언어를 통제하고 그것을 통해 생각을 통제하면 그것은 곧 개인을 통제하며 역사를 통제하는 것이라고 주장하면서 <개인의 언어가 사회에 미치는 영향>이라는 주제로 보고서 계획을 세움. 국가가 엄청난 권력을 휘두르며 국민들을 통치하는 데 언어를 활용한 사례를 조사하던 중 한국사 시간에 배운 전체주의의 언어 통치 방식에 대해 호기심을 갖게 되었고, 그 배경을 그대로 소설로 옮겨 놓은 '1984(조지 오웰)'를 읽음. 소설 속 빅브라더가 통치를 위한 신어를 만들어 기존의 언어를 단순화하였음을 소개하며, 그러한 신어가 사람들의 생각을 제한하여 '언어가 사고를 지배'하도록 만들었고 그것을 통해 국가의 사상을 주입시키고 결국 많은 사람들은 자유와 존엄성을 빼앗았다는 내용을 발표함. 더불어 일제 강점기 시기의 조선어 말살 정책을 조사하여 우리말을 단순화시킨다는 것이 지닌 의미를 제시하였고, 나치 독일의 선전 구호와 문장구조를 조사하여 거짓, 과장, 혐오를 부추기는 수사학이 결국 역사를 통제하는 데 쓰였음을 논증함.

빅브라더와 당이 당원들에게 '2분 증오'를 강요한 부분을 발췌하고 SNS나 커뮤니티에서 밈을 공유하여 혐오의 대상을 찾아 비난하고 조롱하는 우리의 모습과 비슷하다고 자신의 의견을 말함. 한나 아렌트의 '악의 평범성'을 소개하면서 이러한 언어적 행동과 이분법적 사고가 사회의 혐오 문화를 만들어 냈다는 것을 강조하였으며 사회적 혐오가 사라지기 위해서는 '공감의 소통'이 필요함을 강조함. 이를 통해 언어와 생각을 통제하는 것은 곧 개인을 통제하고 역사를 통제하는 것이기에 자유와 존엄성을 지켜야 하며, 사회문제를 해결하기 위해서는 언어에 대한 경계심이 필요함을 보고서의 결론으로 도출함.

후속 활동으로 나아가기

▸ 텀블러, 에코백 등을 에코 물품이라며 과하게 생산하는 기업들, 극악한 범죄라도 여러 상황에서 정상 참작해주는 사법부의 모습은 모두 이중사고의 전형이라고 볼 수 있다. 우리 주변에서 볼 수 있는 이와 같은 이중사고의 예를 들어보고, 이러한 것들이 보편화되었을 때 일어날 수 있는 문제에 대해 생각해 보자.

▸ 소설 속에서는 국민들을 세 계급으로 나누고 있다. 만약 소설 속 계층을 선택할 수 있다면 감시를 받는 외부 당원과 자유라는 명목하에 감시를 받지 않고 방임 당하는 프롤레타리아 중 어떤 계급으로 살아가고 싶은가?

▸ 전체주의 독재국가에서는 권력을 유지하기 위해 이중사고를 핵심적으로 이용했다. 현재에도 이렇게 이중사고와 비슷한 권력의 도구나 사람들이 진실을 알지 못하게끔 만드는 정치적 도구가 있는지 알아보고 그 역할에 대해 이야기를 나눠 보자.

▸ 윈스턴은 빅브라더의 파멸을 바라고 오브라이언과 은밀한 관계를 맺었지만 사상경찰에 의해 붙잡힌다. 그는 오브라이언에게 모진 고문과 세뇌를 당하고, 결국 소설은 "그는 빅브라더를 사랑했다"는 말로 끝을 맺는다. 이 문장은 무엇을 의미하고 있을까?

함께 읽으면 좋은 책

이희영, 《테스터》 허블, 2022.
로이스 라우리, 《기억전달자》 비룡소, 2024.
레이 브래드버리, 《화씨 451》 황금가지, 2009.
올더스 헉슬리, 《멋진 신세계》 소담출판사, 2015.

| | | | | | 걸 | 리 | 버 | | 여 | 행 | 기 |

조너선 스위프트 ▸ 현대지성

주인공인 걸리버는 의술을 공부했던 사람으로 선상 의사가 되어 여러 항해를 하게 됩니다. 그러던 중 거센 폭풍을 만나게 되어 배는 결국 난파되고, 걸리버는 죽을힘을 다해 육지로 헤엄쳐 어느 해변에 도착하지만, 너무 지친 나머지 그대로 쓰러져 잠이 들고 맙니다. 그가 도착한 곳은 키가 15cm 내외인 사람들이 사는 소인국 릴리펏이었습니다. 그곳에서는 계란을 뾰족한 쪽부터 깨냐, 덜 뾰족한 쪽부터 깨느냐와 같은 것들이 논쟁거리가 되고 줄타기를 잘하는 사람이 주요 관직을 얻으며 구두 굽의 높이로 당파가 나눠졌습니다.

소인국 사람들은 걸리버를 두려워해 그가 잠든 사이에 그의 온

몸을 밧줄로 묶고 그의 머리카락까지 여러 갈래로 나누어 묶어둡니다. 그러나 걸리버는 억지로 결박을 풀려고 하거나 그들을 자극하는 대신 최대한 예의를 갖춰 행동했고, 결국 소인국 사람들은 그를 자유롭게 풀어줍니다. 그리고 그는 블레푸스쿠와의 전쟁에서 엄청난 공을 세우며 왕의 신임을 얻게 됩니다.

그러던 어느 날, 왕궁에 큰불이 납니다. 물을 퍼서 불을 꺼려 해도 불길이 잡히지 않자 걸리버는 급한 김에 자신의 소변으로 불을 끕니다. 하지만 걸리버에 대한 왕의 총애를 질투하던 사람들이 이것을 트집 잡아 그를 비난하고, 왕비 또한 이 사실에 크게 격노합니다. 왕궁에서 소변을 누는 행위는 법률상 사형에 처해질 만큼 중죄였기 때문입니다. 결국 그에게 양쪽 눈알이 뽑히는 형벌이 내려졌으나 그는 처벌을 받기 전 릴리펏 왕국을 빠져나옵니다.

그렇게 험한 일을 겪고도 그는 또다시 바다로 나갔고 이번에도 폭풍우를 만나게 되어 이번에는 거인국의 나라 브롭딩낵에 불시착하게 됩니다. 그곳에서 걸리버는 거인국 사람들의 손가락 정도 크기이다 보니 노리갯감에 불과하였고, 생존을 위해 그곳의 작은 동물이나 곤충과도 사투를 벌여야 하는 처지가 됩니다. 또한 거인국 사람들의 작은 부분까지도 돋보기로 들여다보듯 바라보게 되니 그들의 외모적인 추함과 결점, 냄새 등에서 혐오스러움을 경험합니다.

그러나 '구경거리' 걸리버에 대한 소문은 왕궁에까지 퍼지게 되고 결국 그를 마음에 들어 했던 왕비에게 팔려가 그는 왕궁 생활을 시작하게 됩니다. 그러나 왕비가 선물한 여행용 나무집에서 편안히 쉬고 있던 어느 날, 갑자기 독수리가 나무집을 낚아채 바다 위로 떨어뜨리는 사건이 발생합니다. 그렇게 걸리버는 그 나무집을 타고 바다를 표류하게 되는데, 구사일생으로 영국 배를 만나 다행히 고국으로 돌아오게 됩니다.

하지만 그는 탐험에 대한 미련을 여전히 버리지 못하고 결국 세 번째 항해에 나서게 되는데, 이번에는 바다에서 해적선과 맞닥뜨립니다. 급기야 배를 약탈당하고 작은 카누에 몸을 의지해서 표류하던 중 그는 하늘을 나는 라퓨타 섬을 발견합니다. (우리에게 잘 알려진 미야자키 하야오 감독의 '천공의 섬 라퓨타'는 이 소설에서 모티브를 따 만든 것입니다.)

라퓨타 섬의 가운데에는 커다란 자석이 있고 라퓨타 섬은 그 자석의 자력으로 공중에 떠 있을 수 있습니다. 그리고 자신의 힘이 미치는 곳이라면 어디든 발아래 대륙을 지배할 수 있는데, 만일 어떤 도시가 라퓨타의 지배를 거부하면 라퓨타는 그 도시의 상공을 자신의 몸체로 덮어서 햇빛과 비를 차단해 기근과 질병에 시달리게 만들어 결국 항복을 받아냈습니다. 만약 도시가 저항을 계속한다면 라퓨타 섬을 아래로 떨어뜨려서 도시를 파괴할 수도 있었습니다. 즉, 라퓨타 섬은 자신의 지배력을 유지하기 위해 이처럼 강압적이고 폭력적인 수단도 마다하지 않았던 것입니다.

라퓨타의 사람들은 시시때때로 깊은 생각에 잠기곤 해서 말하다가도 뭘 말하고 있었는지 까먹거나 걷다가 갑자기 벼랑 아래로 떨어지거나 기둥에 머리를 부딪치곤 했습니다. 그래서 사람의 입이나 귀를 살짝 쳐서 주의를 일깨우는 치기꾼들이 주인을 따라다녔습니다. 신분이 높을수록 이렇게 사색에 빠져 있는 정도가 심했고, 외부의 자극 없이는 타인과 상호작용을 하거나 주변을 인지하는 데 어려움을 겪었습니다. 그들은 수학과 음악처럼 추상적이고 이론적인 것에만 지나치게 몰두한 나머지 일상생활에 대한 능력은 전혀 갖추질 못했고, 백성들의 아픔을 외면하며 현실을 바라보지 못했습니다. 이러한 라퓨타에 싫증이 난 걸리버는 그곳을 떠나, 라퓨타의 왕이 통치하는 지상 대륙 발니바비의 수도 라가도로 갑니다. 그리고 그곳의 거대한 연구소를 방문하게 됩니다. 이곳의 연구자들은 집을 위에서부터 짓는 방법, 배설물을 원래의 음식으로 되돌리는 방법, 돼지를 이용해서 밭을 가는 방법, 얼음에 열을 가해 화약을 만드는 방법처럼 허무맹랑한 것들을 연구하느라 시간을 허비합니다. 조너선 스위프트는 이 장면을 통해, 과거의 것을 버린 채 진보와 발전만 추구하는 게 진정으로 인류의 진보를 이루는 방법인가라는 의문을 던지며, 이성과 과학이 인간의 진보를 무조건적으로 담보할 수 없음을 풍자합니다.

걸리버는 이제 마법사의 섬인 글럽덥드럽으로 발걸음을 옮기고, 글럽덥드럽 왕의 도움으로 과거의 역사적인 인물들의 유령을 불러내어 대화를 나눕니다. 그리고 그들과의 대화를 통해 숨겨져 있던 추악한 역사적 비밀들과 실상을 생생하게 목격하면서 왜곡된 역사의 실상에 엄청난 충격을 받습니다. 그는 다시금 럭낵으로 향하고, 그곳에서 영원히 죽지 않는 스트럴드브럭들을 만납니다. 그들은 30세 이전까지는 정상적인 모습으로 살아가지만 그 후로는 모든 의욕을 잃고 침울한 상태로 지내다가 80세 이후로는 머리카락과 치아가 모두 빠지고 맛도 느낄 수 없는 상태가 되며, 이전에 걸린 병을 짊어진 채 여러 가지 기억도 잊어버린 상태로 살아가게 됩니다. 걸리버는 늙은 육체와 추악한 본성만 남은 채로 영원히 산다는 것에 혐오감을 느끼며 인간 수명과 죽음에 대해 생각합니다.

그렇게 영국으로 돌아온 걸리버는 마지막이 될 네 번째 여행을 떠납니다. 그리고 그 여행에서 말들이 다스리는 나라인 후이늠국에 도착합니다. 그곳은 후이늠이라고 불리는 말들이 정의와 상호 존중의 원칙을 지키며 살고 있는 나라로, 전쟁도 거짓도 부정도 없는 유토피아입니다. 걸리버는 이성적이고 합리적인 삶을 중시하는 후이늠들을 보고 그들에 대한 존경심을 갖게 되며 그곳에서 평생 살기로 결심합니다. 반면 흉측하고 간사하고 비열하며 야만적이고 이성보다 본능이 앞서는 난폭한 동물, 그래서 주로 짐을 끌거나 잡일을 해야 했던 야후라는 '인간'에 대해서는 깊은 회의감을 느낍니다. 한 후이늠은 걸리버를 약간의 이성을 지닌 순한 야후라고 생각해 예를 갖추며 잘 대해주지만, 곧이어 다른 후이늠들 사이에서 형평성 논란이 일어납니다. 결국 다른 야후들과 똑같은 대우를 받으며 살거나 아니면 원래 살던 곳으로 돌아가야 한다는 말을 듣고서 걸리버는 다시금 영국으로 돌아오게 됩니다. 그러나 인간 야후에 대한 혐오감이 극심해진 그는 가족들을 멀리하고 말을 사서 기르며 거짓말과 부정부패가 없는 진실한 공간인 후이늠국을 떠올리고 그리워하며 자신의 모험을 마무리합니다.

이 소설의 저자 조너선 스위프트는 17세기 후반 영국과 프랑스 간 전쟁으로 약 100만여 명의 목숨이 사라지는 것을 보았고, 자신이 속한 아일랜드가 영국의 식민지로 전락해 착취당하는 것을 보며 고통스러워했습니다. 그는 싸우고 빼앗고 착취하는 영국을 비판했으며《걸리버 여행기》라는 이상하고 신기한 모험기를 통해 이상하고도 불편한 인간의 본성과 사회를 풍자하는 메시지를 담았습니다. 사실 우리가 어릴 적 읽었던《걸리버 여행기》는 동화로 각색된 일부분에 불과합니다. 따라서 이번 기회에 완역본을 조금씩 읽어보면서 걸리버와 함께 네 나라를 탐험해 보기를 바랍니다. 작가가 펼쳐놓은 상상의 세계 속에서, 그가 풍자했던 영국 사회와 새롭게 구현하고자 했던 사회의 모습을 보다 보면, 이것이 소설이 아닌 지금 현실일지도 모른다는 생각을 떨쳐버릴 수 없을 것입니다.

도서분야	외국고전	관련과목	독서, 세계사, 한국지리, 영어	관련학과	사학과, 정치외교학과, 경영학과, 영어영문학과

고전 필독서 심화 탐구하기

▸ 기본 개념 및 용어 살펴보기

주요 기본 개념 및 용어	
개념 및 용어	의미
걸리버	걸(Gull:바보 혹은 잘 속는 사람)과 버(ver: 진실 혹은 진리의 검증)의 합성어로 진실을 말하는 바보, 즉 바보처럼 보이지만 진실을 말하는 풍자가라는 의미를 담고 있다.

▸ 시대적 배경 및 사회적 배경 살펴보기

17세기 말에서 18세기 초, 영국은 정치적·종교적으로 큰 변화의 시기를 겪었다. 가톨릭과 국교회 간의 충돌 및 왕위 계승 문제 등으로 인해 명예혁명(1688)이 발생하였고 가톨릭 군주가 지배하는 시대의 끝이 보였다. 이 시기 영국은 식민지 지배를 통해 부를 축적하는 한편, 당파 정치, 식민주의, 과학주의가 사회 전반에 퍼져 있었는데 이러한 배경 속에서 조너선 스위프트는 영국의 아일랜드 수탈을 직접 목격하고 이에 저항하는 글을 썼다. 그는 당시의 상식이나 시대적 흐름에 무조건적으로 동조하지 않았으며 이러한 상황이 정당한지에 대해 의문을 제기하였는데, 그의 다양한 의문들은 걸리버 여행기 속 풍자의 대상이 되는 사회를 통해 드러난다.

그는 소인국인 릴리펏, 거인국인 브롭딩낵을 통해 당시 영국의 국교를 신봉하던 토리당과 신흥 중산층을 대변하는 휘그당이 민중들에게 무관심한 채 권력 투쟁을 벌이던 사실을 꼬집는다. 특히 릴리펏은 18세기 영국의 축소판이라고 봐도 무방한데, 사소한 일로 당쟁을 만들고 구두 굽의 높이와 달걀을 깨는 방법 같은 사소한 문제에 모든 것을 걸고 파벌을 만들어 자신들의 이득을 위해 싸우는 모습은 그 당시 영국의 토리당과 휘그당의 모습을 비유한 것이다. 줄타기로 관직을 따내는 모습 또한 당시 영국의 관료들이 그들의 능력이 아닌 줄서기나 아첨으로 자리를 차지하는 영국의 실상을 그대로 보여주고 있다. 또한 하늘을 나는 섬 라퓨타를 통해 쓸모없는 연구만을 하는 과학계에도 일침을 놓고 있다.

현재에 적용하기

작품 속에서 풍자하고 있는 권력과 정치의 부패를 살펴보면서 현재의 정치적 상황을 비판적으로 바라볼 수 있다. 또한 과거의 역사적 인물들의 유령을 불러내서 나눈 대화를 통해 역사의 왜곡을 경계하기 위해 어떻게 행동해야 할지에 대해 고민해 볼 수 있다.

생기부 진로 활동 및 과세특 활용하기

> ## ‣ 책의 내용을 진로 활동과 연관 지은 경우 (희망 진로: 역사학과)

평소 일본과의 독도 관련 정치 분쟁에 대해 관심이 높았는데, 한국지리 수업시간에 1700년대에 독도를 한국해^{sea of corea}로 표기한 '걸리버 여행기(조너선 스위프트)'에 대한 이야기를 듣고 소설에 호기심을 가짐. 최근 <디지털 휴이넘이 온다>는 기사를 통해 '휴이넘'의 개념이 걸리버 여행기의 후이늠국에서 따온 것이라는 사실을 확인하고 소설에 더 큰 관심을 가지게 됨. 소인국과 거인국을 모험하는 이야기로만 알고 있었으나 정치·사회를 풍자하는 소설이라는 것을 알고 흥미가 생겨 직접 소설을 읽고 <소설을 통해 발견하는 역사학자로서 가져야 할 자질>이라는 주제로 보고서를 작성함. 먼저 각 나라를 모험하는 내용과 당시의 사회상을 조사 및 연결하여 서술함. 특히 소인국에서 줄타기로 관직을 따낸 인물이 당시 영국 수상들을 풍자한 것이며, 림보와 허들 넘기의 경기 순위에 따라 색깔 띠를 두르는 것 또한 영국의 훈장을 의미하는 것이라고 분석함. 또한 라퓨타의 모습에서 드러난 당시의 사회적·정치적 상황을 조사하여 아이작 뉴턴과 왕립과학회를 연결해 저자가 풍자하려는 대상을 정확하게 이해했음을 보여주며 자연스럽게 작품의 주제 의식을 드러내며 지식인에게 요구되는 사회적 책무와 책임의 중요성에 대해 자신의 의견을 제시함. 또한 걸리버가 아리스토텔레스, 알렉산더 대왕, 한니발 등 역사적으로 위대한 사람을 불러내 확인한 왜곡된 역사적 이야기를 바탕으로, 역사에는 누군가의 해석이 깃들어 있고 다수가 동의한 해석이 사실로 받아들여지기 때문에 역사학자로서의 소신을 가지고 그 역할을 다하기 위해 깊이 있는 조사와 현실 인식이 필요하다는 의견을 제시함. 릴리펏 소인국 사람들의 키는 걸리버 키의 12분의 1이고 브롭딩낵 주민들은 걸리버보다 12배 크다는 소설 속 내용을 통해 모두가 상대적이기 때문에 절대적인 것은 존재하지 않고, 무조건 어느 하나가 우월하다고 볼 수 없는 점을 역사학자로서 인식해야 한다고 소설의 내용과 자신의 진로를 연결하여 역사학자로서의 자질에 대해 고민하는 모습을 보임.

▸ 책의 내용을 문학 교과와 연관 지은 경우

문학 시간에 '허생전(박지원)'을 읽고, 당시 위정자의 무능과 허위를 꼬집어 풍자한 작품을 공부하면서 문학을 통해 당대 사회를 통찰할 수 있다는 데 흥미를 느낌. 평소 세계사에 관심이 많아 이렇게 당시 시대를 풍자하는 외국문학에 대해 조사하던 중, 어렸을 적 흥미롭게 읽었던 '걸리버 여행기(조너선 스위프트)'를 완역본으로 읽어보게 됨. 소인국과 거인국, 라퓨타와 후이늠국에서의 모험 이야기를 통해 저자가 꼬집고자 한 풍자 포인트를 찾아내 당시의 구체적인 시대상을 조사하고 사회와 연결 지어 분석하면서 <유토피아를 꿈꾸는 디스토피아>라는 주제로 보고서를 작성함.

특히 라퓨타의 경우, 과학의 발전이 많은 혜택을 가져다주었지만 그것이 인간의 본질을 잃어버릴 수 있게 만들 수 있다는 점을 부각시켜 개인주의와 과학주의를 비판하고 현대의 휴대폰, 컴퓨터, 인터넷, AI 등과 연결 지어 현대인들이 경계해야 할 점에 대해 제시함. 또한 문학 내 풍자의 역할에 대해 논문을 찾아보던 중 <동서양 고전에 나타난 사회개혁 의지와 유토피아 건설>을 읽고 박지원과 조너선 스위프트가 공유하고 있는 사회 비판 정신과 사회개혁 의지를 요약하며 두 작품을 비교 분석함. 동시에 <풍자소설과 세계문학>을 읽고 또 다른 풍자소설인 올더스 헉슬리의 '멋진 신세계'와 '동물농장'에 대한 관심이 생겨 연계 독서 계획을 세움.

후속 활동으로 나아가기

▶ 주인공 걸리버가 소인국, 거인국, 라퓨타, 후이늠국 등 낯선 나라에 갈 때마다 그곳에서 잘 적응해 사람들과 살아가는 모습이 무척 인상적이다. 걸리버가 자신과는 전혀 다른 사람들과 그렇게 자연스럽게 어울려 살아갈 수 있었던 이유는 무엇이었을까?

▶ 걸리버는 후이늠국을 가장 이상적인 국가로 생각했기 때문에 후이늠들이 걸리버를 다른 야후들과 다르게 대접해줄 수 없기에 떠나야 한다고 말했을 때 큰 충격에 빠진다. 그렇게 집에 돌아온 후에도 걸리버는 말들을 키우며 살아가는데, 후이늠국을 이상적인 국가라고 생각한 걸리버의 의견에 동의하는가?

▶ 걸리버가 여행한 네 나라 중 직접 여행할 수 있는 기회가 생긴다면 어느 나라를 여행하고 싶은가? 그 이유는?

▶ 이 책은 정치권력의 위선, 국가 간 탐욕 등을 풍자한 탓에, 그 당시 많은 부분이 각색되고 편집된 채로 출간되었다가 산업혁명 이후 처음으로 원본이 온전히 번역되어 출간되었다. 소설 속 풍자 중 가장 인상적인 것은 무엇이었나?

함께 읽으면 좋은 책

김동식, 《회색인간》 요다, 2017.

성석제, 《투명 인간》 창비, 2014.

조지 오웰, 《동물농장》 민음사, 2001.

토머스 모어, 《유토피아》 올리버, 2024.

제인 오스틴, 《오만과 편견》 민음사, 2003.

대니얼 디포, 《로빈슨 크루소》 비룡소, 2019.

미하일 불가코프, 《거장과 마르가리타》 민음사, 2010.

그리스인 조르바

니코스 카잔차키스 ▶ **열린책들**

《그리스인 조르바》의 작가인 니코스 카잔차키스는 20세기 그리스의 작가로 종교, 철학, 인간의 본질에 대한 깊은 탐색을 작품 속에 드러내 전 세계에서 사랑을 받은 작가입니다. 그는 튀르키예가 지배하던 그리스 크레타 섬에서 태어났는데 당시 크레타 섬에서는 기독교인 박해 사건 및 독립 전쟁과 같은 끔찍한 일들이 일어나고 있었습니다. 자유와 해방에 대한 목마름이 누구보다 절실했던 그는 탄광 사업을 잠시 운영하다가 이 소설의 주인공이자 실존 인물인 기오르고스 조르바를 실제로 만났고, 그 이야기들을 자신의 소설로 끌어들입니다.

작품 속 서술자인 '나'는 한 항구도시에서 갈탄광 사업을 위해 크레타 섬으로 향하던 중 한 카페에서 조르바라는 노인을 만나게 됩니다. '나'에게 접근해 다짜고짜 자신을 채용하라며 광산에서 일했던 경험과 잘할 수 있는 일을 늘어놓는 조르바의 말투와 태도가 마음에 든 '나'는 조르바를 갈탄광의 채굴 감독으로 고용하게 됩니다.

크레타 섬에 도착한 그들은 오르탕스라는 과부가 운영하는 여인숙에 묵게 되는데 호색가인 조르바는 이 섬을 드나드는 무수한 선장들과 사귀었다는 오르탕스 부인을 맘에 들어 하고, 산투르를 연주하며 춤과 노래로 그녀를 기쁘게 해 연인이 됩니다. 그러던 중 '나'는 조르바의 인생 이야기를 듣게 됩니다.

한때 그는 전통 악기인 산투르에 꽂혀 결혼 자금을 비롯한 전 재산을 모두 써버리기도 했고 크레타 독립군에 가담해 터키군을 죽이기도 했으며 도자기를 빚는 일에 몰두했을 때는 녹로를 돌릴 때 손가락이 걸리적거린다는 이유로 손가락을 잘라버리기도 했습니다. 조르바는 자유를 추구했지만 동시에 현실에 충실한 사람이었고, 하고 싶은 것은 어떻게든 했지만 하기 싫은 것은 절대로 하지 않는 사람이었습니다. '나'는 과거나 미래보다 이 순간을 즐기며 살아가는 것에 집중하는 조르바의 자유분방한 생활과 사상을 들으며 알게 모르게 영향을 받습니다. 마음이 가는 대로 열정적으로 삶을 살아가는 그를 보면서 '나'는 지금까지 책에서 배운 지식이 헛된 것임을 깨닫고 조르바야말로 인생의 진리를 깨달은 사람 같다고 생각하게 됩니다.

그리고 어느 날, 두 사람은 마을을 산책하던 중 빗속을 헤매는 아름다운 젊은 과부를 만나게 됩니다. '나'는 그녀의 아름다운 모습에 호감을 느끼게 되는데, 마을 장로인 마브란도니의 아들 파블리 또한 그녀를 좋아하고 있음을 알게 됩니다. 조르바는 그런 '나'를 보고 망설이지 말고 그녀를 만나보라고 말하지만 '나'는 파블리의 마음을 상하게 하고 싶지 않아서 그녀를 향한 마음을 숨기게 됩니다.

얼마 뒤, 조르바는 광산에 케이블을 설치하기 위해 필요한 장비들을 구입하러 시내로 가지만 거기에서 롤라라는 여자를 만나 사업 자금을 탕진합니다. 조르바는 그 일을 변명하며 '나'에게 편지를 보내고 '나'는 조르바에게 즉시 돌아오라는 전보를 치는데, 조르바의 편지가 왔다는 소식을 들은 오르탕스가 '나'를 찾아와 편지의 내용을 물어봅니다. '나'는 오르탕스의 마음을 배려해서 조르바가 오르탕스를 보고 싶어 하며 곧 청혼할 거라고 거짓말을 합니다.

어느 날, 파블리는 마음에 품고 있던 그 아름다운 과부에게 직접 사랑을 고백하는데, 그녀는 파블리의 고백을 거절하고 이에 절망한 파블리는 결국 자신의 목숨을 끊는 비극적인 선택을 하게 됩니다. 파블리의 자살 소식이 전해지자, 마을 사람들은 큰 충격에 빠집니다. 그들은 파블리의 죽음을 슬퍼하고 안타까워하면서 동시에 젊은 과부를 비난하기 시작합니다. 그 일로 인해 그녀는 이제 마을 안에서 남자를 홀리는 마녀 같은 존재로 취급받게 됩니다.

한편, '나'와 조르바는 케이블 설치를 위해 수도원장의 숲을 사기 위해 수도원을 방문합니다. 수도원에 도착해 그곳에서 하룻밤을 묵게 되는데 밤중에 갑자기 의문의 총소리가 들려옵니다. 알고 보니 간부급 신부가 젊은 수도승을 향해 총을 발사했던 것입니다. 수도원은 이 사건을 은폐하려고 했고 이러한 행태에 '나'와 조르바는 분노하지만, 결국 조르바는 그것을 약점으로 잡아 자신이 시내에서 탕진한 사업 자금만큼 숲을 싸게 깎아서 사는 데 성공합니다.

그러던 어느 날, 과부를 미워하고 있던 마을 사람들이 결국 그녀를 죽이려고 하는 일이 벌어졌습니다. '나'는 미쳐 있는 군중들 속에서 안절부절못하며 나약한 모습을 보이는 반면, 조르바는 그들과 맞서며 그들의 악행을 막으려고 노력합니다. 하지만 결국 그녀는 죽음을 피하지 못합니다. 게다가 조르바와 결혼을 준비 중이던 오르탕스 부인도 건강이 악화되어 죽음을 맞이합니다. 마을 사람들은 오르탕스 부인이 죽기를 집 근처에서 기다리면서 그녀가 죽자 애도의 시간을 가지지도 않은 채 부인의 재산과 물건을 몽땅 가져가 버리는 추악함을 보여줍니다. 조르바는 그 일로 인해 슬픔에 빠지지만 곧이어 과거를 흘려보내고 정신을 차려 갈탄광 사업에 집중합니다.

얼마 후, 마침내 준공된 케이블의 기공식이 열리는데 갑자기 철탑이 무너져 내려 사업은 결국 망하게 됩니다. 조르바와 '나'는 바닷가에 앉아 망해버린 사업에 대해서는 함구한 채 그저 술을 마시고 양고기를 뜯습니다. 그러다가 갑자기 미친 듯이 춤을 추기 시작하고 또 실컷 웃음을 터뜨립니다. 모든 것을 잃어버렸지만 '나'는 오히려 해방감과 즐거움을 느끼며 현실이라는 굴레를 벗어나 자신이 원하는 대로 행동하는 진정한 자유인이 무엇인지 깨닫게 됩니다. '나'는 조르바와 헤어져 크레타 섬을 떠나지만 그 후로도 가끔씩 편지로써 서로 안부를 주고받으며 지내다가 조르바의 죽음을 묘사한 편지와 그의 유언을 받는 장면을 마지막으로 마침내 소설은 끝이 납니다.

해야 할 일과 제약이 많은 현대사회를 살아가는 우리이기에 조르바처럼 자유로운 삶을 살기란 쉽지 않습니다. 하지만 즐겁고 열정적으로 현재를 살아가며 자신을 사랑하고 진정한 자유를 누리는 조르바의 모습을 통해 이런 삶은 어떤지 한 번쯤 스스로에게 물어보는 시간을 가지길 바랍니다.

도서 분야	외국고전	관련 과목	독서, 국어, 윤리와 사상	관련 학과	철학과, 독어독문학과, 국어국문학과

▶ 기본 개념 및 용어 살펴보기

주요 기본 개념 및 용어	
개념 및 용어	의미
메토이소노 聖體	'거룩하게 되기'라는 뜻이다. 보이는 것과 보이지 않는 것, 육체와 영혼, 물질과 정신 등 모순되는 반대 개념 속에서 하나의 조화를 창출하기 위해 끊임없이 투쟁함으로써 일어나는 변화를 뜻한다. 포도가 포도즙이 되는 것은 물리적 변화이고 포도즙이 포도주가 되는 것은 화학적 변화이지만, 포도주가 '사랑'이 되고 '성체聖體'가 되는 것은 메토이소노다. 소설 속에서 사업이 망하던 날 조르바는 사업이 망한 것을 '춤'으로 승화시킨다. 이것이 바로 메토이소노, 즉 '거룩하게 되기'이다.
위버멘쉬	니체가 말한 사상으로, 초인을 뜻한다. 니체에 의하면, 인간은 끊임없이 반복되는 쳇바퀴 같은 삶을 살아가게 되는데 이를 깨뜨릴 수 있는 자가 바로 규범이나 관습, 책임에 얽매이지 않는 위버멘쉬다. 그런데 이 초인의 단계는 바로 갈 수 있는 것이 아니다. 이성을 지닌 평범한 사람인 낙타에서, 주관적이고 주체적인 자유의지를 가지고 행동하며 이성이 발달하고 자아가 강한 인간인 사자의 단계를 거친 후에야 비로소 무엇에도 얽매이거나 억압받지 않고 구속도 당하지 않는 순진무구한 존재로서의 초인 단계인 어린아이에 이르는데, 이러한 끝없는 자기 극복을 통해서 위버멘쉬로 거듭나게 되는 것이다.

▸ 시대적 배경 및 사회적 배경 살펴보기

이 소설은 20세기 초반의 그리스를 배경으로 하고 있다. 이 시기의 그리스는 국가적인 변화와 사회적인 동요를 함께 겪었는데 근대화와 이념이 충돌하던 시기이기도 했다. 특히 그리스의 독립 전후로 시작된 정치적 불안과 빈곤 문제, 그리스와 터키 사이의 갈등 등이 소설 속 배경으로 등장한다.

　또한 이 소설은 그리스의 전통적인 가치관을 그대로 반영하고 있다. 당시는 여성이 가정 내부에서 활동하고 남성이 사회적, 경제적 역할을 수행하던 시대였다. 이러한 사회적 배경 때문에 작품 속에 여성에 대한 비하나 차별적인 표현이 등장하는데, 이를 통해 당시 여성들이 남성 중심의 사회구조와 가치 체계 속에서 큰 차별을 겪었음을 확인할 수 있다.

현재에 적용하기

생을 최대한 즐겁게 열정적으로 살면서 현재를 살아가는 조르바와 관념적이고 정신적인 것에 높은 가치를 부여하며 실패가 두려워 시도하지 못하고 자유를 누리지 못하는 현대인들과의 비교를 통해 어떠한 삶이 진정으로 잘 사는 삶인지를 고민해 본다.

생기부 진로 활동 및 과세특 활용하기

▶ **책의 내용을 진로 활동과 연관 지은 경우**(희망 진로: 철학과)

'그리스인 조르바(니코스 카잔차키스)'를 읽은 후, 저자의 또 다른 책인 '영혼의 자서 전'에서 그가 '내 영혼에 깊은 골을 남긴 사람'으로 호메로스, 베르그송, 니체를 꼽은 것을 보고 평소 좋아하던 철학자인 니체의 철학사상이 '그리스인 조르바'에서 어떻게 표현되었는지 분석하는 보고서를 작성하고 발표함. 소설 속 인물들과 그들의 삶을 니체의 철학인 아르모파티, 카르페디엠, 메멘토모리, 위버멘시와 연결하여 분석하고 '메토이소노'를 새롭게 발견하는 등 문학 작품을 단편적으로 읽지 않고, 사회·문화적 배경과 상호 텍스트성, 작가의 관점 등 다양한 맥락에서 이해하고 감상하는 능력을 제대로 보여줌. 특히 니체가 말한 위버멘시와 주인공 조르바를 연결시켜 어떤 면에서 조르바가 위버멘시의 특징을 보여주고 있는지, 그것을 통해 작가가 전하고자 한 메시지가 무엇인지를 마인드맵으로 시각화하여 어려운 철학적 개념을 쉽고 재미있게 이해하고자 노력함.

‣ 책의 내용을 윤리와 사상 교과와 연관 지은 경우

에피쿠로스학파의 쾌락주의와 스토아학파의 금욕주의, 두 서양 철학사의 윤리적 입장을 수업 시간에 배우면서 '진정한 행복을 위해 쾌락을 따라야 하는가? 금욕을 통해 더 큰 쾌락을 추구해야 하는가?'라는 사유를 가짐. 그 질문에 대한 답을 찾기 위해 자유와 행복의 키워드를 가진 고전을 탐색한 후 '그리스인 조르바(니코스 카잔차키스)'를 읽고 <그리스인 조르바로 본 쾌락주의와 금욕주의 비교>라는 탐구 주제를 정하여 관련 자료를 조사함. 처음에는 쾌락주의라는 단어만으로 조르바의 행복 추구를 에피쿠로스학파의 쾌락주의와 연결 지어 생각해 볼 수 있다고 주제를 설정함. 하지만 책의 내용과 각 윤리적 입장을 연결하여 분석하던 중 '쾌락의 역설'이나 '아타락시아'에 대해 공부하게 되면서 에피쿠로스학파의 쾌락의 관점이 정신적 쾌락임을 깨달음. 그것을 바탕으로 육체적 쾌락을 지향하는 조르바 식 삶의 태도를 에피쿠로스학파의 쾌락주의와 연결시키기는 어렵다는 것을 확인함. 이로써 탐구주제를 재설정하고, 이 과정에서 쾌락주의와 금욕주의에 대한 정확한 개념을 깨닫고 비교·분석함. 동시에 <행복을 위해 조르바와 같은 삶을 추구해야 한다>는 새로운 발제를 제시하며 입론서를 작성함. 에피쿠로스학파의 쾌락주의와 스토아학파의 금욕주의를 비교·분석한 후 조르바의 삶을 실존주의와 연관 지어 분석하고, 진정한 행복은 현재에 대한 정신적 만족에서 나오며 주체적이고 개성 있는 삶을 살아야 한다고 주장함.

▶ 작품 속에서 여성들을 묘사하는 내용들이 노골적이므로 불편함을 느낄 수 있다. 소설 속에 드러난 그 당시 남자들의 여성에 대한 관점과 그것을 받아들이는 여성들의 태도를 현재의 관점으로 바라봤을 때 어떤 생각이 드는가?

▶ 철학자 니체에 의하면, 본능적이며 감정에 충실한 행동을 하는 조르바는 '디오니소스적인 인간'이고, 이성적이고 합리적이며 절제된 엘리트인 '나'는 '아폴론적 인간'으로 뚜렷하게 대비된다. 자신은 어느 쪽에 가깝다고 생각되는가? 두 가지 삶의 방식이 지금 주어진다면 어느 쪽을 선택하겠는가?

▶ "나는 아무것도 원치 않는다. 나는 아무것도 두려워하지 않는다. 나는 자유다." 니코스 카잔차키스의 묘비명 글귀다. 《조르바》를 읽고 작품 속에 드러난 니코스 카잔차키스의 생각이 내 삶의 방식이나 행동에 영향을 끼친 게 있는지 말해보자.

함께 읽으면 좋은 책

이진우, 《니체》 아르테, 2018.

알베르 카뮈, 《이방인》 민음사, 2011.

프리드리히 니체, 《차라투스트라는 이렇게 말했다》 민음사, 2004.

빅터 프랭클, 《빅터 프랭클의 죽음의 수용소에서》 청아출판사, 2020.

네 번째 책

노인과 바다

어니스트 헤밍웨이 ▶ 민음사

    쿠바의 작은 마을에서 조각배를 타고 홀로 살아가는 한 노인이 있습니다. 그의 이름은 산티아고, 그가 바로 《노인과 바다》의 주인공입니다. 그는 경험이 풍부한 어부였고 자신을 따르는 소년 마놀린에게 고기잡이에 관한 모든 것을 헌신적으로 가르쳐주는 스승입니다. 하지만 세월과 함께 힘과 운세가 다했는지 최근 들어 84일 동안 물고기를 한 마리도 잡지 못한 채 시간만 허비하고 있었습니다. 마을 사람들은 그런 노인을 운이 없는 사람이라고 여겼습니다. 또한 소년의 부모님은 마놀린이 노인보다 더 멋진 어부와 어울리길 바라며 그와 함께 배 타는 것을 반대했지만 노인에게 처음으로 낚시를 배웠던 마놀린은 지금도 그에게 배울 점이 많다고 생각하며 늘 존경심을 가지고 그를 돕고 따릅니다. 소년은 노인의 유일한 말동무이자 친구이자 생의 반려자였고, 노인은 그런 소년을 자식처럼 사랑했으며 소년 역시 가끔 음식도 가져다주는 등 노인을 부모처럼 따르고 보살폈습니다.

85일째 되는 날, 노인은 여느 때보다 일찍 홀로 바다로 나갑니다. 그리고 그날, 그의 배보다도 더 크고 힘센 청새치를 발견합니다. 하지만 그의 낚시 바늘에 걸린 청새치는 호락호락하지 않습니다. 청새치와 노인과의 끈질긴 힘겨루기는 이틀 밤낮을 넘도록 계속되고, 노인은 낚시 줄을 잡은 손에 쥐가 나고 낚싯줄에 쓸려 상처가 나는 와중에도 청새치를 포기하지 않습니다. 노인은 소소하게 잡은 만새기를 생으로 먹으며 기운을 냅니다. 중간에 꾸벅꾸벅 잠이 들기도 하는데, 그때 노인은 꿈속에서 사자를 봅니다. 마실 물까지 떨어진 사흘째, 노인은 포기하고 싶은 마음을 억누르고 청새치가 수면 위로 오르자 재빨리 작살로 청새치의 심장을 찔러 결국 청새치를 배에 붙잡아 매는 데 성공합니다.

노인은 거대한 청새치를 잡았다는 감격과 기쁨에 젖어 항구를 향해 돌아옵니다. 하지만 기쁨도 잠시 마을로 돌아가는 길에 바다에서 청새치의 피 냄새를 맡은 상어 떼들과 마주칩니다. 노인은 다시 몇 차례나 몰려오는 상어 떼와 사투를 벌입니다. 그리고 긴 시간 상어 떼와 맞서 싸우느라 작살과 노도 모두 부러지고 끝내 청새치는

생기부 고전 필독서 30 **외국문학 편**

상어들에 의해 뼈만 남게 되어버립니다.

그 상태로 배는 겨우 항구에 도착했고 너무도 지친 그는 판잣집으로 돌아가 정신없이 잠에 빠져듭니다. 이튿날 아침, 바다에 나간 산티아고를 걱정하고 있던 소년이 집에서 기절하듯 잠든 노인을 발견하고 그가 숨을 쉬고 있는 것을 확인한 후 안도의 눈물을 흘립니다.

노인은 소년이 챙겨주는 신문을 읽고 커피를 마시며 다시 한 번 고기잡이를 나가기로 약속하고 평온하게 잠이 드는데 또다시 사자 꿈을 꿉니다. 그리고 마을 사람들은 뼈만 남은 청새치를 보고 깜짝 놀라지만 한편으로는 감탄합니다. 이제 사람들은 노인을 운이 없는 사람이 아닌 용기와 인내심이 있는 사람이라고 여기게 되었습니다.

《노인과 바다》는 어니스트 헤밍웨이가 1952년에 발표한 소설입니다. 쿠바를 좋아해서 자주 놀러 갔던 그는 그곳에서 알고 지내던 어부 그레고리오 푸엔테스가 실제로 겪은 일을 토대로 이 소설을 집필했습니다.

저자는 소설 속에서 어부들을 두 부류로 나눕니다. 하나는 자연을 존중하는 어부로서, 바다를 라 마르$^{la\ mar}$라고 부르는 사람들입니다. 그들은 자연과의 조화를 중시하며, 자신들을 자연의 일부로 여깁니다. 대가족과 밀접한 공동체 생활을 유지하며 바다를 '어머니'

처럼 여기는 경향이 있습니다. 바다에는 자연의 아름다움과 잔인함이 공존하고 있다는 것을 이해하며 살아 있는 모든 생물과 연대감을 느낍니다. 또 다른 이들은 자연을 정복의 대상으로 보는 젊은 어부들로, 그들은 바다를 엘 마르el mar라고 부릅니다. 이들은 자연을 단순한 수단으로만 여기며 실용적인 가치를 추구합니다. 모터가 달린 보트와 기계를 사용해 수입을 확보하려 하며, 공동체와 대가족의 전통을 따르지 않습니다. 바다를 경쟁자나 적으로 여기며, 자신들의 이익을 위해 자연을 착취하는 생활철학을 가지고 있습니다. 노인은 전자에 속하는 어부였기 때문에 물질적인 패배가 될지도 모르는 낚시의 과정 그 자체에도 의미를 부여하고 정신적으로 위축되거나 좌절하지 않습니다. 청새치에게 끌려 다니면서도 자신을 꾸짖거나 원망하기보다는 자신을 다독이고 응원하고 격려합니다. 노인의 삶은 결과보다 과정, 목표보다는 수단과 방법에 무게를 두고 있습니다. 그는 역경과 고난에도 좀처럼 굴복하지 않고 끝까지 목표를 달성하기 위해 온갖 노력을 아끼지 않는 모습을 보여줍니다.

노인에게 있어 바다는 곧 삶이었습니다. 우리 역시 조그만 배를 타고 다니는 노인처럼 '세상이라는 바다'를 표류하고 있습니다. 바다 속에는 우리가 꿈꾸는 큰돈이나 명예, 자아실현이나 행복 등의 가치(청새치)가 있습니다. 죽을힘을 다해 그 가치를 향해 나아간다고 해도 피 냄새를 맡고 쫓아오는 상어 떼와 같은 풍파에 의해 파멸 당할 수도 있고, 아무것도 남지 않을 수도 있습니다. 하지만 노인이 그러했듯이 스스로 삶에 부여하는 가치는 파괴되지 않습니다. 자신이 쏟아 부은 노력과 시간은 그 자체로 소중합니다. 그렇기에 노인은 애써 잡은 청새치를 상어 떼에게 모두 빼앗기고 아무것도 남지 않았을 때라도 최선을 다했기에 위축되거나 좌절하지 않습니다. 그러한 노인의 모습을 통해 우리는 과정 자체가 가치가 있기에 인간은 패배하지 않는다는 메시지를 느낄 수 있습니다.

꿈과 목표를 이루기 위해 힘겨운 여정을 견디며 절망 속에서도 희망을 잃지 않는 노인의 삶을 통해 스스로의 삶을 응원하며 의지를 다지는 용기와 인간으로서의 존엄성을 발견해보기를 바랍니다. 그 과정 속에서 자신에 대한 진정한 의미와 희망을 발견한다면 어떤 어려움이 닥치더라도 꾸준히 성장해 나갈 수 있을 것입니다.

도서 분야	외국고전	관련 과목	독서, 문학 언어와 매체	관련 학과	영어영문학과, 심리학과, 경영학과, 광고홍보학과

고전 필독서 심화 탐구하기

▶ **기본 개념 및 용어 살펴보기**

주요 기본 개념 및 용어	
개념 및 용어	**의미**
사자꿈	노인은 나이 들었고 약해졌지만 낚시에 있어서만은 자신감이 있다. 홀로 먼 바다에 나가는 것을 두려워하지 않고 언제든 물고기를 잡을 수 있다고 생각한다. 노인이 꾸었던 용맹하고 강하며 생명 에너지가 넘치는 사자 꿈은, 어려움과 고통 속에서도 운명적인 체념이나 허무주의에 빠지지 않고 자신의 신념과 의지로 인내하며 앞으로 나아가는 그의 모습을 상징한다. 또한 그 꿈은 자연의 일부로서 자신의 운명을 받아들이고 자연의 뜻에 복종하는 그의 삶의 태도를 간접적으로 드러내는 것으로, 이는 인간과 자연의 조화로운 관계를 상징하는 작품의 주제와도 맞닿아 있다.
라 마르 vs 엘 마르	스페인어 라 마르와 엘 마르는 똑같이 바다를 지칭하는 말이지만 두 단어를 쓰는 이들의 바다를 대하는 태도는 전혀 다르다. 라 마르la mar는 애정을 담아 다정하게 바다를 부르는 말로, 바다를 여자처럼 달의 영향을 받는 섬세한 존재로 바라본다. 반면 엘 마르el mar는 바다를 낯선 타인처럼 여기는 사람들이 사용하는 말이다. 경쟁이나 투쟁, 남성적 이미지를 상징하며 바다와 함께한다는 의식보다는 바다를 정복의 대상으로 본다.

▶ 시대적 배경 및 사회적 배경 살펴보기

이 소설이 출판된 1952년은, 제2차 세계대전 이후 복잡한 국제정세가 얽혀 있는 냉전의 시대였다. 이러한 시대적 상황은 인간의 존재와 투쟁에 대한 헤밍웨이의 성찰을 더욱 깊게 만들었고, 헤밍웨이는 세계의 굵직한 사건 대신 산티아고의 고기잡이를 통해 외부 세계보다는 내면세계, 사회문제보다는 개인 문제에 주목하며 그러한 성찰을 소설을 통해 드러냈다.

당시 쿠바는 경제적으로 어려운 시기를 겪고 있었고 사회적으로도 변화의 기로에 서 있었다. 소설 속의 노인은 가난한 어부였지만 그의 바다에서의 고군분투는 단순히 생계를 위한 싸움을 넘어서는, 존엄을 확인하기 위한 인간의 끊임없는 노력과 투쟁을 상징하고 있다. 또한 절망과 고독 속에서도 포기하지 않고 극복해 나가려는 인간의 의지를 보여준다. 이는 그 당시 사회에 퍼져 있던 시대의 욕구와도 맞닿아 있다고 볼 수 있다.

현재에 적용하기

성공 여부를 결과로써 판단하고 이에 더해 비교의 의미까지 담는 현대인들에게 승리보다 더 중요한 것이 있다는 것을 보여주는 노인의 행동을 통해 극복할 수 없을 것 같은 상황에서도 포기하지 않고 계속 도전하는 끈질긴 의지를 다짐해 볼 수 있다.

생기부 진로 활동 및 과세특 활용하기

▶ **책의 내용을 진로 활동과 연관 지은 경우**(희망 진로: 광고홍보학과)

언어와 매체의 '매체를 평가하며 읽기' 수업 시간에, 광고에 드러난 필자의 관점
이나 표현 방법의 적절성을 평가하며 읽는 다양한 방법에 대해 배움. 광고의 표현
방법 중 패러디가 빠르고 즐겁게 시청자들의 뇌리에 내용을 각인시킬 수 있는 효
과 좋은 방법이라는 것을 확인하고 좋은 패러디의 예시를 조사하던 중 '노인과 바
다(어니스트 헤밍웨이)'를 패러디한 두 편의 광고(동원참치, 롯데리아)를 확인함. 광
고를 만든 이의 관점과 의도를 파악하기 위해 소설을 직접 읽고, 2건의 광고 평가
보고서의 항목을 직접 설정한 후 템플릿을 만들어 작성함. 그리고 그 자료를 공유하
고 광고 평가서를 비교·분석하는 PPT를 작성하여 발표함. 그 결과, 현대적 관점에
서 고전을 재해석한 부분이 소비자들의 눈길을 끌 수 있다는 점을 확인하였고, 좀
더 세련된 패러디를 위해서는 비판적 사고가 동반되는 고전 독서가 중요하다는 점
을 강조함. 더불어 다른 광고 분석을 위해 읽을 만한 고전소설 목록을 작성하면서
진로 독서계획을 공고히 함.

▶ 책의 내용을 문학 교과와 연관 지은 경우

'고전소설을 읽고 친구들에게 추천하는 글'을 쓰기 위해서, 과정과 결과, 신념과 행동, 목표와 꿈에 대해 고민이 많은 또래 친구들에게 의미 있다고 생각한 '노인과 바다(어니스트 헤밍웨이)'를 선정해서 읽음.

'청새치', '사자 꿈', '상어', '야구' 등 소설 속에 드러난 주요 키워드를 골라 그 단어들이 가지고 있는 의미를 분석하고 노인의 도전을 외재적 동기보다 내재적 동기가 압도적으로 높았기에 가능했던 일이라고 해석함. 더불어 청새치가 뼈만 남더라도 끝까지 포기하지 않고 문제 상황과 스스로를 돌아보며 통제했던 노인의 모습을 강조하며, 도전의 과정을 겪고 있는 친구들에게 '메타인지'와 '자기 주도성'의 필요성을 제시함. 청새치를 잡는 과정에서 노인이 느꼈던 감정의 변화들이 대다수의 사람들이 목표를 향해 전진할 때 느끼는 감정의 변화와 비슷하다는 것을 예로 들면서, 이 책을 진로 고민을 하는 친구들에게 특별히 더 추천하는 이유를 밝히고, 이를 통해 작품이 전해주고자 하는 가치를 주체적으로 평가하는 모습을 보여줌.

또한 작가의 실제 삶을 조사하여 그가 이 소설을 쓰게 된 배경을 깊이 있게 이해하고, 사자의 상징성을 니체의 '차라투스트라는 이렇게 말했다'에 나온 정신의 3단계 변화와 연관 지어 이해하는 등 다양한 맥락에서 적극적으로 소설을 이해하고 감상하는 모습을 보임.

후속 활동으로 나아가기

▶ 노인은 모든 것을 걸고 청새치와 승부를 벌인다. 노인에게 청새치란 어떤 의미였을까? 다 뜯긴 물고기가 의미하는 것은? 노인의 청새치처럼 내게도 포기할 수 없는 게 있다면 그것은 무엇인가?

▶ 노인과 소년은 야구를 소재로 대화를 많이 나눈다. 또한 노인은 출항 전과 배 위에서, 집에 돌아온 후 이렇게 세 번 사자 꿈을 꾼다. 소설 속에 등장하는 '야구'와 '사자'가 상징하는 것은 무엇일까?

▶ 노인은 청새치를 잡지만 마지막에는 뼈만 가지고 돌아오게 된다. 노도 부서지고 몸도 상했지만 결국 손에 쥔 것은 아무것도 없었다. 이해타산만을 고려한다면 노인은 도중에 청새치를 포기하는 것이 맞았다. 하지만 노인은 포기하지 않는다. 노인의 이러한 모습을 통해 작가가 말하고 싶었던 것은 결국 무엇이었을까?

▶ 4차 산업혁명 시대에는 상황에 적절하게 대처하는 능력이 필요한데 그러한 관점에서 노인의 행동은 무모하게 느껴질 수 있다. 안 될 것이라고 느꼈을 때 빠르게 청새치를 포기하고 다른 선택을 하는 게 나았을 수 있다. 그럼에도 불구하고 노인의 행동이 우리에게 전해주는 특별한 메시지가 있다면 그것은 무엇인가?

함께 읽으면 좋은 책

얀 마텔, 《**파이 이야기**》 작가정신, 2022.

파울로 코엘료, 《**연금술사**》 문학동네, 2001.

대니얼 디포, 《**로빈슨 크루소**》 비룡소, 2019.

프리드리히 니체, 《**차라투스트라는 이렇게 말했다**》 민음사, 2004.

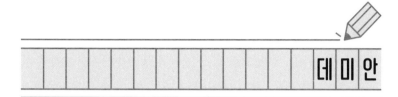

데 미 안

헤르만 헤세 ▶ 민음사

《데미안》은 1919년에 발표된 헤르만 헤세의 초기 대표작 중 하나로, 발표 당시의 정확한 원제는 〈데미안, 청년 에밀 싱클레어의 이야기Demian, Die Geschichte von Emile Sinclairs Jugend〉입니다. 당시 헤르만 헤세는 자신의 이름을 숨기고 주인공 '에밀 싱클레어'라는 필명으로 이 소설을 발표했습니다. 자신의 이름을 숨기고 익명으로 작품을 발표함으로써, 독자들이 작품 자체에 집중할 수 있기를 바랐습니다. 그는 사람들이 작가의 명성이나 배경보다는 작품 자체의 가치와 메시지에 주목하기를 원했던 것입니다.

유복한 가정에서 태어난 주인공 에밀 싱클레어는 열 살이 되던

해, 세상이 두 개의 세계로 나뉘어져 있음을 깨닫게 됩니다. 하나는 아버지의 집으로 상징되는 밝고 안전하며 미래가 보장되는 세계였고, 또 다른 하나는 거칠고 잔인한 일들이 일어나는 어둠의 세계였습니다. 밝은 세계의 보호를 받고 있던 싱클레어는 과수원에서 최고 품종의 사과 한 자루를 훔쳤다는 거짓말을 프란츠 크로머에게 하면서 약점이 잡히고 그에게 협박당하면서 금지된 어둠의 세계에 발을 들여놓게 됩니다. 거짓말 때문에 진짜 도둑질을 해야 하는 상황이 되어버린 것입니다.

그렇게 매일 협박과 불안에 시달리던 그의 앞에 데미안이라는 학생이 나타납니다. 싱클레어가 프란츠 크로머에게 시달리고 있다는 것을 눈치 챈 데미안은 크로머가 더 이상 싱클레어에게 다가오지 못하도록 만듭니다. 그리고 싱클레어에게 자기 나름대로 해석한 카인과 아벨 이야기를 들려줍니다. 사실 카인은 비범한 정신과 담력을 지녔기에 신에게 '표식'이라는 보상을 받은 것이며, 세상은 용기와 개성을 가진 자들을 두려워하기에 카인의 힘과 표식을 두려워한 사람들이 늠름하고 비범한 젊은이 카인을 부정적으로 왜곡한 것이라고 말합니다. 싱클레어는 기존의 관념을 뒤엎는 이 이야기를 통해 선악의 진실에 새롭게 눈뜨게 됩니다.

이후 싱클레어는 상급학교에 진학하게 되면서 데미안과 물리적으로 멀어지고, 내면의 선악 사이에서 고뇌하던 그는 주변의 유혹을 이기지 못한 채 다시 어둠의 세계에 빠져 방탕한 생활을 일삼으며 의미 없는 나날을 보내게 됩니다. 그러던 중 한 소녀를 우연히 보게 되고, 싱클레어는 그녀를 베아트리체라고 부르며 말 한마디 나눠 보지 않은 그녀를 위해 더 나은 사람이 되고 싶다는 생각을 하게 됩니다. 그렇게 방황을 끝낸 그는 그녀를 떠올리며 초상화를 그리기 시작하는데, 나중에 그 그림을 다시 본 그는 초상화 속 인물이 베아트리체가 아닌 데미안이라는 것을 깨닫게 됩니다. 싱클레어는 은연중에 데미안을 그리워하고 있었던 것입니다.

어느 날 진흙에 빠진 새가 하늘을 향해 날아오르려고 애쓰는 꿈을 꾸게 된 싱클레어는 꿈속 장면을 그려서 발신자도 적지 않은 채 데미안의 옛 주소로 편지를 보냅니다. 그리고 얼마 뒤, 데미안에게서 이런 답장을 받습니다.

"새는 알에서 나오기 위해 투쟁한다. 알은 세계이다. 태어나려고 하는 자는 하나의 세계를 깨뜨려야 한다. 새는 신에게로 날아간다. 신의 이름은 아브락사스."

싱클레어는 우연히 교회 주변을 배회하다 오르가니스트 피스토리우스를 만나 아브락사스의 의미를 알게 되고 더욱더 내면으로부터 굳건하게 성장해 나갑니다. 아브락사스는 고대에 등장하는, 선과 악이 공존하는 신이었습니다. 그리고 그는 이로써 어릴 적부터 시달렸던 '선과 악이 분명하게 나뉘어 있는 세계'에서 완전히 벗어나게 됩니다.

대학에 진학한 싱클레어는 데미안과 그의 어머니 에바 부인을 만나게 됩니다. 그리고 그는 존경과 경외의 마음으로 에바 부인을 사랑하게 됩니다. 그녀야말로 그가 꿈속에서 만나던, 그토록 그리워했던 아브락사스의 모습이었기 때문입니다.

얼마 뒤 데미안이 예언한 대로 제1차 세계대전이 터지고 싱클레어는 전쟁에 나가 큰 부상을 입게 됩니다. 병원에 입원하여 의식이 흐릿했던 싱클레어 앞에 다시 한 번 데미안이 나타나 에바 부인의 키스를 전하고 사라집니다.

《데미안》의 작가 헤르만 헤세는 선교사의 아들로 태어났습니다. 어린 시절 시인이 되기 위해 신학교에서 도망친 뒤 자살을 시도하기까지 했던 그는 노이로제가 회복된 뒤 다시 고등학교에 들어갔으나 1년도 못 되어 퇴학합니다. 그 후, 서점의 견습 사원이나 공장 직원으로 일하는 등 질풍노도의 청소년기를 보냈습니다. 그의 이러한 삶을 돌이켜 봤을 때 그가 경험한 종교에 대한 갈등, 선과 악 사이에서의 갈등, 이상과 현실 사이의 갈등이 얼마나 컸을지 예상이 됩니다. 그는 이런 갈등과 고뇌, 인생의 위기 속에서 고통을 치유하기 위해 노력하면서, 그럴 때일수록 자신의 내면에 귀를 기울이고 내 안의 소리를 들으며 삶을 헤쳐 나가야 한다는 것, 결국 앞으로 나아 가는 것은 자신의 의지가 있어야 가능하다는 것을 《데미안》을 통해 말하고 싶었던 것은 아닐까요?

도서 분야	외국고전	관련 과목	독서, 국어	관련 학과	철학과, 독어독문학과, 국어국문학과

고전 필독서 심화 탐구하기

▶ **기본 개념 및 용어 살펴보기**

주요 기본 개념 및 용어	
개념 및 용어	**의미**
데미안 Demian	데미안^{Demian}이라는 말의 어원은 Demon(악령)이다. 더불어 이 단어는 그리스어 Daimon(신에 가까운 존재 또는 인간 속에 잠겨 있는 신적 존재)에 그 어원을 두고 있다. 심리학적 관점에서 보았을 때 내 안에 있는 악마(부정적 감정)를 포용해야만 성장과정에서의 힘든 고통과 갈등의 순간을 넘어서서 양면성의 통합(알을 깨고 나오는)을 이룰 수 있다. 그렇기에 '데미안' 자체는 악마를 상징하기보다는 선과 악 모두를 받아들이고 포용하고 있는 인물로 그려진다고 볼 수 있다.
아브락사스 Abraxas	머리는 닭, 몸통은 인간, 다리는 뱀으로 이루어진 그노시스파의 신으로서 천사이자 악마인 존재를 말한다. 이 존재를 통해 빛과 어둠, 기쁨과 성공, 선과 악, 좋은 것과 나쁜 것처럼 구분되어서 대립되는 것들이 알고 보면 서로 공존하고 있다는 것을 알 수 있다. 헤르만 헤세는 알 밖에서 기다리는 것을 '아브락사스'라고 설정해두었다. 즉, 정해진 것은 없으니 남의 기준에 따라 방황하지 말고 나의 기준으로 판단하고 행동하며 최선을 다해 세계를 깨뜨리고 나오려는 노력을 해야 한다는 메시지를 전하기 위해, 대립하는 것들이 결합된 양면성의 존재인 아브락사스를 등장시켰다.

▶ 시대적 배경 및 사회적 배경 살펴보기

헤르만 헤세가 1916년부터 집필을 시작해서, 세계에 큰 영향을 미친 제1차 세계대전이 끝난 직후인 1919년에 세상에 내놓은 작품이다. 출간 당시, 정신적 혼돈에 빠져 있던 독일 청년들을 매료시켰으며 지난 100년 동안 전 세계 젊은이들의 꾸준한 사랑을 받았다. 당시 독일은 패전국으로서의 불안과 분노와 좌절이 사회 전체를 뒤덮고 있었고, 그동안의 관습과 도덕, 종교가 내세우던 온갖 가르침은 대규모 전쟁 속에서 모순과 허점을 그대로 드러낸 상태였다. 젊은이들은 그러한 혼란 속에서 어떻게 살아가야 할지에 대해 고민하였고, 헤르만 헤세는 당시의 경제적인 어려움과 정치적 혼란, 사회적 불안 속에서 방황하는 젊은이들에게 기존의 보수적 가치와 관습에 얽매이지 말고 좀 더 자유롭고 진보적인 생각을 하며 자신의 길을 가라는 용기를 이 소설 《데미안》을 통해 전했다.

현재에 적용하기

헤르만 헤세가 《데미안》을 통해 남기고자 했던, '성장의 고통과 혼란 속에서도 스스로를 찾아가는 여정'이라는 메시지를 확인하고, 자신에게도 싱클레어처럼 내면을 성장시켜 나가는 데 힘든 여정이 있었는지, 그 힘든 과정을 극복하기 위해 어떤 노력을 하고 있는지 발표해 본다.

▸ **책의 내용을 진로 활동과 연관 지은 경우**(희망 진로: 심리학과)

'데미안(헤르만 헤세)'을 읽고 작가가 작품을 집필했던 시기의 시대적 배경과 작가의 성장과정이 소설 속에 어떻게 반영되어 있는지 확인하기 위해 헤르만 헤세의 일생을 조사함. 그 과정에서 헤르만 헤세가 심한 우울증에 시달렸으며 치료를 위해 만났던 이가 바로 분석심리학의 기초를 세운 칼 구스타브 융 박사(직접적으로는 칼 융의 제자인 랑 박사)임을 알게 되었고 소설 속에서 칼 융의 분석심리학에 근거해 서술된 부분과 정체성 형성 부분을 찾아 각 심리학적 근거를 들어 '개인의 성장, 자아 찾기, 인간의 내면, 세계와의 대화' 순으로 내용을 구체적으로 분석함. 또한 '칼 융 이론으로 들여다 본 데미안의 세계관'을 그림으로 그려 표현하고, 싱클레어를 페르소나로, 크로머를 그림자로, 에바 부인을 아니마[2]로 데미안과 베아트리체를 셀프(내면적 자기)로, 피스토리아를 집단 무의식으로, 크나우어를 콤플렉스로 설정하고, 칼 융 심리학에 근거한 용어들로 설명하면서 내용을 분석함. 또한 데미안이 자아를 깊이 탐구하고 내면의 성장과 깨달음을 얻는 과정을 에릭슨의 정체성 형성, 프로이드의 심리적 성숙 단계, 로저스의 자아개념과 연관 지어 분석하고 그 내용을 북트레일러로 제작하여 친구들에게 소개함. 심리학자들의 낯선 이론을 작품 속 중요 키워드와 연결하여 소개한 부분이 특히 인상 깊음.

---

2 - 남성이 가지고 있는 여성성.

▶ 책의 내용을 문학 교과와 연관 지은 경우

문학작품을 읽을 때 전체적인 맥락과 배경지식을 관련지어 이해하는 등 전반적인 이해력이 우수하고 글에 대한 독해 능력과 비교분석 능력이 뛰어남. 한 학기 한 권 읽기 활동에서 '데미안(헤르만 헤세)'을 읽고, 다양한 관점으로 해석되는 결말인 "이따금 열쇠를 찾아내 완전히 나 자신 속으로 내려가면, 어두운 거울 속에 운명의 영상들이 잠들어 있는 곳으로 내려가며 그곳에서 나는 그 검은 거울 위로 몸을 숙이기만 하면 되었다. 그러면 나 자신의 모습이 보였다. 이제 그와 완전히 닮아 있었다. 그와, 나의 친구이자 인도자인 그와(p.219)"를 발췌하여 '어둡고 검다는 것은 무슨 의미일까?'라는 질문을 던지고 아득히 깊은 내면의 세계를 어둡고 검은 거울에 빗대었다고 재해석하는 등 자신만의 관점을 소설의 주제에 벗어나지 않게 창의적으로 제시한 점이 돋보임. 또한 연계도서로 '호밀밭의 파수꾼(제롬 데이비드 샐린저)'을 선정하여 읽고 소설 속 주인공 싱클레어와 주인공 콜필드의 청소년기 고뇌와 성장, 자아를 찾아가는 과정, 세계에 대한 인식 방식, 그들이 겪는 갈등의 차이를 꼼꼼하게 정리하며 주제를 심도 있게 이해하는 모습을 확인할 수 있었음. 같은 책을 읽은 친구들과 함께 토론하는 과정에서 '절대적인 선과 악은 존재하는가?', '주인공은 싱클레어인데 책 제목은 왜 데미안인가?'와 같은 발제를 제시하며 주체적으로 토론을 이끌어간 모습도 인상적임.

▶ 작품은 '카인과 아벨' 이야기를 인용하고 있다. 데미안과 에바 부인에 대해서도 반복 적으로 '카인의 표식'을 서술하고 싱클레어도 이 표식을 가진 자로 묘사한다. 작가가 이들에게 '카인의 표식'을 언급한 이유와 그것이 의미하는 바는 무엇일까?

▶ 싱클레어는 데미안을 만나기 전까지 이분법적 사고로 선과 악을 나눴지만 데미안을 만나며 그것을 깨뜨렸다. 싱클레어는 종교적인 믿음과 선을 부정하는 '아브락사스'에 대해 오랜 시간 자책하고 괴로워한다. 나의 내면에도 알을 깨고 날고 싶은 아브락사 스가 있는가? 자신의 내면이 현재 어떤 모습인지 말해보자.

▶ 싱클레어는 데미안의 도움으로 크로머의 괴롭힘으로부터 벗어나게 된다. 그리고 베 아트리체, 피스토리우스, 에바 부인 등을 만나며 성장한다. 자신에게도 이런 사람을 만난 경험이 있는지, 또는 내가 이들처럼 다른 사람의 인생에 영향력을 끼친 적이 있 었는지 그 경험에 대해 이야기해 보자. 그리고 그 경험이 나를 어떻게 성장시켰는지 말해보자.

함께 읽으면 좋은 책

이금이, 《유진과 유진》 밤티, 2020.

이희영, 《챌린지 블루》 창비교육, 2022.

정여울, 《헤세로 가는 길》 아르테, 2015.

한스 로슬링 외, 《팩트풀니스》 김영사, 2024.

칼 구스타프 융, 《인간과 상징》 열린책들, 2009.

올리버 색스, 《아내를 모자로 착각한 남자》 알마, 2016.

제롬 데이비드 샐린저, 《호밀밭의 파수꾼》 민음사, 2023.

여섯 번째 책

| | | | | | | | | | 돈 | 키 | 호 | 테 |

미겔 데 세르반테스 ▸ 열린책들

《돈키호테》의 작가인 세르반테스는 1547년에, 집안의 넷째로 태어났습니다. 그의 할아버지는 종교재판소의 변호사였고, 아버지는 외과 의사였지만 보수가 적고 사회적으로 멸시받는 신분이었습니다. 당시 스페인은 순수 기독교인의 혈통을 중시하는 순혈주의 사회였기 때문에, 개종한 유대계인 세르반테스는 많은 제약을 받으며 살아야 했던 것입니다. 로마로 건너가 군인이 된 세르반테스는 전쟁에 참전했다가 총상을 입고 평생 왼손을 쓰지 못한 채 살게 됩니다. 또한 군 생활을 마치고 귀국하던 해에는 튀르크 해적에게 붙잡혀 알제리에서 무려 5년간 노예 생활을 하다가 수도회와 가족들의 노력으로 풀려났고, 그 뒤로도 세금 징수원을 하던 중 억울한 일로

7개월의 옥살이가 추가되었습니다. 이렇게 그의 인생 중 11년간은 자유가 없었다고 볼 수 있는데 그렇기에 소설 속에서만큼은 마음껏 자유를 추구하고 있는지도 모릅니다.

　스페인의 어느 마을에 '알론소 키하노'라는 이름을 지닌, 쉰 살도 넘은 이달고(작위가 없는 하층 귀족)가 살고 있었습니다. 그는 당대 유행하던 기사 소설에 너무 빠져든 나머지 사냥도 그만두고 책을 사느라 경작지까지 모두 팔아치웁니다. 잠도 자지 않고 밤새 책을 읽던 그는 이윽고 책 속의 내용을 현실로 받아들여, 스스로를 책 속에 등장하는 편력기사들 중 한 명이라고 믿게 됩니다. 그는 스스로에게 '돈키호테 데 라만차'라는 이름을 붙인 다음, 자신이 상상 속에서 만들어 낸 '둘시네아 델 토보소'라는 귀부인의 사랑을 얻기 위해 불의를 타파하고 약자를 돕겠다는 원대한 기사도의 꿈을 세웁니다. 그리하여 낡은 갑옷으로 무장한 채, 비쩍 마른 말인 로시난테에 올라타 세 번의 모험을 시작합니다.

　첫 번째 모험은 그가 성城이라고 착각한 객줏집에 들러 편력기사가 되는 엉터리 의식을 거행하며 시작됩니다. 그 의식을 통해 정식 기사가 되었다고 생각한 돈키호테는 고향을 향해 가던 중 15살 하인이 주인 농부에게 얻어맞는 소리를 듣고 달려가 밀린 급여를 지불하라고 주인을 다그치며 소년을 구해줍니다. 그는 불의를 바로잡은 자신의 모습에 만족해 하지만 그가 떠나자마자 농부는 소년을 더욱 죽도록 두들겨 팹니다. 나중에 돈키호테를 다시 만나게 된 소년은 그에게 끝까지 책임지지 못할 선행은 하지 않는 것만 못하다며 다시는 남을 돕지 말라고 모든 편력기사에게 저주를 퍼붓습니다. 그 후, 계속 모험을 감행하던 돈키호테는 길에서 마주친 톨레도 상인들을 편력기사라고 착각하고선 새로운 모험을 맞닥뜨렸다고 여기며, 세상에서 가장 아름다운 여인은 둘시네아라며 그녀를 찬양하라고 상인들에게 외칩니다. 그리고 상인들은 이에 대한 답으로 돈키호테를 흠씬 두들겨 팹니다. 그가 길에 나뒹굴며 고통을 호소하고 있을 때, 이웃집 농부가 그를 알아보고 집으로 데려오며 첫 모험은 이렇게 끝이 납니다. 돈키호테가 사흘 동안 보이지 않아 걱정했던 마을의 신부와 이발사와 가정부와 조카딸은 돌아온 그의 몰골을 보고서 기사 소설을 읽고 그렇게 된 것이라고 생각해 서재의 책을 검열하여 편력기사 소설을 모두 불살라 버립니다. 하지만 그는 '산초 판사'라는 마을의 농부에게 자신이 황제가 되면 섬의 영주로 만들어주겠다는 약속을 하며 그를 시종으로 삼아 두 번째 모험을 떠나게 됩니다.

두 번째 모험에서 그는 위험을 무릅쓰고 기사도의 의무를 다하는 모습을 보여줍니다. 들판에 있는 풍차를 발견하고는 이를 거인이라고 여겨 싸움을 걸었다가 내동댕이쳐지는가 하면, 낙타를 탄 사제 두 명과 우연히 그 뒤에서 마차를 타고 오던 부인 일행을 마주하고는 공주를 유괴하는 마법사로 오인하여 사제들을 공격합니다. 이과정에서 갑옷이 잘려 나가고 귀 반쪽이 떨어져 나갑니다. 또한 양떼를 적군으로 오해해 전투를 벌이다가 목동들이 던진 돌에 맞아말에서 떨어지고 앞니와 어금니가 부서집니다. 시체와 얽힌 모험도하지만 승리는 단 몇 차례일 뿐, 오로지 자신의 이상만을 추구하는돈키호테와 그 어떤 상황에서도 무모한 욕심을 채우며 현실을 잊지않는 산초는 늘 치욕스럽게 참패하는 환장의 조합을 보여줍니다. 결국 그들을 이해할 수 없었던 신부와 이발사는 자신들을 편력기사소설에 나오는 마법사인 것처럼 연기해 돈키호테를 붙잡았고, 결국돈키호테는 우리에 갇혀 고향으로 끌려오게 됩니다.

세 번째 모험은 이미 돈키호테의 모험 이야기가 책으로 출판되어사람들에게 인기를 끌고 있을 때 시작됐습니다. 신부, 이발사, 가정부, 조카딸, 학사 모두 여전히 돈키호테의 광기가 사라지지 않은 것을 보고, 이번에는 오히려 모험을 부추겨 그 과정을 통해 광기를 해소하도록 계획을 세웁니다. 그렇게 돈키호테는 세 번째 모험을 떠나게 됩니다. 세 번째 모험 초반에, 돈키호테는 귀부인 둘시네아를만나기로 합니다. 하지만 돈키호테에게 그녀에 대한 거짓말을 했던산초는 불안해졌습니다. 사실 그는 둘시네아의 집도 모르고 그녀의얼굴도 알지 못했기 때문입니다. 그리하여 산초는 꾀를 부려 지나

가던 농촌 처녀를 둘시네아와 그녀의 시녀라고 돈키호테를 속입니다. 돈키호테는 그 상황이 의아스러웠지만, 마법 때문에 그녀의 본모습을 보지 못하는 것이라는 산초의 말을 믿어버립니다.

돈키호테와 산초의 모험 이야기를 들은 공작 부부는 그들의 신념을 약점으로 삼아, 다양한 모험을 계획하여 자신들의 유희를 만족시키려고 합니다. 그러면서 마법에 걸려 평범한 시골 아낙네가 된 둘시네아를 본래의 모습으로 돌려놓기 위해서는 산초가 스스로 자신의 엉덩이를 3,300대 매질해야 한다고 말합니다. 처음에 산초는 반발하지만, 마법에 걸린 둘시네아를 구하는 것은 돈키호테에게 가치 있는 일이었고, 둘시네아에 대한 부정은 기사도 정신, 즉 돈키호테의 가치를 부정하는 것과도 같았으며, 그것은 산초의 이상과도 연결되어 있었기 때문에 결국 산초는 이 제안을 수락하여 공작의 계획에 빠져들게 됩니다. 더불어, 공작은 산초를 한 마을의 영주로 임명하는데, 모두의 예상을 깨고 그는 천여 명의 주민들과 마을을 무척 현명하게 통치합니다. 그러나 곧이어 자신의 분수를 깨닫고 때로는 지속할 수 없는 이상이 있음을 받아들이며 열흘 만에 통치를 그만두고 돈키호테에게 다시 돌아갑니다.

그들은 모험 끝에 바로셀로나에 도착하여 그곳에서 '하얀 달의 기사'를 만나 결투를 벌이게 됩니다. 하얀 달의 기사는 결투에서 진 사람은 고향으로 돌아가 1년간 칩거해야 한다는 조건을 내걸었고,

결투에서 패한 돈키호테는 약속에 따라 고향으로 돌아갑니다. 사실 하얀 달의 기사는 학사 삼손 카라스코였습니다. 그는 돈키호테의 편력기사 활동을 그만두게 하기 위해 신부, 이발사 등과 모의하여 편력기사인 것처럼 분장하고 돈키호테에게 결투를 신청해 마침내 그를 고향으로 돌려보냈던 것입니다. 하지만 고향으로 되돌아온 돈키호테는 모든 삶의 의욕을 잃어버리고 건강마저 악화됩니다. 당황한 페로와 니콜라스, 카라스코는 돈키호테의 건강을 회복시키기 위해 다시 편력기사 활동을 부추기지만 이상이 사라지고 존재 이유를 잃어버린 그는 깊은 상실감과 우울감을 느끼던 중 정신이 돌아오자마자 쓸쓸히 죽음을 맞이합니다.

어렸을 때 읽었던 《돈키호테》는 풍차가 거인이라고 착각하며 달려드는 무모한 미치광이 편력기사에 대한 이야기였습니다. 하지만 지금 읽어보는 《돈키호테》는 사뭇 다른 느낌입니다. 다른 사람들은 미쳤다고 생각하지만 자신은 그렇지 않다고 생각하며, 타인의 시선을 의식하지 않은 채 온전히 자신에게 집중하며 모험을 실천하는 인물입니다. 그렇기에 현대의 삶 속에서 '우리에게는 돈키호테형 인간이 필요하다'는 말을 자주 듣기도 합니다. 여러분은 다른 사람의 시선에서 자유로운가요? 온전히 '나'의 마음을 들여다보나요? 반복되는 실패와 주위의 차가운 시선에도 불구하고 자신의 꿈을 향해 끝까지 도전하는 돈키호테. 우리에게 돈키호테형 인간이 필요한 이유는 그런 열정을 가진 돈키호테의 모습에 목말라하고 있기 때문이 아닐까요? 돈키호테의 모험을 함께 하며 이상에 대한 나의 태도를 점검해 보기를 바랍니다.

도서 분야	외국고전	관련 과목	윤리와 사상	관련 학과	철학과, 정치외교학과, 윤리교육과, 스페인어문학과

▶ 기본 개념 및 용어 살펴보기

주요 기본 개념 및 용어	
개념 및 용어	의미
편력기사	기사의 계급을 뜻하는 말이 아닌 편력^{遍歷} 즉, 여기저기 돌아다니는 방랑 기사를 의미하는 말로, 떠돌이 기사라는 의미에 가깝다. 여성을 신성시하여 스스로 여신에게 봉사하는 종을 의미한다. 그렇기에 돈키호테가 기사로서의 역할을 하기 위해서는 '둘시네아'라는 가상의 귀부인이 필요했던 것이다.
키호티즘	소설 속에서 돈키호테는 풍차를 거인으로 착각하고 무모하게 덤벼들다가 곤란을 겪는 우스꽝스러운 인물로 묘사된다. 키호티즘은 돈키호테의 이러한 무모한 성격이나 생활 태도를 가리키는 말이다. 하지만 키호티즘은 무모함이나 어리석음의 범주를 넘어서 용기를 가지고 현실에 맞서 꿋꿋하게 싸우는, 굽힐 줄 모르는 인간의 고매한 정신을 의미한다고도 볼 수 있다. 실패를 하더라도 두려워하지 않고 자신의 이상을 실현시키기 위해 끝까지 밀고 나가는 성격이나 생활 태도를 뜻한다.

▶ 시대적 배경 및 사회적 배경 살펴보기

이 소설은 16~17세기 스페인을 배경으로 한다. 그 당시는 스페인이 유럽과 아시아를 아우르며 엄청난 부를 축적하던 대제국에서 군주와 귀족의 부패로 다시 쇠락해 가던 시기였다. 게다가 사회를 하나로 묶는다는 명목 하에 순수한 기독교 혈통이 아닌 자들, 즉 유대인이나 이슬람인 등 이교도를 색출하는 종교재판이 수시로 일어나던 시기이기도 했다. 그때 유대인이 가질 수 있는 직업은 성직자가 되거나 왕궁의 신하가 되거나 군인이 되거나 아니면 거지 이 네 가지뿐이었다. 그 당시 유럽 사회는 인본주의와 자유사상 아래서 인간에 대한 고뇌가 주를 이루었는데, 스페인은 강력한 왕권 아래에서 폐쇄적인 분위기를 풍겼고 사회는 불안했다. 작가는 이러한 시대적 상황 아래서 스페인 사람들이 신화적인 영웅이나 기사의 이야기보다 현실적인 문제에 집착하는 것에 회의감을 느꼈고 그것을 비판하기 위해 돈키호테라는 가상의 인물을 만들었다. 스페인 전역을 모험하며 민중과 직접 살을 맞대며 정의를 이야기하고 문제를 해결하려는 용감한 인물 세르반테스를 통해 사치와 무기력증에 빠진 귀족들을 질타하고 사회의 변화와 문화적 현실을 극적으로 반영하고자 했다.

현재에 적용하기

유대인의 관습 및 스콜라 철학에서 이름은 중요한 의미를 지닌다. 즉, 이름은 그 사람의 실체 형성에 막대한 영향력을 행사하며, 인간의 근본적인 면까지도 바꿀 수 있다는 믿음이 있는데, 그렇기에 소설 속 돈키호테 역시 자신의 기사 명과 로시난테, 둘시네아의 이름을 짓는 데 굉장한 공을 들인다. 새로운 이름을 부여하는 그의 행동과 그가 붙인 이름의 의미를 분석해서 돈키호테가 살고 싶었던 삶에 대해 알아보고, 현재의 '나'에게도 새로운 이름을 붙여보자. 그 이름이 지향하는 삶의 태도에 대해서도 의미를 부여해볼 수 있다.

생기부 진로 활동 및 과세특 활용하기

▸ **책의 내용을 진로 활동과 연관 지은 경우**(희망 진로: 스페인어문학과)

"모든 소설가는 어떤 형식으로든 모두 다 세르반테스의 자손들"이라는 밀란 쿤데라의 어록을 보고 세르반테스의 작품세계와 삶에 대해 관심을 갖던 중 그 어록의 근거가 되는 작품이 '돈키호테(미겔 데 세르반테스)'였다는 것을 알게 되어 소설을 읽음. 세르반테스가 소설을 쓰던 16~17세기 스페인의 시대적 배경을 조사하면서 그가 돈키호테라는 광인을 문학적 수단으로 이용해 귀족들을 비판하고, 남녀평등을 외치고, 인간의 자유를 수호하며 정의가 구현된 공정한 사회를 그리고 있다는 것을 확인함. 또한 소설 속에 이상과 현실, 외면과 내면 등 다양한 철학적 문제가 숨겨져 있다고 분석하고 669명의 인물을 통해 작가가 표현하려한 의미를 제시함.

　햄릿형 인간 vs 돈키호테형 인간의 언급을 통해 두 인간형을 비교하고 현대사회에 어떤 인물이 필요한지에 대해 소설의 내용과 연관 지어 장단점을 설명함. 특히 공상에 빠지고 엉뚱한 행동을 하는 돈키호테를 광인이 아닌 신념과 의지가 강하고 도덕관이 뚜렷한 지극히 정상적인 사람으로 정의하며 현대사회에 가장 필요한 인물형으로 제시함. 게다가 소설 속에서 진행된 개명의 의미를 '다른 존재가 된다는 것은 미친 것이 아니라 꿈을 이루는 것이다'라고 정의하며 돈키호테는 개명을 통해 이미 꿈에 한 발짝 다가갔다는 감상을 밝히는 등 소설을 다양한 시각에서 해석하고 주체적인 관점으로 평가함.

‣ 책의 내용을 문학 교과와 연관 지은 경우

돈키호테 '북 아트전'에서 35인의 화가, 디자이너, 일러스트레이터가 돈키호테를 표현한 책 전시를 본 후, 자신이 과거에 읽은 '돈키호테(미겔 데 세르반테스)'와는 전혀 다른 해석에 호기심이 생겨 완역본으로 소설을 읽어봄. 당시 시대적 상황과 사회적 배경을 이해하기 위해 세르반테스의 일생에 대해 조사하고, 그가 무식해 보이고 이상만을 추구하는 것처럼 보이는 돈키호테를 주인공으로 설정하여 이야기를 전개한 이유에 대해 이해함. 또한 이 작품이 통속적인 기사 소설을 풍자하기 위해 쓰여진 메타 소설의 일종이라는 점을 설명하며, 소설 내에서 의도적으로 작가를 드러내고 의식하게 만들어서, 이 이야기가 허구라는 점을 직접적으로 드러내는 문학적 기법을 사용하고 있음을 소개함. 또한 이러한 기법으로 소설을 쓴 의도를 시대적 배경과 연결 지어서 설명함. 현실주의자와 이상주의자의 대립처럼 보이는 산초와 돈키호테 사이의 끊임없는 대화들을 필사하며 오히려 서로의 존재에 대한 존중과 화합을 확인하고, 그 문장에 대한 자신의 생각을 정리함. 또한 소설의 주제를 노자의 도덕경에 나오는 '승인자유력 자승자강^{勝人者有力} ^{自勝者强}'으로 정리해서, 나를 이기는 사람이 진정한 강자임을 강조하며 자신이 원하고 바라는 대로 행동하는 것의 중요성에 대해 강조함.

후속 활동으로 나아가기

▶ 돈키호테는 로시난테라는 이름을 짓기 위해 엄청나게 고심하는 모습을 보여준다. 실제로 그는 모험을 결심하고 나서 이름을 짓는 것에 가장 많은 시간을 할애한다. 왜 그는 이름 짓는 일에 그렇게 열중했을까? 새롭게 이름을 부여하는 행위는 무엇을 의미하는 것일까?

▶ 돈키호테는 왜 편력기사에 관한 책을 읽었고 왜 편력기사가 되고자 했을까? 또한 이미 오래전에 끝난 기사의 시대, 전설 속의 늠름한 기사와는 거리가 먼 돈키호테의 모습을 통해 작가인 세르반테스가 말하고 싶었던 것은 무엇일까?

▶ 자신에게도 원하고 바라는 꿈이 있는가? 그런 것들을 이루기 위해 돈키호테처럼 실행할 수 있는가? 돈키호테에게 실행력을 부여한 원동력은 무엇이었을까?

▶ 돈키호테는 무모한 도전을 많이 하는 사람이고 산초는 현실적인 사람이다. 어떤 삶이 좋다고 생각하는가? 자신은 돈키호테에 가까운 사람인가? 아니면 산초에 가까운 사람인가?

함께 읽으면 좋은 책

루쉰, 《아Q정전》 창비, 2023.

류성룡, 《징비록》 서해문집, 2014.

안영옥, 《돈키호테를 읽다》 열린책들, 2016.

어니스트 헤밍웨이, 《노인과 바다》 민음사, 2012.

조너선 스위프트, 《걸리버 여행기》 현대지성, 2019.

니코스 카잔차키스, 《그리스인 조르바》 열린책들, 2009.

| | | | | | | | 동 | 물 | 농 | 장 |

조지 오웰 ▸ 민음사

인간 존스(니콜라이 2세를 비유[3]) 씨가 운영하는 매너 농장에는 여러 동물들이 모여 살고 있습니다. 그 중 가장 영리하고 연장자인 돼지 메이저[4] 영감은 밤마다 그곳 동물들을 모아놓고 우리의 삶은 비참하며 결국 도살장에서 짧은 생을 끝맺게 되기에 우리를 이렇게 만든 인간들을 상대로 투쟁을 해야 한다며 모두가 평등한 삶을 살아야 한다고 동물들을 부추깁니다. 동물들은 서서히 인식을 바꾸

---

3 ‑ 러시아 제국의 마지막 황제로 알려진 인물로, 1894년에 즉위하여 1917년까지 재위했다. 당시 러시아는 빠르게 변화하는 사회적, 경제적 상황과 외부의 전쟁으로 동요하고 있었고, 1917년 2월 혁명은 니콜라이 2세의 통치를 종식시키고 러시아에서 공산주의자들의 세력을 세우는 계기가 되었다.
4 ‑ 혁명의 이상을 소개하는 인물로, 공산주의 이론의 창시자 카를 마르크스와 러시아 혁명의 원칙을 수립한 블라디미르 레닌을 상징한다.

게 되고 마침내 한 사건을 계기로 농장 주인 존스 씨를 내쫓는 반란 (1917년 10월에 발발한 '볼셰비키 혁명'이라 불리는 러시아혁명을 의미함)을 일으키고 농장을 차지하게 됩니다. 그 후 동물농장은 옹골찬 성격과 강한 추진력을 가진 돼지 나폴레옹(스탈린[5])과 쾌활하고 연설을 잘하며 창의력도 충분한 돼지 스노볼(트로츠키[6])의 지도와 주도 하에 모든 동물이 평등한 동물 공화국을 건설하기 위한 회의를 열고 동물들이 지켜야 할 일곱 계명도 제정하게 됩니다.

<동물주의 원칙 7계명>

1. 무엇이건 두 발로 걷는 것은 적이다.
2. 무엇이건 네 발로 걷거나 날개를 가진 것은 친구다.
3. 어떤 동물도 옷을 입어서는 안 된다.
4. 어떤 동물도 침대에서 자서는 안 된다.
5. 어떤 동물도 술을 마시면 안 된다.
6. 어떤 동물도 다른 동물을 죽여선 안 된다.
7. 모든 동물은 평등하다.

---

5 - 소련의 지도자로, 과격한 산업화와 농경지 집단화 정책을 추진하여 소련의 경제적 성장을 이뤄냈지만 독재적이고 폭력적인 인물이었다. 대량학살, 강제노역, 정치적 억압 등 인권 침해 사례를 빈번히 낳으면서 많은 사람들의 희생과 고통을 야기하였다.

6 - 러시아 혁명과 소비에트 연방의 초기 개혁기에 중요한 역할을 한 인물이다. 하지만 스탈린과의 정치적 갈등으로 인해 추방되었다.

동물들은 주인 의식을 가지고 농장의 운영에 참여하고 합심합니다. 돼지들은 관리 감독 역할을 맡았으며 모두가 각자의 자리에서 열심히 일을 합니다. 하지만 풍차 건설을 계기로 동물들의 의견이 양분되고 지도층인 나폴레옹과 스노볼의 권력 투쟁이 발생하게 됩니다. 스노볼은 농장의 가장 높은 언덕에 풍차(소비에트 5개년 개발 계획을 의미함)를 설치하여 전기를 생산한다면 불을 켜고 난방을 하는 등 많은 여건을 개선할 수 있다고 생각했습니다. 하지만 나폴레옹은 스노볼을 견제하며 그의 의견에 무조건 반대를 합니다. 그리고 동물들의 의견이 스노볼 쪽으로 기울자 연설의 자리에서 나폴레옹은 남몰래 훈련시킨 9마리의 개들(러시아 비밀경찰을 의미)을 데리고 와 혁명을 일으켜 스노볼을 내쫓고 새로운 지도자로 우뚝 섭니다. 또한 그는 또 다른 돼지 스퀼러(프라우다[7])를 자신의 대변자로 내세워 점차 동물들이 자신을 숭배하고 찬양하게 만드는 한편, 스노볼을 인간과 내통하는 첩자로 여기게끔 여론을 만듭니다. 또한 사나운 9마리의 개들을 호위 병사처럼 세워 누구도 불만을 표현하지 못하도록 공포 분위기를 조성하고 권력을 강화합니다. 농장의 운영 방침도 바뀌는데, 모든 동물이 회의로 중요 안건을 결정하던 방식은 폐지되고 나폴레옹과 그의 측근들이 결정 권한을 가지게 됩

---

7 – 옛 소련의 공산당 잡지의 이름이다. 소설 속에서는 언론을 의미한다.

니다. 나폴레옹은 풍차 건설을 빙자해 동물들의 자유를 억압하고 고강도의 노동을 강요합니다. 하지만 동물들은 돼지들의 '미래를 위한 일'이라는 거짓 논리에 설득당해 고된 노동을 견뎌냅니다.

어느 날, 절반쯤 진행되었던 풍차가 붕괴되는 사고가 발생하고 나폴레옹은 이것이 스노볼의 짓이라며 거짓 선동을 하는 가운데 풍차 공사를 재개합니다. 그 과정에서 나폴레옹의 결정에 불평과 불만을 품는 동물들이 생기자 나폴레옹은 그 동물들을 재판하고 즉석에서 처형하는 숙청을 시작합니다. 풍차가 완성되고 살기 좋아질 것이라 믿었던 동물들은 나폴레옹의 독재체제가 나날이 강화되자 억압과 착취의 희생양이 되고 맙니다. 그는 인간과의 거래를 통해 농장의 경제적 이익을 증진시키지만 그와 같은 종족인 돼지들만이 그 특권을 누리게 되면서 다른 동물들은 점점 더 노예만도 못한 생활을 하게 됩니다. 그러던 중 가장 성실하게 일했던 말 복서(프롤레타리아[8])가 쓰러지게 되자 나폴레옹 일당은 복서를 병원으로 데려간다고 이야기하고는 몰래 말 도살장에 팔아버리고 돼지들(볼셰비키당을 의미[9])은 그 돈으로 위스키를 사 마십니다.

---

8 - 노동자 계급
9 - 러시아 혁명 당시, 중요한 역할을 맡았던 정치 단체로 자본주의 체제를 무너뜨리고 사회주의 체제를 구축하기 위해 노력하였다. 1917년 2월 혁명과 10월 혁명에서 중요한 역할을 하며 소비에트 연방을 공식적으로 세우는 데 성공하였으나 스탈린의 독재와 정치적 갈등으로 인해 볼셰비키는 해체되었고, 스탈린주의가 주도하는 러시아 공산당이 결성되었다.

그리고 어느 날, 갑자기 7계명이 사라지고 하나의 계명만이 남아 있게 됩니다.

> 모든 동물은 평등하다.
> 그러나 어떤 동물은 다른 동물보다 더 평등하다.

기득권이 된 돼지들은 잡지를 구독하고 라디오를 들으며 인간의 옷을 입고 있습니다. 채찍을 들고 두 발로 걷는 돼지들은 이제 인간과 다를 바가 없었습니다.

이 소설은 조지 오웰이 1945년 소련의 공산주의와 스탈린주의를 비판하며 당시의 사회를 풍자한 우화소설입니다. 비유적으로 서술하면서 권력 자체만을 목표로 하는 혁명은 주인만 바뀔 뿐 본질적인 사회변화를 가져오지 못한다는 것과 대중이 깨어 있으면서 지도자들을 감시 및 비판하고 질타할 수 있을 때에만 혁명은 성공한다는 것을 제시하면서 사회주의 사상, 독재자, 우매한 대중들에 대한 다양한 질문을 던집니다.

오래 전에 일어났던 소련 내 혁명을 빗대어 쓴 이야기이지만, 그 안에 담긴 세태와 교훈은 여전히 유효한 것처럼 보이는 이유는 무엇 때문일까요? 소설을 통해 그 이유를 생각해 보고, 진정한 사회 변화는 어떤 식으로 이끌어 낼 수 있을지 고민해 보는 시간을 가졌으면 좋겠습니다.

도서 분야	외국고전	관련 과목	세계사, 문학, 사회문화, 윤리와 사상	관련 학과	사회학과, 정치외교학과, 행정학과, 교육학과, 미디어커뮤니케이션학과

▶ 기본 개념 및 용어 살펴보기

주요 기본 개념 및 용어	
개념 및 용어	의미
소비에트 soviet	원래 평의회 또는 대표자 회의를 뜻하는 단어였다. 하지만 러시아 혁명 때 노동자, 군대, 농민, 대의원으로 소비에트가 형성된 후부터는 '부르주아 민주주의 의회'에 대비되는 개념이자, 민중에 의해 자발적으로 조직되고 운영되는 '프롤레타리아 독재 정권의 권력기관'이라는 의미로 사용되었다. 1905년 혁명 과정에서 각 공장의 동맹파업운동을 조정하고 통일적으로 지도하는 기관이었으며, 1917년 2월 혁명 때에는 군사력을 장악하고 임시정부와의 사이에서 이중권력을 잡기도 하였다. 10월 혁명 과정에서 볼셰비키는 소비에트 내부의 소수파에서 다수파가 되며 그것을 기초로 러시아 혁명을 성공시켰다. 혁명기의 소비에트는 민중의 에너지를 결집시키고 당파의 통일전선을 실현하는 기능을 수행하였는데 1920년대 신경제정책[NEP10] 때부터 이 기능은 변질되기 시작한다.
전체주의 全體主義	전체를 개인보다 우위에 두고, 개인은 전체의 존립과 발전을 위해서만 존재한다는 이념 아래 개인의 자유를 억압하는 극단적 형태의 국가주의를 말한다. 아돌프 히틀러 휘하의 나치 독일 나치즘과 이오시프 스탈린 휘하의 소련의 스탈린주의가 이에 속한다. '하나는 전체를 위하여, 전체는 하나를 위하여one for all, all for one'가 대표적인 슬로건이다.

10 - 소규모 사업 및 도매업을 허용하는 등 시장을 인정하고, 농민이 자신에게 정해진 세금을 낸 후 남은 농산물을 팔 수 있게 하는 정책.

▶ 시대적 배경 및 사회적 배경 살펴보기

이 소설은 20세기 초반부터 중반까지의 유럽과 러시아의 역사적 사건을 바탕으로 하고 있다. 러시아가 러일 전쟁에서 패하자 시민들의 생활은 어려워졌다. 노동자들은 1905년 니콜라이 2세에게 시민의 기본적 권리를 보장해 달라고 평화적인 시위를 하였는데 이 시위는 군사적인 진압으로 종결되었다. 사람들은 정부에 분노하고 저항하였고 귀족과 평민, 노동자들 사이의 불평등과 국가의 경제적 어려움에 대한 불만이 폭발한 결과, 1917년 러시아 혁명이 일어나게 된다. 피 흘리는 전쟁과 굶주림을 사라지게 해줄 것을 요구하며, 농민들에게는 농사지을 땅과 시민들에게는 자유를 달라며 벌인 시위가 바로 '2월 혁명'이다. 그 결과, 니콜라이 2세는 황제의 자리에서 물러나게 된다. 그 후 레닌이 주도한 10월 혁명으로 인해 국가의 귀족 제도가 완전히 무너지고 소비에트 연방이 설립되었다.

《동물농장》은 1917년에 일어난 러시아 혁명에서부터 제2차 세계대전 후기에 이르는 시기까지의 사회주의와 공산주의 역사를 반영하고 있으며, 러시아 혁명 후 스탈린 체제하에서 벌어진 공포정치 등을 비판적으로 다루고 있다.

현재에 적용하기

동물농장 내부의 갈등과 변화는, 지금 우리의 사회에서 일어나는 일들과 크게 다르지 않다. "진실은 누구를 위한 것인가!"라는 주제 아래, 언론이나 권력을 가진 이들이 진실을 조작 및 왜곡하고 이용하면서 사회적 문제를 악화시키는 사례를 찾아보고 그러한 문제를 해결하기 위한 방안을 고민해 본다.

▸ 책의 내용을 진로 활동과 연관 지은 경우 (희망 진로: 언론정보학과)

'동물농장(조지 오웰)'을 읽고 소설 속 나폴레옹이 권력을 장악하고 스킬러를 앞세워 거짓 선동, 모함, 가짜뉴스를 퍼뜨리는 장면을 발췌하여 언론에서의 선전, 선동 기법을 파악함. 그 과정에서 비판적으로 보지 않고 맹목적으로 받아들일 때의 '대중매체의 역기능'을 떠올리고는 <'동물농장'의 사례를 통해 키우는 미디어 리터러시 능력>이라는 주제로 보고서를 작성하기 위해 '비판적 읽기'와 관련된 다양한 자료를 수집함. 대중매체의 또 다른 권력인 '게이트 키핑'에 대한 기사를 조사해서 뉴스가 취사 선택되는 과정을 설명하고, 뉴스 선택이 결정권자에 의해 내용이 수정, 왜곡될 수 있으며 사회·문화적 압력과 각종 외부적 요인으로 공정성을 잃게 될 수 있기에 주체적으로 미디어를 읽어야 한다고 주장함. 또한 소설 속에서 방관하는 등장인물들의 모습들(대사, 행동)을 통해 비판적으로 생각하지 않는 습관은 미디어 리터러시 능력을 떨어뜨리기 때문에 경계해야 함을 예로 보여주며, 작품이 전달하는 메시지를 또 다른 맥락에서 이해하고 해석하는 모습을 보여줌. 또한 소설 속 가장 많은 문제가 점철된 사건으로 '복서의 죽음'을 선택하여 '위스키 한 잔으로 바꾼 복서의 죽음'이라는 헤드라인을 쓰고 이것을 신문 기사로 작성함. 사회적 부조리함을 고발하는 기사를 통해 지배자 계층이 권력을 장악하면 불평등이 어떻게 심화 되는지 보여주고, 국가권력을 제어하고 관리·감독하는 기관의 힘이 필요함을 주장함.

▶ 책의 내용을 문학 교과와 연관 지은 경우

'문학을 바라보는 4가지 관점을 가지고 고전문학 소개하기' 활동을 위해 '동물농장(조지 오웰)'을 읽음. 작가의 생애, 역사적 배경, 동물 우화 속 정치적 알레고리 기법, 사회 불평등을 바라보는 시선으로 4가지 관점을 정확하게 분석하는 보고서를 작성하였으며 PPT 발표를 통해 작가가 전하고자 하는 메시지를 정확하게 발표함. 특히 '표현론적 관점'을 설명하기 위해 조지 오웰의 산문집 '나는 왜 쓰는가'에서 세 편을 추가로 읽고 작품 이해에 필요한 작가의 정치적 견해를 추가로 탐구하여 작품을 이해하고자 하는 모습이 인상 깊었음.

작가가 우화적 기법을 통해 어떤 교훈을 전달하고 무엇을 이야기하려고 하는지에 대해 스스로 질문하면서 '동물농장'을 읽음. 작가의 의도를 정확히 파악하기 위해 작품의 시대적 배경을 찾아보고 소설 속의 등장인물들이 러시아 혁명 당시의 실제 인물들과 관계가 있다는 것을 찾아냄. 세계사 시간에 배운 러시아 혁명을 추가로 조사한 후 표로 작성하며 작가가 풍자하려고 하는 사건에 대해 깊이 이해하고자 하는 적극성을 보임.

후속 활동으로 나아가기

‣ 나는 동물농장 속 어떤 동물과 가장 성향이 비슷한가?(복서, 클로버, 벤자민 등 각 동물들의 태도와 행동을 제시하고 그것에 대한 자신의 생각을 말한다.)

‣ 나폴레옹과 스노볼은 풍차를 우선 건립할 것인지 식량 증산을 먼저 신경 쓸 것인지에 대해 의견 차이를 보인다. 만약 당신이 동물농장의 동물이라면 누구의 의견에 동의할 것인가? 그리고 나폴레옹이 아닌 스노볼이 지도자의 역할을 했다면 동물농장은 어떻게 됐을 거라고 생각하는가?

‣ 누구보다 성실하고 정치권력을 신뢰한 복서는 시종일관 나폴레옹의 독재정치에 순순히 응하는 모습을 보여준다. 그는 왜 반발하지 않았을까? 이러한 복서의 태도에 대해 어떻게 생각하는가? 병원이 아닌 도살장으로 가고 있다는 것을 알았을 때 그는 어떤 기분이 들었을까?

‣ 돼지들은 자신들이 통치를 하고 머리를 쓰기 때문에 사과와 우유를 가져야 한다고 말한다. 통치자들에게 더 많은 보상이 돌아와야 한다는 이 주장에 동의하는가?

함께 읽으면 좋은 책

조지 오웰, 《1984》 민음사, 2003.

이문열, 《우리들의 일그러진 영웅》 알에이치코리아, 2020.

여덟 번째 책

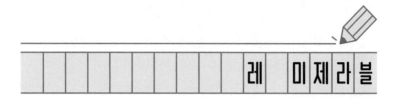

레 미제라블

빅토르 위고 ▶ 민음사

"가난에서 오는 끔찍한 고통을 겪는 사람들", "비참하고 불행한 사람들"이라는 뜻을 지닌 제목의 소설《레 미제라블》은 1862년 프랑스 작가인 빅토르 위고가 쓴 대하소설로, 실패로 끝났던 1832년 '6월의 민중봉기'를 배경으로 합니다. 서양 문학사에서 가장 위대한 소설로 평가받고 있지만, 흔히 알려진 장발장에 관한 이야기는 이 소설의 1/3정도에 해당될 뿐, 나머지 2/3에는 19세기 초의 프랑스 역사와 사회의 다양한 문제에 대한 저자의 견해가 서술되어 있는 등 장황하고 방대한 내용이 전개되기 때문에 실제로 완독을 한 사람은 많지 않습니다. 하지만 여담을 걷어 낸 핵심 줄거리가 매우 흥미진진하고 작품이 던지는 묵직한 질문과 의미가 시대를 뛰어넘기에 뮤지컬이나 영화 등 다양한 장르로 각색돼 오랜 시간동안 많은 사랑을 얻고 있는 작품이기도 합니다.

　굶고 있는 조카들을 위해 빵을 훔치다 걸려 5년형을 받은 장발장은 구형 도중 4번의 탈옥을 시도해 총 19년의 감옥살이를 한 후 가석방으로 세상에 나오게 됩니다. 하지만 전과 때문에 어디에서도 받아주지 않자 세상을 저주하던 그는 음식과 잠자리를 내어 준 미리엘 주교의 은 식기를 훔쳐 도망가다가 경찰에 붙잡히게 됩니다. 하지만 주교는 그것들은 자신이 선물로 내어 준 것이라며 그의 죄를 묵인하고, 은촛대까지 주면서 그가 선한 사람으로 다시 태어나기를 기도합니다. 결국 장발장은 이 일을 계기로 깨달음을 얻고 선을 행하는 인간으로 거듭나게 됩니다. 그리고 가석방 중임을 나타내는 문서를 찢어버리고 정체를 숨긴 채 몽트뢰유쉬르메르시에서 마들렌이라는 새 이름으로 살면서 공장장과 시장으로 성공하게 됩니다.

　한편 마들렌(장발장)의 공장에서 일하고 있던 하류층 직공 팡틴에게는 비밀이 하나 있습니다. 귀족 자제인 톨로미에스와 만나던 그녀는 그의 아이를 가지게 되는데, 톨로미에스는 결국 그녀를 떠나버리고 팡틴은 자신이 낳은 딸 코제트를 테나르디에 부부가 운영하는 여관에 맡긴 채 생활비를 벌기 위해 홀로 고향으로 돌아와 마들렌의 공장에 취직했던 것입니다. 그렇게 공장에서 일하며 다달이 여관에 돈을 보내는 생활을 이어나가던 팡틴. 하지만 동료의 모함으로 인해 공장에서 쫓겨나게 되고, 여관에 보낼 돈이 밀리게 되자 그녀는 할 수 없이 매춘을 시작합니다. 끔찍한 삶을 살아가던 중 한 남자에게 희롱을 당한 그녀는 분한 마음에 남자의 얼굴을 할퀴었다가 자베르 형사에 의해 체포될 위기에 빠지지만, 그 모습을 본 마들렌이 팡틴을 구해내 병원으로 옮겨서 보살핍니다.

그러던 중 마들렌은 자신이 아닌 무고한 사람이 '장발장'이라는 누명을 쓰고 위기에 처한 것을 보게 됩니다. 그는 마음의 갈등을 겪다가 내면에서 이끌리는 도덕적 가치와 양심의 목소리에 이끌려 결국 자신이 가석방 신분인 진짜 장발장, 즉 죄수번호 24601임을 자백하게 됩니다. 가짜 장발장은 풀려나고 진짜 장발장이었던 그는 처분을 기다리면서 팡틴을 찾아가는데, 장발장을 체포하러 온 자베르를 보고 충격을 받은 팡틴은 경련을 일으키다 숨을 거두게 됩니다. 장발장은 죽어가는 팡틴에게 그녀의 딸, 코제트를 지키겠다는 약속을 하며 다시 감옥살이를 하게 됩니다.

어느 날, 군함 오리옹 호에서 노역을 하고 있던 한 죄수가 위험에 빠진 선원을 구한 뒤 바다에 빠집니다. 그런데 익사로 사망처리 된 그 복역수는 바로 장발장이었습니다. 또다시 자유의 몸이 된 그는 팡틴과의 약속을 지키기 위해 테나르디에 부부를 찾아가 혹독한 생활을 하고 있는 코제트를 빼내 파리로 데려가 가족으로의 삶을 시작합니다. 하지만 그의 정체를 눈치 챈 자베르가 또다시 수사망을 좁혀오자 장발장은 한밤중에 도망을 치고, 잡히기 직전 수녀원의 담을 넘는데 그곳에서 마들렌 시장 시절 자신이 목숨을 구해 준 포슐르방 영감을 만나게 되어 그의 도움으로 코제트와 함께 수녀원에서 생활을 시작하게 됩니다.

한편, 파리의 한 부르주아 집안에서 태어난 마리우스 퐁메르시는 골수 왕당파인 외할아버지(질노르망)의 손에서 자라납니다. 그는 나폴레옹 휘하의 군인이었던 자신의 아들 조르주 퐁메르시(마리우스의 아버지)를 정치적인 견해 차이 때문에 무시하고 그와 마리우스와의 관계를 완전히 끊어 놓습니다. 하지만 시간이 지나 아버지의 일생과 부정父情에 대해 알게 된 마리우스는 아버지가 활약한 나폴레옹 시대를 이해하게 되고 외할아버지와 의절한 후 부유한 집을 떠나 빈민촌으로 거처를 옮깁니다. 거기에서 그는 빈민들의 신음을 외면하는 사람들에게 분노하며 세상을 알아가기 시작하고 공화당을 지지하는 'ABC의 벗들(파리의 진보적인 비밀결사)' 멤버들과 만나 그들과 친분을 쌓으며 완전한 혁명가로 성장합니다. 그러던 어느 날 마리우스는 뤽상부르 공원에서 장발장과 산책중인 코제트를 보고서 첫눈에 반하게 되고, 장발장은 마리우스의 정체를 의심해 서둘러 거처를 옮깁니다.

그때 마리우스의 옆방에는 테나르디에 가족이 종드레트라는 가명으로 살고 있었습니다. 어느 날 장발장은 도움을 요청하는 테나르디에에게 자선을 베풀게 되는데 그를 알아보지 못하는 장발장과 달리 장발장을 알아본 테나르디에는 친구들과 공모해 그를 습격할 계획을 세우고, 이를 알게 된 마리우스가 먼저 자베르에게 신고를 합니다. 이 모든 사실을 알지 못한 채, 장발장은 다시 한 번 적선을 베풀기 위해 테나르디에의 집을 방문하는데 장발장과 테나르디에의 대화를 엿듣게 된 마리우스는 그 대화를 통해 옆집 남자 종드레트가 워털루 전투 당시 아버지를 구해 준 은인임을 알게 됩니다. 그는 '테나르디에 중사가 나의 은인이니 할 수 있는 한 모든 도움을 주며 꼭 은혜를 갚도록 하라'는 아버지의 유언을 지킬 것인지 자신이 사랑하는 여자의 아버지를 도울 것인지를 두고 갈등하다가 결국 코제트를 찾을 마지막 길인 장발장을 또 놓치게 됩니다.

그러나 에포닌의 정보로 극적으로 다시 만나게 된 마리우스와 코제트는 몰래 사랑을 키웁니다. 하지만 마리우스가 남겨놓은 표시와 쪽지를 발견한 장발장은 코제트를 데리고 영국으로 떠나려는 계획을 세우고, 이 소식을 들은 마리우스는 외할아버지에게 코제트와 결혼하겠다고 말하지만 정부로 삼으라는 말을 듣고 좌절하며 1832년 6월 혁명에 참여합니다. 혁명 과정 중 죽을 위기에 놓이지만 에포닌의 희생으로 가까스로 목숨을 구한 그는 코제트에게 마지막 작별 편지를 보내고 그 편지를 읽은 장발장은 마리우스를 구하기 위해 바리케이드로 가 혁명에 동참합니다. 그때 혁명군 쪽으로 들어온 자베르가 밀정으로 잡혀 죽을 위기에 처하게 되는데 장발장은 오히려 그를 놓아주고 자비를 베풉니다. 자베르는 이를 계기로 정의에 대한 신념과 가치관이 조금씩 흔들리게 됩니다. 치열한 전투 끝에 혁명군의 바리케이드는 함락되고 장발장은 부상당한 마리우스를 데리고 하수구를 통해 탈출합니다. 그의 앞을 자베르가 가로막지만 결국 그는 장발장과 마리우스를 놓아주고 사라집니다.

자베르는 법을 근거로 정의를 구현하는 것이 최고의 선이라는 가치관을 가진 인물이었습니다. 그는 평생 그의 직분에 충실한 삶을 살아왔지만 그가 추구하는 정의가 무조건 옳지 않을 수 있다는 사실에 대해 충격을 받습니다. 장발장이 자신에게 보여준 자비와 용기는 자신이 지금껏 생각지도 못한 일이었기 때문입니다. 그는 고뇌 끝에 센 강에 몸을 던져 스스로 목숨을 끊게 됩니다.

회복된 마리우스와 코제트는 많은 사람들의 축복 속에서 결혼을 하고 장발장은 마리우스에게 자신의 과거를 실토합니다. 마리우스는 장발장의 과거가 코제트에게 해가 될까 두려워 그를 멀리하게 되고 코제트 또한 점점 장발장을 멀리하게 됩니다. 그러던 중 테나르디에는 마리우스를 찾아가 장발장에 대한 진실을 이야기하며 돈을 요구하는데, 이로써 마리우스는 장발장이 자신의 생명의 은인이면서 존경받던 사람이었음을 알게 되고 코제트와 함께 장발장을 찾아갑니다. 장발장은 코제트에게 팡틴과 자신의 삶에 대해 이야기해 준 뒤 숨을 거둡니다.

《레 미제라블》이 오랜 시간 서양 문학사에서 가장 위대한 소설로 평가받고 있는 이유는 무엇일까요? 스토리의 개연성이나 시대를 충실히 담은 주인공들의 서사가 흥미로운 이유도 있지만, 그보다 더 주목해야 할 것은 이 소설이 인류가 끝없이 추구해야 할 보편적 가치를 담고 있다는 사실입니다. 휴머니즘 문학의 대표작으로 손꼽히는 레 미제라블을 통해 사회적 불평등과 양극화, 인간의 본성과 도덕, 자유와 사랑에 대한 작가의 생각에 함께 공감해 보면 어떨까요?

도서 분야	외국고전	관련 과목	세계사, 사회문화, 윤리와 사상	관련 학과	사회복지학과, 철학과, 불어불문학과, 사학과

고전 필독서 심화 탐구하기

▶ 주요 주제 살펴보기

주요 주제	
주제	의미
사회적 불평등과 불의	19세기 프랑스의 사회적 불평등과 불의를 생생하게 묘사함으로써 가난한 사람들의 곤경, 권력의 남용, 소외된 공동체가 직면한 가혹한 상황을 조명했다. 하지만 이러한 상황에서도 사람들 사이의 연대를 통해 서로를 이해하며 사회를 더 나은 곳으로 만들 수 있다는 희망 또한 보여주는 작품이다.
사랑과 희생	소설 속 인물들의 삶을 이끄는 원동력은 바로 사랑이다. 마리우스와 코제트의 풋풋하고 설레는 사랑, 대신 희생하며 자신의 마음을 전한 에포닌의 짝사랑, 친딸이 아님에도 불구하고 한결같이 코제트를 지켜준 장발장의 사랑, 어려운 상황에서도 포기하지 않았던 딸에 대한 팡틴의 사랑, 함께 혁명운동을 한 동지들이 서로에게 보여준 동료애 등은 등장인물들의 상처를 치유하고 새로운 삶을 살아갈 수 있게 하는 원동력이 된다.
법과 정의의 갈등	자베르는 장발장의 삶을 송두리째 뒤흔드는 냉정하고 엄격한 성격의 인물로, 정의 구현을 위해 살아간다. '한번 범죄자는 영원한 범죄자'라고 믿고 있으나 자신이 알고 있던 장발장과는 전혀 다른 마들렌의 모습을 보며 신념이 흔들린다. 또한 바리케이드에서 죽을 위기에 처한 자신을 살려주는 장발장을 보며, 인간적인 양심 vs. 법과 정의를 수호해야 한다는 직분에 따른 책임감 사이에서 갈등하다가 결국 센 강에 스스로 몸을 던진다.

▶ 시대적 배경 및 사회적 배경 살펴보기

장발장이 빵을 훔쳤던 시기인 1795년부터 6월 봉기가 일어난 해인 1832년까지의 프랑스를 배경으로 소설 속 이야기가 전개된다. 당시 프랑스는 워털루 전투에서 패배한 나폴레옹이 물러나고 루이 18세가 새로운 국왕이 되었다. 이에 따라 공화파는 새로운 정부를 만들 것을 주장하며 국왕을 따르는 왕당파와 계속 대립한다. 1830년 7월 혁명으로 샤를 10세가 물러나고 루이필리프 1세가 왕으로 선출되었으나 산업혁명의 바람으로 빈부격차는 심해지고 부르주아들은 사회의 특권층이 되었으며 흉작과 전염병(콜레라)까지 더해지니 노동자와 하층민들의 삶은 더욱 비참해졌다. 결국 1932년 6월 공화주의자들의 존경을 받던 라마르크 장군의 장례식 날 민중 봉기가 일어나지만, 일반 시민들의 관심과 지지를 얻지 못해 실패하게 된다.

이 작품은 프랑스 대혁명 이후의 19세기 격변기 프랑스를 다룬 역사소설이면서 당시 민중들의 처참하고 고난에 찬 삶을 생생하게 그려낸 사회소설로도 볼 수 있다.

현재에 적용하기

소설 속에 드러난 19세기 초반의 프랑스와 21세기 한국 사회의 문제점을 비교해 보고 현대적인 의미로 재해석해 보면서 우리 사회의 경제 양극화 문제를 어떻게 해결해야 하는지, 사회적 약자를 위한 사회복지제도를 어떻게 변화시켜야 하는지에 대해 고민해 본다.

생기부 진로 활동 및 과세특 활용하기

▶ 책의 내용을 진로 활동과 연관 지은 경우(희망 진로: 사회복지학과)

'레 미제라블(빅토르 위고)'을 읽고 각각의 등장인물을 둘러싼 환경의 어려움을 19세기 프랑스의 시대적 배경을 중심으로 분석하였으며, 그 시기와 지금의 현실에서 동일하게 나타나고 있는 사회복지의 문제점을 찾아 그 사례를 발표함. 또한 <'레 미제라블' 등장인물을 클라이언트로 한 사회복지 프로그램 개발>이라는 주제로 각 인물들의 상황에 맞는 복지책을 제시하는 보고서를 작성하여서 복지의 사각지대에 놓인 사람들의 상황을 깊이 있게 이해하는 모습을 보임. 특히 각 인물들에게 맞는 1:1 복지 처방책을 제시함으로써 사회복지 실천 모델을 학습하고 융합하여 다양한 문제에 다차원적으로 접근하는 유연성을 보여줌.

주인공 장발장처럼 생계형 범죄자가 많아지고 있다는 내용의 '21세기 장발장' 기사를 검색하여 그 사례들을 정리하고 '엄격한 처벌과 인간의 이해 사이의 경계점'이라는 발제를 제시하며 토론을 진행함. 이러한 범죄가 생활고와 취업난으로 인한 사회적 문제라는 결론을 내리고 사회적 약자에 대한 복지와 시민의식의 개선을 위해서는 정부의 제도적 도움이 필요함을 주장함.

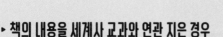

▶ 책의 내용을 세계사 교과와 연관 지은 경우

세계사 수업 시간에 프랑스 혁명에 대해 배우면서 프랑스의 역사와 문화에 대해 호기심을 가짐. 실제 프랑스 혁명의 상당 부분을 반영한 '레 미제라블(빅토르 위고)'의 완역본을 읽으며 프랑스에서 계속 혁명이 일어날 수밖에 없었던 역사적 배경을 분석하고 시기별 혁명의 목적을 정리하였으며, 민중혁명과 시민혁명이 전혀 다른 개념임을 각 혁명을 예로 들어 발표하는 등 소설의 주제와 당시의 사회적 배경을 정확하게 연결시켜 텍스트에 대한 높은 이해도를 보여줌. 또한 프랑스 혁명 시기에 발생한 불평등을 경제적 관점에서 바라보고, 이러한 빈곤 개념을 현대의 삶에서 어떻게 이해하고 적용해야 하는지, 사회복지 측면에서 이상적인 국가가 되기 위해 어떤 대안이 필요한지에 대해 보고서를 작성함. 특히 보고서를 통해 사회복지에 관한 비슷한 입장을 가진 두 경제학자(Joseph Stiglitz와 Amartya Sen)의 의견을 비교·분석, 자신만의 대안을 도출해 내고 사회복지를 경제적 관점에서 이해해서 개선점을 제시하는 부분이 인상 깊었음.

후속 활동으로 나아가기

▶ 빅토르 위고는 소설의 제목을 '레 미제라블'이라고 지었는데, 그가 이 단어를 선택해서 제목을 지은 이유는 무엇일까? 이 제목에 어떤 의미가 담겨 있다고 생각하는가? 또한, 레 미제라블의 대상이 되는 다양한 등장인물들 가운데에서 제목과 가장 잘 어울리는 인물을 뽑아본다면? 그리고 그 이유는 무엇인가?

▶ 2020년 코로나로 직장을 잃고 열흘 동안 굶다가 배고픔을 참지 못해 달걀 한 판을 훔친 40대가 징역형을 살게 된다. 달걀 한 판의 값은 5,000원 정도이다. 이 남성은 반복된 절도로 인한 전과 9범이 근거가 되어 가중처벌이 적용돼 징역 18개월을 구형받는다. 이 형량은 세계 최대 성 착취물 사이트 '웰컴 투 비디오' 운영자의 형량과 같다는 사실이 알려져 당시 많은 논란이 되었다. 장발장 또한 굶주린 조카들을 위해 빵을 훔친 후 5년의 징역형을 받게 되고 그 후로 여러 번의 탈옥을 시도하다 발각되어 총 19년의 노역을 하게 된다. 이러한 것들을 생계형 범죄라고 하는데, 이렇게 경제 사정이 어려워 발생하는 생계형 범죄를 경제적 상황이나 건강 등과 상관없이 정해진 법대로, 원칙대로 처벌하는 게 공정할까 아니면 범죄의 상황을 고려하여 형량을 선고하는 것이 공정할까?

▶ 한 번도 자신이 생각하는 법의 신념을 파괴한 적 없는 자베르 형사는 초지일관 장발장을 쫓으며 세상에는 다양한 가치가 존재한다는 것을 부정하다가 결국 장발장의 용서와 자비를 경험한 후 자멸하게 된다. 사회를 살아가면서 '이건 꼭 이래야 한다'고 생각하는 나만의 엄격한 기준이 있는가? 그런 기준을 고집하는 이유는 무엇인가?

함께 읽으면 좋은 책

진형민, 《곰의 부탁》 문학동네, 2020.

김지혜, 《선량한 차별주의자》 창비, 2019.

마이클 샌델, 《정의란 무엇인가》 와이즈베리, 2014.

김도현 외, 《잠깐! 이게 다 인권문제라고요?》 휴머니스트, 2021.

로빈슨 크루소

대니얼 디포 ▸ 열린책들

《로빈슨 크루소》의 작가 대니얼 디포는 영국의 소설가이자 저널리스트, 정치가였습니다. 그는 런던에서 상인의 아들로 태어나 여러 가지 일을 하며 살다가 정치 평론과 소설 활동을 하게 됩니다. 당시 그는 언론인으로서도 인기가 많았는데 경쾌하고 재치 있는 문체와 관찰한 것을 소박하고 쉽게 풀어내는 표현력 때문이었습니다. 하지만 철저한 자유주의자면서 청교도였던 그는 당시의 영국 국교회를 비판하는 글을 썼다가 감옥살이까지 하게 됩니다. 그렇기에 인생의 말년에 쓴 로빈슨 크루소에는 다양한 모험뿐 아니라 디포가 지나온 극적인 삶의 모습이 녹아 있다고 볼 수 있습니다.

소설 속 주인공인 로빈슨 크루소는 영국 중산층 가정에서 태어납니다. 그의 아버지는 그가 평범하게 살아가기를 바랐지만 그는 당시의 많은 모험가들이 그랬듯 새로운 세계를 탐험하고 싶어 하는 모험심이 강한 인물이었습니다. 호기심이 왕성했던 그는 브라질로 가서 사탕수수 농장을 경영하는데 나름의 사업 수완으로 부자가 됩니다. 그는 이성적이고 합리적이며 신앙심을 가진 인물로 18세기 영국 중산층의 세계관을 그대로 보여줍니다.

어느 날 그는 농장에서 일할 노예를 구하기 위해 아프리카 항해에 올랐다가 거대한 풍랑을 만나게 되고, 난파된 배와 함께 바다를 표류하다 다행히 카리브해 인근의 한 부인도에 도착하게 됩니다. 홀로 생존한 로빈슨은 슬픔과 불안에 휩싸이지만 기독교적 신앙의 힘을 빌려 점차 외로움을 떨쳐내고 무인도에서 혼자 살아남기 위해 최선을 다합니다. 그는 암초에 걸린, 난파된 배에서 총을 비롯한 여러 물건과 식량, 도구를 꺼내 자급하는 생활을 시작합니다. 섬에서 찾아낸 야생 염소들을 잡아 키우기도 하고, 밀알을 심고 키워서 빵을 만들기도 했으며 바다 생물을 잡고 섬 과일을 따다 먹으며 무인도 생활에 적응하기 시작합니다. 또한 난파선에서 발견한 성경을 매일 읽으며 기도를 드리고 감사하는 삶을 살게 됩니다. 원래 그는 비관적이고 부정적인 인물이었지만 이러한 행동을 통해 사건들을 긍정적인 관점으로 바라보며 성격적인 결함을 극복하게 됩니다. 로빈슨은 커다란 나무 기둥을 십자가 형상으로 묶어 해변에 세운 다음 매일 칼로 기둥에 흠집을 내어 날짜가 가는 것을 기록합니다.

그러던 어느 날 바닷가를 거닐던 로빈슨 크루소는 해변에서 사람의 발자국을 발견합니다. 그리고 그것이 인근 섬에 살고 있던 야만인들의 것이라는 사실을 알게 됩니다. 알고 보니 그들은 로빈슨 크루소가 살고 있는 무인도에 찾아와 식인을 했던 것입니다. 그 사실을 알게 된 로빈슨 크루소는 식인 풍습을 가진 원주민들에 대한 극한의 공포 때문에 별장과 염소 목장 이외의 다른 곳에는 발길을 끊습니다. 그렇게 자신이 무인도에 살고 있다는 것을 아무도 눈치채지 못하게 조심하다가 식인 행사의 제물로 끌려온 포로 한 명을 구출하게 되는데 그가 바로 로빈슨 크루소의 성실한 노예가 되는 성격 좋고 똑똑한 원주민 프라이데이였습니다. 로빈슨 크루소는 그를 만난 요일을 기념하여 그에게 프라이데이라는 이름을 지어주고는 자신의 하인으로 삼아 자신을 주인님이라고 부르게 하고 기독교로 개종시킵니다. 또한 식인을 그만두게 하고, 기본적인 영어와 총 쏘는 법을 가르치는 등 그를 이끌어줍니다. 그렇게 두 사람의 관계는 주인과 하인, 지배자와 피지배자의 관계가 됩니다. 프라이데이로부터 주변 식인종들에 대한 이야기를 듣고 난 뒤, 로빈슨은 보트를 만들어 식인종 섬에 진입해 그곳에 잡혀 있던 세 사람을 그들로부터 구해냅니다. 그 중 한 명은 스페인인이었고 두 명은 야만인이었는데 그 야만인 중 한 명은 프라이데이의 아버지였습니다.

로빈슨 크루소는 처음에 식인 풍습을 가진 원주민들에 대해 야만인이라며 극도의 혐오감을 보입니다. 하지만 유럽인들의 노예 매매 또한 똑같은 반인륜적인 문화인데도 불구하고 그것은 당연하게 생각하며 그 문화에 대해서는 한없이 온정적인 태도를 가집니다. 이러한 시각의 차이는 인종차별이나 노예 제도에 대해 별다른 죄책감을 느끼지 못하는 당시 서구의 시대적인 인식을 그대로 보여준다고 볼 수 있습니다. 또한 프라이데이와 스페인인 모두 로빈슨 크루소가 구출한 사람들임에도 불구하고 프라이데이는 유럽인이 아니라는 이유로 자신의 노예로 삼고, 스페인인과는 친구로 지내는 모습을 통해서도 소설 속에 녹아들어 있는 인종차별에 대한 시선을 느낄 수 있습니다. 무엇보다도 비어 있는 땅에 들어가 멋대로 '자신이 건설한 식민지'라고 못 박으면서 섬 안의 동물들을 마구잡이로 죽이고 원주민을 협박하는 태도, 야만인들을 정복하여 훈련시켜 그들을 문명화시키겠다는 논리는 아프리카나 아시아의 원주민들을 식민 지배의 대상으로 삼고 무력이나 공포심을 통해 그들을 교화시키고자 했던 강력한 제국주의적 태도를 그대로 보여줍니다.

로빈슨이 프라이데이와 무인도에서 생활한 지 몇 년이 지난 어느 날, 주변 해역을 지나던 영국 상선에서 선상 반란이 일어납니다. 로빈슨은 이 선상 반란을 지혜롭게 제압해 냄으로써 마침내 28년 만에 무인도를 떠나 영국으로 향하는 배에 탑승하게 됩니다. 집에 돌아와 보니 이미 부모님은 돌아가신 후였고, 과거의 모습은 조금도 남아있지 않았습니다. 그러나 로빈슨은 영국 상선의 선장에게서 받은 사례금과 자신의 소유인 브라질 농장의 수익금 등으로 풍족한 생활을 누리며 결혼도 하고 영국에서 행복하게 지냅니다. 그러다가 노년에 다시 한 번 무인도를 찾아가 섬이 잘 성장하고 있다는 것을 확인한 후 다시 영국으로 돌아갑니다.

어렸을 때에 읽었던 《로빈슨 크루소》는 무인도에서 살아남아 결국 탈출에 성공한 한 인간의 끈기와 생존력에 대한 이야기였습니다. 하지만 지금 다시 읽어보니, 생존에만 급급했던 로빈슨 크루소가 섬에서의 삶을 통해 자신의 한계를 극복하고 발전해나가며 성장하는 모습이 눈에 들어옵니다. 또한 그의 삶을 통해서 인종차별과 제국주의의 시선 또한 확인해 볼 수 있었습니다. 여러분이 다시 만난 로빈슨 크루소는 어떤 사람인가요? 그의 삶은 어떠했을까요? 완역본을 통해 그의 무인도 이야기를 좀 더 심도 있게 이해할 수 있기를 바랍니다.

도서분야	외국고전	관련과목	세계사, 문학	관련학과	경제학과, 영어영문학과

고전 필독서 심화 탐구하기

▶ **기본 개념 및 용어 살펴보기**

주요 기본 개념 및 용어	
개념 및 용어	**의미**
십자가	기독교의 세례 의식에서 십자가는 세례 이후의 완전히 새로운 삶을 의미한다. 소설 속 십자가는 크루소가 무인도에 정착하여 이전과 완전히 다른 삶을 살 것이라는 암시를 보여준다. 실제로 로빈슨은 커다란 기둥을 십자가 모양으로 묶어 해변에 세워 놓고 자신이 도착한 날짜를 기록하면서 섬에서의 새로운 생활을 시작하게 된다.
제국주의	특정 국가가 다른 나라의 지역 등을 군사적, 정치적, 경제적으로 지배하는 정책 혹은 그러한 것을 목적으로 하는 사상을 의미한다. 로빈슨이 비어 있는 땅에 들어가 정착하는 과정과 사고방식에서 철저히 제국주의적인 시각이 드러난다. 야만인으로 규정한 프라이데이에게 문명인에 걸맞은 생활방식을 가르치는 것 또한 당시 유럽인들이 근처 대륙의 원주민들을 대하는 태도와 일치하며 야만인을 교화시켜 그들을 문명화시키면서 자기가 원하는 대로 이끄는 모습에서도 제국주의적인 시선을 강하게 느낄 수 있다.

▶ 시대적 배경 및 사회적 배경 살펴보기

이 소설은 18세기 초 영국에서 출간되었으며, 산업혁명의 시작과 함께 국가 간의 식민지 경쟁이 치열했던 당시 유럽의 사회적, 경제적, 정치적인 변화를 반영하고 있다. 그 당신 유럽 각국은 새로운 무역 경로와 자원을 확보하기 위해 식민지를 개척하고 식민지의 자원을 약탈하고 있었다. 그들은 식민지 원주민 문화에 대해서는 관심이 없었고 인정하지도 않았으며 그들을 교화의 대상으로만 여겼다. 흑인 노예를 매매하는 것에 대해서도 아무 거리낌이 없었는데 이는 당시 유럽인들의 보편적인 인식이었고 그러한 인식이 이 작품 속에서도 그대로 드러나 있다. 그랬기에 로빈슨은 프라이데이를 야만인으로 규정짓고 '종'이라는 사회적 계급을 드러내며 지배와 피지배 계급이라는 철저히 이분법적인 사고를 드러냈던 것이다. 우연히 발견한 섬을 개인의 소유물로 바꾸어가려는 모습을 통해 제국주의의 식민 개척 활동을 정당화하는 태도 역시 잘 느낄 수 있다.

또한 당시 영국인 중산층 대부분은 청교도를 믿었는데, 그들은 말씀과 기도만으로 인생을 꾸려나가며 욕구로부터 철저히 벗어난 인생을 추구했다. 이러한 종교관이 로빈슨에게도 투영되어 있는 것을 작품을 통해 확인할 수 있다.

현재에 적용하기

무인도에서 생존해 나가는 로빈슨 크루소의 모습을 통해, 1인 경제에서 확인할 수 있는 경제학 원리를 소설의 내용과 연관시켜 다양하게 도출해낼 수 있다.

▶ 책의 내용을 진로 활동과 연관 지은 경우(희망 진로: 경제학과)

'자본론(마르크스)'과 '고용, 이자, 화폐의 일반이론(케인즈)'에서 로빈슨 크루소의
예시가 등장하는 것과 <뉴 팔그레이브 경제학 사전>에 로빈슨 크루소가 등재된
것을 보고 이 소설의 어떤 부분이 경제학과 연관되는지 호기심을 느껴 '로빈슨 크루
소(대니얼 디포)'를 읽음. 그것을 통해 과잉 수요도, 과잉 생산도 없는 무인도에서 살
아가는 것이 대공황을 막아줄 수 있으며 그것이 1인 경제에 있어서 가장 최적의 균
형상태가 될 수 있다고 설명함. 또한 로빈슨 크루소가 무인도에서의 상황을 객관적
으로 바라보고자 재무상태표를 작성하는 가상의 상황을 설정해 실제로 표를 작성
하여 행동경제학을 이해하고 있음을 보여주었으며 크루소에게 주어진 2가지 선택
지를 통해 전망 이론을 설명함. 크루소가 무인도에서 얻은 작물을 창고에 축적해 놓
는 모습을 통해 잉여가치와 저축의 개념을, 배에서 꺼내온 화약을 여러 곳에 분산
하여 보관하는 것을 통해 보험의 의미를 찾아볼 수 있다고 밝힘. 이를 바탕으로 <로
빈슨 크루소, 모험 소설인 줄 알았더니 경제학과 연관되어 있다고?>라는 제목으로
독후감을 작성하며, 로빈슨 크루소가 소설 속에서 보여준 생존력, 자원 할당 능력
등은 오늘날 경제학자들이 많은 이론에서 언급하고 있는 것과 같다는 것을 설명함.
또한 로빈슨 크루소를 한정된 자원으로 최대 효율을 추구하는 합리적인 주체로 평
가하는 등 소설 내용을 자신의 관심 분야와 연결하여 다양한 내용과 용어를 통해
분석하는 융합적 사고를 보여줌.

▶ 책의 내용을 세계사와 연관 지은 경우

세계사 시간에 신항로 개척과 대항해 시대에 대해 배우면서 그 당시 제국주의와 식민주의가 어떤 식으로 이루어졌는지에 대해 호기심을 갖고 그 당시 배경을 가진 '로빈슨 크루소(대니얼 디포)'를 읽음. 당시 유럽의 시대적 상황을 조사하고, 유럽은 식민지에서 빼앗은 자원으로 풍족했으나 아메리카 원주민들은 유럽인이 옮긴 질병으로 목숨을 잃고 아프리카 원주민들은 노예로 끌려가는 결과를 낳았다고 발표함. 또한 소설 속에서 제국주의와 식민주의, 인종차별주의 등이 드러난 부분을 찾아내, 단순히 모험 이야기로서 접근하기보다는 당시 사회에 대한 비판적인 시선을 가져야 소설의 주제를 정확하게 이해할 수 있다고 소설의 새로운 감상 포인트를 제시함. 프라이데이를 야만인으로 규정하고 그에게 문명인에 걸맞은 생활방식을 가르치는 것, 무인도를 선점하여 그곳을 자신의 땅으로 만드는 것 등의 모습이 근대 시기 유럽인들이 아시아나 아프리카, 아메리카 대륙의 원주민들을 대하는 태도와 정확하게 일치한다고 발표하고, 이러한 태도와 생각이 결국에는 제1차 세계대전과 같은 비극을 가져오게 되었다는 점을 강조함. 이러한 내용을 바탕으로 '로빈슨 크루소'는 주인공이 스스로의 한계를 극복하고 성장해나가는 모험소설이기도 하지만 동시에 인간의 실존과 사회 계급, 제국주의와 식민지, 기독교와 경제 문제를 다각적으로 보여주는 소설이라는 점 역시 강조하며 <로빈슨 크루소는 개척자가 아닌 침략자이다>라는 주제로 보고서를 작성하여 근대 자본주의가 가진 장점과 한계까지 언급함.

▸ 무인도에서 28년의 시간이 주어진다면 어떻게 대처하고 생존해야 할까? 무인도에서 로빈슨 크루소를 버티게 했던 원동력은 무엇이었을까?
▸ 로빈슨 크루소는 프라이데이가 이미 믿는 신이 있다고 함에도 불구하고 하나님을 믿으라고 강요하는데 이 행동은 꼭 필요한 것이었을까?
▸ 로빈슨 크루소의 종교관과 신앙심이 그의 무인도 생활에 어떤 영향을 미쳤다고 생각하는가? 종교적 신념은 삶에 어떤 의미를 부여할 수 있을까?
▸ 로빈슨 크루소는 자신은 문명인이라고 이야기하고, 프라이데이는 야만인이라고 말하며 주인과 종의 관계로 특정 짓고 생활한다. 그가 문명인과 야만인을 나눈 기준은 무엇이라고 생각하는가?

함께 읽으면 좋은 책

팀 마샬, 《**지리의 힘**》 사이, 2016.
J. M. 쿳시, 《**야만인을 기다리며**》 문학동네, 2019.
조너선 스위프트, 《**걸리버 여행기**》 현대지성, 2019.
미셸 투르니에, 《**방드르디, 태평양의 끝**》 민음사, 2003.
윤승철, 《**무인도에 갈 때 당신이 가져가야 할 것**》 달, 2016.

멋진 신세계

올더스 헉슬리 ▸ 소담출판사

소설 《멋진 신세계》는 포드 기원 632년, 즉 서기 2540년의 가상 세계를 보여줍니다. 그곳은 인류 수가 20억 명으로 일정하게 유지되며 인공수정으로 태어난 아이들은 유리병 속에서 보육되는 세상입니다. 사회 구성원은 알파, 베타, 감마, 델타, 엡실론의 다섯 계급으로 분류되어 있는데, 태아 때부터 신체와 지능을 조작해 (계급에 따라 부화 환경을 인위적으로 조작해서 태아의 지능을 떨어뜨리거나 성장을 막음) 그 우열만으로 미래의 지위가 결정됩니다. 각 계급은 자신들의 구역에서 생활하고 아이들의 교육과 양육은 국가가 전담합니다. 아버지나 어머니, 가정을 이루는 것, 출산이나 모유 수유 같은 것들은 원시적인 것으로 여겨 경멸, 혐오합니다. 아무 이성과 죄의식 없이 자유로운 성생활을 함께 할 수 있는 세상이면서 고민이나 불안은 신경안정제 알약인 소마로 해결하는 꿈 같은 이상세계입니다.

주인공인 버나드 마르크스는 그의 친구 헬름홀츠와 함께 가장 높은 계급인 알파에 속하는 인물입니다. 하지만 '알파 플러스'인 버나드는 태어날 때 화학적 처리가 잘못되어 계급 평균보다 키가 작고 못생긴 외모를 가지고 있으며 이로 인해 열등감에 시달립니다. 그는 소마를 통해 행복감을 유지하는 등의 사회가 권장하는 방법을 사용하는 대신, 개인의 자유와 진정한 행복을 추구합니다. 또한 사회에 대해 막연한 불만을 품고 있으며 그의 거만하고 불량한 태도로 인해 아이슬란드로 추방될 위기에 처해 있습니다. 헬름홀츠 왓슨은 신체적으로 월등할 뿐만 아니라 운동, 외모를 포함한 모든 것들이 완벽에 가까운 '엄친아'였지만 주변 사람들의 시기로 버나드처럼 사회로부터 소외감을 느끼며 살아갑니다. 그리고 아름답고 지적이며 인기가 많은 베타 계급의 여성 레니나 크라운은 다양한 남자들과 성관계를 맺거나 소마에 의존하는 등 이 문명 세계에서 흔히 볼 수 있는 전형적인 인물을 대표합니다.

어느 날 뉴멕시코의 야만인 보호구역을 찾아 문명 세계 밖으로 휴가를 떠나게 된 버나드와 레니나 앞에 보호구역에서 자란 '존 세비지'라는 야만인이 등장합니다. 존은 보호구역(자연적 임신으로 태어난 사람들이 살고 있는 곳. 질병, 노화, 다른 언어, 종교가 있고 일부일처제가 있는 세계)에서 자란 인물로, 그의 어머니인 린다는 원래 문명세계에서 살던 사람이었지만 국장과 함께 야만인 보호구역으로 여행을 왔다가 길을 잃은 후, 야만인 보호구역에서 혼자 국장의 아들 존을 낳고 살고 있었습니다. 문명 세계의 습성대로 살았던 그녀는 마을에서 문란한 여자로 여겨져 배척을 받았고, 괴로움을 느낄 때마다 소마 대신 술에 의존한 나머지 지금은 늙고 뚱뚱한 여인이 되었습니다. 또한 그녀는 출산을 했다는 사실, 존의 어머니라는 사실을 매우 수치스러워하며 문명 세계를 그리워합니다. 한편 존은 어머니로부터 문명 세계의 이야기를 듣고 그곳을 동경하지만, 유일하게 가지고 있던 셰익스피어의 책을 읽으며 남다른 감성의 소유자로 자라나게 됩니다.

버나드는 멋진 신세계를 동경하는 존과 그의 어머니 린다를 문명 세계로 데리고 돌아와 자신의 추방을 막을 기회를 잡습니다. 존은 마침내 국장을 만나 그를 "아버지"라고 부르는데, 문명 세계에서는 이 개념이 상상도 할 수 없을 정도로 추잡하고 더러운 비도덕적인 것이었으므로 국장은 퇴출당하게 됩니다. 버나드는 야만인인 존을 데려온 것으로 인해 유명인이 되었고, 자신의 명예를 회복하면서 그동안 적응하지 못했던 문명 세계에 점차 만족하게 되고 그 결과, 평생 가지고 있던 열등감을 해소하게 됩니다. 하지만 버나드의 성공 도구로 쓰이는 것을 존이 거부하자 그의 인기는 오래가지 못합니다. 게다가 존이 헬름홀츠와 문명 세계에 반하는 내용을 교류하며 더 강한 유대감을 형성하자 질투를 느낍니다. 결국 그는 자신이 갖게 된 모든 위대한 감정을 잃어버린 채 소마를 먹으며 위로를 얻고, 오랜 시간 동안 불만을 가졌던 문명 세계와 완전히 타협합니다.

셰익스피어의 작품을 통해 인간의 가치와 존엄성을 배웠던 존은 아름다움도, 예술도, 문학도 모두 죽어버린 문명 세계에서 사람들이 마치 기계처럼 살아가는 것을 보고 혼란에 빠집니다. 유일하게 사랑하는 레니나가 자신이 원하는 정신적 사랑을 깨닫지 못한 채 육체적인 사랑만을 추구하는 것을 보며 그녀를 이해하지 못하고 거부합니다. 보호구역에서 친구도 없이 외톨이로 지냈던 린다 역시, 오랜만에 문명 세계로 돌아왔다는 기쁨과 자신의 잃어버린 세월에 대한 비탄이 섞인 위험한 감정에 빠져 끊임없이 소마를 소비하다 결국 약에 중독되어 죽게 됩니다. 영안실에서 그녀의 시신이 아이들의 '사회화(죽음 교육)'를 위한 교재로 취급되는 것을 본 존은 큰 충격에 빠지고, 문명 세계에 대한 환멸을 느끼게 됩니다. 그는 소마 배급 현장에서 소마를 비판하고 약통을 창밖으로 내던지는 등 난리를 피우다가 결국 무스타파 몬드 총통에게 불려가게 되고 그와 문명 세계에 대한 토론을 펼치게 됩니다. 안락함 대신 신과 시, 참된 위험, 자유, 선, 죄악을 원한다는 존에게 총독은 "사실상 당신은 불행해질 권리를 요구하는 셈"이라고 말합니다.

결국 존의 반항은 무용지물이 되고, 그는 자신을 온전히 찾기 위해 사회에서 완전히 고립된 등대로 가서 평생 속죄하는 삶을 살기로 결심합니다. 하지만 노동과 인내가 따르는 야생 생활에서 오히려 즐거움을 느끼고, 어머니 대신 레니나의 얼굴과 육체를 그리워하는 자신에게 환멸을 느껴 채찍으로 자해를 하게 됩니다. 그 과정을 지나가던 문명인이 보고 언론에 보도하면서 결국 그는 또 모든 사람의 구경거리가 됩니다. 어느 날, 그를 찾아 온 젊은 여자(레니나)를 보고 문명 세계의 대표적인 악이라 되뇌며 환각 상태에서 문명인들에 대한 분노와 문명 세계에 대한 환멸, 자신의 신념을 지키기 위한 의지 등을 표출하며 그녀를 잔인하게 채찍질합니다. 그리고 다음 날 자신이 한 일을 깨달은 그는 결국 죄책감에 목을 매어 자살하고 맙니다.

《멋진 신세계》의 작가 올더스 헉슬리는 영국 명문가 출생으로 광범위한 지식과 예리한 지성, 우아한 문체와 냉소적인 유머 감각으로 유명합니다. 인간의 출생부터 자유까지 과학의 힘으로 통제되는 미래 세계에서 인간의 자유와 존엄성이 어떻게 훼손되는지 그의 소설을 통해 확인해 보시길 바랍니다. 또한 기술과 과학이 추구해야할 궁극적인 선, 인간으로서의 가치에 대해서도 함께 생각해 봤으

면 좋겠습니다. 왜냐하면 '멋진 신세계'는 더 이상 공상 속의 이야
기가 아니기 때문입니다.

도서 분야	외국고전	관련 과목	생활과 윤리, 윤리와 사상, 생명공학, 독서, 세계사	관련 학과	교육학과, 심리학과, 생명공학과

▶ 기본 개념 및 용어 살펴보기

주요 기본 개념 및 용어	
개념 및 용어	의미
계급	멋진 신세계에는 알파, 베타, 감마, 델타, 엡실론 등 5개의 계급이 존재하며 주로 그들의 복장 색깔로 계급을 확인한다. 하위 계급으로 갈수록 몇 가지 고의적인 방법으로 작은 키, 못생긴 외모, 낮은 지적 능력을 가지고 태어나게끔 만든다. 계급은 태어나기 전부터 정해져 있으며 이것은 그들의 노력과는 상관이 없다.
행복	각 계급의 사람들은 자신의 위치에서 가장 효율적으로 각자의 역할을 수행하고 이러한 책임에 만족하면서 진심으로 행복을 느낀다. 부화-습성 훈련 공장에서 계급에 맞는 적절한 자극과 세뇌를 통해 자신의 계급에 만족하도록, 자신의 계급 이외의 것은 생각조차 하지 않도록 철저하게 교육받으며 길러지기 때문이다.
소마	멋진 신세계는 범죄도 없고 불행한 사람도 존재하지 않는 모두가 행복하고 만족스러운 세계이다. 아무리 불쾌한 감정이라도, 아무리 불안한 생각이라도 소마 한 알이면 즉시 해결되기 때문이다. 멋진 신세계에서는 개인이 감정을 느끼면 안정된 집단생활이 무너지기 때문에 사람의 감정을 억제하거나 없애는 것을 중요하게 여기며 불행이 허락되지 않는다. 이는 안정된 집단생활을 유지하기 위함이며 이를 가능하게 하는 것이 바로 '소마'이다.

▸ 시대적 배경 및 사회적 배경 살펴보기

《멋진 신세계》는 A.F. 632년의 세계를 배경으로 한다. A.F.는 After Ford의 약자로, 헉슬리가 소설에서 설정한 미래의 연도(헨리 포드가 T형 자동차를 대중에 선보인 1908년을 기준으로 한 연도)를 의미한다. 소설 속 사회에서는, 포드주의라는 철학이 유행하며 기계문명과 효율성이 최우선시 된다. 생식을 통제하고 계획적인 번식을 하는 것, 개인의 욕구와 욕망을 억제하고 조작하며 행복을 조건부로 제공하는 것 등은 모두 사회의 안정성과 질서를 유지하고자 하는 목적을 가지고 있는데 이는 국가가 개인의 자유와 권리를 통제하고 경제, 사회, 문화, 생활의 모든 영역에 걸쳐 사회적 평등을 추구하는 전체주의 사회의 목표와 부합하다고 볼 수 있다.

현재에 적용하기

이 책의 정치적 배경이 되는, 전체주의 사회의 체제와 내용을 확인하고 작품 속 사회의 모습이 우리 사회의 모습과 비슷한 부분이 있는지 비교해 본다.

▸ **책의 내용을 진로 활동과 연관 지은 경우**(희망 진로: 생명공학과)

영화 <마이너리티 리포트> 속 미래의 범죄 발생을 막는 장치가 권력자에 의해 통제되는 것을 보고, 고도로 발달된 과학기술이 우리 삶에 어떤 영향을 끼칠지에 대해 호기심을 가짐. 궁금증을 해결하기 위해 대표적인 디스토피아 소설 '멋진 신세계(올더스 헉슬리)'를 읽고 소설 속 사회적 배경을 경제(포디즘), 사회(전체주의)의 관점에서 조사하였으며, 과학기술의 발전과 인간성, 윤리성 간의 관계를 각각 3가지로 분석하여 발표함. 이 내용을 토대로 <첨단 과학기술을 마주하는 우리의 자세>라는 주제로 보고서를 작성하였고, '과학기술이 인간의 존엄성을 보완하고 있는가, 아니면 위협하고 있는가?'라는 명제를 내세워 과학기술의 발전과 윤리 간의 균형을 고민하고 어떻게 기술을 사용하고 제한해야 하는지에 대한 중요 논점을 제기하면서 생명공학자가 가져야 할 윤리적 역량에 대해 고민함.

▶ 책의 내용을 생명과학 교과와 연관 지은 경우

생명과학 시간에 배운 LMO(유전자변형생물체)의 다양한 사례를 검색하여 그것이 인간의 생활과 생태계에 미치는 영향에 대해 조사함. 이 과정에서 생명공학 기술의 진보가 인간의 삶에 이로운가에 대한 윤리적 궁금증이 생겨 관련 도서를 탐색하던 중 '멋진 신세계(올더스 헉슬리)'를 발견해서 읽음. 생식과 출생이 인위적으로 조작되고 사회적 계급과 역할을 할당받아 비판적 사고를 할 수 없는 삶을 사는 소설 속 인물들을 인공지능 시대의 AI와 비교, 분석하여 <과학과 기술이 인간성에 미치는 영향>에 대한 보고서를 작성함. 생명공학의 발달과정에서 나타나는 생태적, 윤리적, 법적, 사회적 문제점을 분석하며 그에 대한 해결책으로 규제과학의 중요성을 강조한 부분이 특히 인상 깊었음. 그 내용을 토대로 과학과제 탐구 주제를 '생명윤리'로 설정하고 생명공학 기술을 사용하는 것에 대한 윤리적 고려가 중요함을 안내하는 인포그래픽을 만들어 발표한 후 교내 캠페인을 진행함.

후속 활동으로 나아가기

▶ '멋진 신세계'는 완벽히 통제되고 조정되어 태어날 때부터 계급이 정해지고 질투나 공포, 두려움 같은 인간의 본질적인 감정이 허락되지 않는 사회다. 만약 모든 감정과 고민, 노력이 사라진다면 우리는 과연 행복할 수 있을까? 멋진 신세계처럼 모든 사람이 행복한 사회를 유토피아라고 볼 수 있을까?

▶ 소설에서는 세뇌교육, 인공부화나 보카노프스키 과정, 프리섹스, 수면학습, 소마 등을

통해 사회를 체계적으로 통제하고 공장형 연구실에서 산소와 혈액량을 조절해 의도적으로 계급을 만든다. 미래 사회를 표현하기 위해 설정한 이런 다양한 소설 속 장치 가운데에서 나를 가장 불편하게 만든 설정은 무엇인가? 그 이유는?

▸ 존 스튜어트 밀의 '자유론'에서는 "만족한 돼지가 되기보다 불만족한 인간이 되는 것이 낫고, 만족한 바보가 되기보다 불만족한 소크라테스가 되는 것이 낫다"는 말이 나온다. 이 문장은 쾌락과 편안함을 추구할 것인가, 불만족과 고민 속에서도 삶의 의미를 찾아갈 것인가에 대한 본질적인 의문을 제시한다. 이 내용을 바탕으로 나라면 안전한 통제를 받으며 버나드처럼 살고 싶은지, 야만인 구역에서 위험한 자유를 가지며 존으로 살고 싶은지 선택하고 그 이유를 말해보자.

▸ 노인 인구가 많아지고 삶의 질을 중요시하는 웰빙이 자리 잡으면서 질병을 치료하는 약품이 아닌 '해피 드럭happy drug'이라고 부르는 새로운 약의 개발이 많아지고 있다. 이러한 약품을 개발하는 것에 대해 어떻게 생각하는가?

함께 읽으면 좋은 책

조지 오웰, 《1984》 민음사, 2003.

알랭 드 보통, 《불안》 은행나무, 2011.

존 스튜어트 밀, 《자유론》 현대지성, 2018.

로이스 라우리, 《기억전달자》 비룡소, 2024.

다카노 가즈아키, 《제노사이드》 황금가지, 2012.

욜란다 리지, 《유전자가위 크리스퍼》 서해문집, 2021.

정혜경, 《내가 유전자 쇼핑으로 태어난 아이라면?》 뜨인돌, 2008.

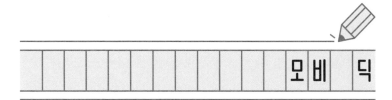

모비 딕

허먼 멜빌 ▶ 현대지성

　미국의 소설가인 허먼 멜빌은 뉴욕의 부유한 집에서 태어났지만 13살에 아버지가 돌아가시면서 가세가 기울어 학업을 중단하고 여러 가지 일을 하게 됩니다. 1837년 경제공황 시기에 스무 살이었던 허먼은 처음으로 상선의 선원이 되어 바다로 나갔습니다. 대서양을 건너 영국에 다녀오기도 하고, 22살에는 포경선을 타고 남태평양에 다녀오기도 합니다. 이때 항해를 하면서 얻은 경험이 그의 작품의 주요 소재가 됩니다. 포경선에서 탈주해 마르키즈 군도의 식인종과 함께 보낸 경험을 바탕으로 《타이피Typee》를 출간해서 호평을 받으며 작가의 길로 들어서게 되고, 31살에는 고래와 포경에 대한 전문지식을 바탕으로 《모비 딕》을 발표하게 됩니다. 인간의 어리석은 본성을 준엄하게 비판하는 소설로 자연에 무모하게 도전했다 자멸하는 인간을 통해 오만함의 최후에 대해 보여주는 소설이었지만, 기존 문법과 달리 낯설고 파격적인 형식 때문인지 대중에게 사랑받지 못했고, 고작 몇 천 부만 팔리며 실패하게 됩니다. 그런데 그가 세상을 떠난 지 100주년을 맞은 해인 1919년에 컬럼비아 대학교 교수인 레이먼드 위버가 멜빌을 극찬하는 평론을 발표하자 《모비딕》은 이른바 '역주행'을 하게 됩니다.

소설의 주인공인 이슈메일은 포경선을 타기 위해 항구도시인 뉴베드퍼드에 도착합니다. 잠시 머문 여인숙에서 그는 온몸에 문신을 새긴 남태평양 출신의 원주민 작살잡이 퀴케그를 만납니다. 방이 없어 어쩔 수 없이 그들은 한 침대를 써야 했고, 이슈메일은 이때 식인 부족 출신이지만 퀴케그가 가진 소박함과 독특함 속에서 진한 인간애를 느끼며 친해지고, 그들은 포경선에 함께 탑승하게 됩니다. 승선 전에 우연히 일라이저라는 낯선 이를 만나게 되는데 그는 '바다에 도전하는 자는 영혼을 잃게 될 것'이라는 경고를 하며 '한 사람을 제외하고는 모두 죽을 것'이라는 예언을 합니다. 하지만 두 사람은 불길한 징조와 경고를 무시한 채 그 자리에서 바로 피쿼드호에 승선합니다.

펠리그 선장은 피쿼드호의 선장인 에이해브에 대해 가장 깊은 파도보다 더 깊이 볼 수 있는 사람이며, 온 섬을 통틀어 그보다 더 날렵하고 정확하게 작살을 날리는 사람은 없다고 말해줍니다. 하지만 사실 에이해브는 모비 딕이라는 이름의 거대한 하얀 고래에 의해 한쪽 다리를 잃은 후로 고래에 대한 증오와 복수심만을 가지고 있는 인물이었습니다. 그는 고래 뼈로 만든 의족을 착용하고 있으며 이번 항해의 목적도 모비 딕을 죽여 복수를 하기 위한 것이었습니다. 스타벅 항해사가 "선원들은 향유고래의 기름을 얻기 위해 배에 올라탄 것이지 선장의 복수에 가담하기 위해 승선한 것이 아니다"며 날카로운 독설을 날리지만 그는 흰 고래를 목격한 자에게 금화한 개를 포상으로 주겠다며 선원들을 선동합니다. 스타벅은 에이해브와 대립되는 인물로, 소설 속 인물들 중 가장 이성적이고 합리적이고 차분한 성품을 지녔습니다. 오늘날 우리가 즐겨 마시는 스타벅스starbucks의 창업자 하워드 슐츠 또한 이《모비 딕》의 '스타벅'에서 이름을 따와 자신의 브랜드를 만들었다고 합니다.

피쿼드호는 태평양을 뒤지던 중 모비 딕에게 공격당했다는 선박의 소식을 듣고 사흘 밤낮을 추적하여 드디어 모비 딕을 찾아내게 됩니다. 등에 무수한 작살을 매단 채, 욕망과 분노에 사로잡힌 인간들을 조롱하듯 모비 딕은 바다의 제왕답게 쉽게 정복되지 않습니다. 스타벅은 선장에게 스스로를 경계해야 한다고 계속해서 충고하지만 오직 모비 딕을 잡아 복수하겠다는 목적만 가지고 있는 그에게 이런 말은 들리지 않습니다.

명석한 두뇌와 압도적인 힘을 가진 모비 딕과의 치열한 사투로 여러 대의 보트는 파괴되고 선원들도 하나둘씩 죽음을 맞이합니다. 무수한 작살이 모비 딕의 몸에 꽂혔지만 그것은 쉽게 잡히지 않았습니다. 광기와 집착에 사로잡혀 모비 딕을 추격하던 둘째 날, 에이해브는 고래 뼈로 만든 의족마저 잃습니다. 사흘째 되던 날, 에이해브는 모비 딕을 잡겠다는 일념 하나로 작살잡이들과 함께 마지막 남은 보트를 타고 바다로 내려갑니다. 마침내 에이해브는 모비 딕에게 작살을 명중시키지만, 그와 동시에 작살의 줄이 그의 몸에 감겨 고래와 함께 바닷속으로 침몰합니다. 그리고 모든 것이 바다에 휩쓸려갔으며 바다를 표류하던 이슈메일만이 살아남아 후대에 이 이야기를 전하는 장면으로 소설은 끝을 맺게 됩니다.

이 소설의 등장인물들의 이름은 성서에서 따온 것으로, 인물의 성향을 상징적으로 보여줍니다. 마지막까지 살아남는 이슈메일 Ishmael은 구약성서 〈창세기〉에 나오는 인물로, 그 이름의 뜻은 '신은 들으셨다'입니다. 선장 에이해브Ahab의 이름은, 구약성서에 등장하는 폭군의 이름과 동일한데, 그는 악행을 일삼고 우상숭배에 빠져 이스라엘을 혼란에 빠뜨렸던 인물입니다. 구약에는 아합이라고 적혀 있는데 '에이해브'가 바로 아합의 영어식 발음입니다. '한 사람

을 제외하고 모두 죽을 것'이라고 예언한 일라이저[Elijah] 역시 성서에서 이름을 따왔습니다. 일라이저를 히브리식 발음으로 하면 엘리야인데, 그는 아합 왕에게 박해를 받았던 구약성서 최고의 예언자입니다.

모비딕의 이야기 자체는 무척 단순합니다. 고래 기름을 얻는 게 목적인 줄 알았던 항해가 실은, 자신의 다리를 앗아간 흰 고래 모비딕을 잡기 위한 선장 에이해브의 복수극이었다는 내용입니다. 그럼에도 불구하고 이 소설의 분량은 무려 700페이지나 됩니다. 기본적으로 고래와 포경업에 관한 묘사가 많이 들어 있기 때문이기도 하고 등장 인물과 관련된 수많은 상징과 은유, 비극적 결말을 암시하는 복선들이 가득하기 때문입니다.

상징으로 점철된 이 작품에서 보물찾기하듯 작가의 숨겨진 철학을 하나씩 찾아보기를 바랍니다. '너비'만이 아닌 '깊이'를 채울 수 있는 시간이 될 것입니다.

도서 분야	외국고전	관련 과목	독서, 문학, 영어	관련 학과	환경공학과, 철학과, 영어영문학과, 심리학과

고전 필독서 심화 탐구하기

▶ **기본 개념 및 용어 살펴보기**

주요 기본 개념 및 용어	
개념 및 용어	**의미**
모비 딕 Moby Dick	거대한 흰색의 향유고래로 덩치가 크고 위풍당당하다. 혀가 없고 이마에는 대평원의 평온함이 담겨 있다. 자연의 불가해한 힘과 인간의 욕망 사이의 충돌을 상징하며 에이해브 선장에게는 복수의 대상이지만 동시에 인간이 극복할 수 없는 자연의 힘을 의미한다.
포경 捕鯨	고래잡이를 의미한다. 19세기 미국에서는 고래잡이가 거대한 산업으로 발전했는데, 특히 고래의 뇌에서 발견되는 기름은 포경에서 얻는 중요한 자원으로, 양도 많고 그 품질도 무척 뛰어났다. 이 경뇌유鯨腦油는 고래의 거대한 무게를 지탱하는 무게추의 역할을 하는 것으로, 바닷물을 들이마셔 경뇌유가 냉각되면 고래는 그만큼 무거워지고 딱딱해진 자신의 머리로 포경선을 들이박는 등 다양하게 이용할 수 있었다.

▶ 시대적 배경 및 사회적 배경 살펴보기

19세기 중반은 고래잡이 사업이 한창 번창했던 시기로, 이 산업은 미국 경제에서 중요한 부분을 차지했다. 고래 기름은 연고나 화장품의 재료로 쓰이고, 고기와 내장은 식품과 사료로, 수염은 우산살이나 코르셋의 지지대로 쓰이는 등 포경을 통해 많은 이득을 얻을 수 있었다. 물론 자칫 생명을 잃을 수도 있는 위험한 일이었지만 다양한 이득을 얻을 수 있었기에 당시 사람들 사이에서는 무척 매력적인 직업이기도 했다. 작가인 허먼 멜빌은 자신이 직접 포경선을 탄 경험을 그대로 이 소설에 반영했다. 고래에 대한 묘사, 포경에 대한 구체적인 사실들을 서술하면서 인간의 허영심과 욕심, 자연에 대한 대항이 얼마나 비극적이고 파괴적인 결과를 초래하는지를 생생하게 묘사해냈다.

현재에 적용하기

소설 속에는, 다양한 인종과 국적, 종교를 가진 사람들이 고래 사냥이라는 하나의 목표를 향해 힘을 합치고 어려움을 극복하기 위해 노력하는 모습이 그려져 있다. 그러나 선장 에이해브는 개인적인 복수심에 사로잡혀 피쿼드호의 본래 목적을 일방적으로 변경하고, 자신의 의견에 반대하는 선원들을 위협하기도 한다. 이러한 에이해브의 행동을 통해 권위주의적이고 독단적인 경영 리더십의 문제점을 인식하고 현대사회 조직에 바람직한 리더십에 대해 생각해 볼 수 있다.

▶ 책의 내용을 진로 활동과 연관 지은 경우(희망 진로: 환경공학과)

문명이 발달함에 따라 사람들에 의해 파괴되는 자연환경에 평소 관심이 있어 인간의 탐욕과 그로 인한 환경적 파괴를 담은 고전을 검색해 본 후 '모비딕(허먼 멜빌)'을 읽음. 소설을 좀 더 쉽게 이해하기 위해 포경이 중요한 경제적 역할을 했던 19세기 미국 사회에 대해 조사를 하였으며, 이러한 포경 산업이 과거 해양 생태계에 끼친 영향을 서술함. 이를 토대로 과거의 환경 파괴 사례를 이해하고 현재와 미래의 환경 문제 해결을 위한 지속 가능한 방안을 제시함. 또한 자연을 정복하려는 에이해브 선장의 탐욕과 복수심이 가져온 비극적 결말을 예로 들면서, 인간과 자연이 조화롭게 공존할 수 있는 방법을 모색해야 하고 이를 위해 환경 윤리가 필요하다는 걸 강조하는 등 환경공학적 관점에서 소설을 분석하여 보고서를 작성한 점이 인상 깊었음.

　<유영하는 고래가 지구를 식힌다! 지구온난화와 싸우는 고래 이야기> 기사를 통해 고래로 인한 환경보호의 순환을 표로 제시하고(출처:Grid Arendal) 기후 위기의 시대에서 대형 고래가 기후 변화적 측면에서 중요한 역할을 한다는 것을 강조함. 또한 고래는 정복해야 할 대상이 아니라 공존해야 할 동물임을 강조하며 고래 보호를 위한 주요 프로젝트(Save the Whales, JEJU, 그린피스의 해양보호구역 지정 캠페인, 위성을 이용한 고래 개체 수 모니터링 프로젝트)를 소개하며 인식의 변화를 촉구함. 보고서를 작성하기 위해 조사한 내용과 소설을 통해 느낀 점을 바탕으로 환경 보호 메시지를 담은 그림을 그려 환경 보호 캠페인을 진행하며 지속 가능한 환경 관리 방안에 대해 고민함.

▸ 책의 내용을 독서 교과와 연관 지은 경우

문학, 고전 분야와 관련된 신문기사를 보다가 허먼 멜빌의 '모비 딕'이 출간 이후 오 랫동안 서점의 문학 서가가 아닌 수산학 분야 서가에 꽂혀 있었다는 글을 읽고 호기 심이 생겨 '모비 딕(허먼 멜빌)'을 읽음. 전체적인 줄거리는 간단하지만 등장인물의 성격이나 고래의 상징성이 의미하는 바가 많다고 생각해 관련 논문과 기사를 참고 하여 각각의 상징성에 대해 분석하면서 독후감을 작성함. 또한 등장인물의 이름과 성서에서의 이름의 의미를 파악하고 연결해 소설 속 결말을 설명하였으며, 이를 통 해 작품의 주제를 도출해 냄. 특히 모비 딕을 '자연'으로, 에이해브 선장을 '생태계 환경을 파괴하는 인류의 문명'으로 해석하여 글에 드러난 상징, 관점, 저자의 숨겨 진 의도 등을 비판적으로 읽는 모습을 보임. 이렇게 문학 기법, 작품에 대한 질문, 시 대적 배경, 작가의 삶 등을 분석하면서 고전 읽기에 대한 용기를 얻게 되었고 이러 한 노하우를 친구들과 나누고 싶어 이 책을 <북트레일러로 책 소개하기> 수행평가 의 책으로 선정하였다고 그 이유를 밝힘. 책의 내용을 흥미롭게 소개하기 위해 관 련 자료를 조사하여 제작 노트를 여러 번 수정해서 꼼꼼하게 작성하였고, 그 내용을 바탕으로 북트레일러 영상을 제작하였는데 도입 부분에 '모비 딕이 문학이 아닌 수 산업 서가에 있었던 이유'를 부각시키면서 학생들의 흥미를 이끌어 내 많은 관심을 받음. 소설 속 상징주의, 자연주의를 분석해서 북트레일러에 넣었으며, 소설 속 의 미 있는 내용을 발췌해 철학적 주제와 연결하여 전개하는 등 북트레일러를 흥미롭 게 제작하여 수업을 들은 학생들을 대상으로 한 '북트레일러 영상을 보고 읽어보고 싶은 책' 투표에서 1위를 차지함.

▸ 에이해브는 모비 딕에게 광적으로 집착한다. 혹시 나에게도 이렇게 집착하는 대상이 있는가? 그것으로부터 자유로워지기 위해서는 무엇을 해야 할까?

▸ 선장 에이해브는 개인적인 욕망과 목적을 위해 금화를 이용해서 선원들을 부추기고, 고래 기름만 있으면 된다는 선원들에게 자신과 같은 목적을 심는다. 그러나 선원들의 안전이나 생명에는 전혀 관심이 없던 그는 결국 모두를 죽음으로 이끌었으며 조직 전체에게 피해를 주었는데, 그의 이러한 리더십에 대해 어떻게 생각하는가?

▸ 《모비 딕》의 첫 문장은 "나를 이슈메일이라 불러다오"이다. 주인공은 자신을 성경 속 인물이자 아브라함의 서자인 '이슈메일'로 불러달라고 하는데 왜 그는 자신을 이슈메일로 불러달라고 했을까? 이슈메일이 상징하는 것은 무엇이라고 생각하는가?

함께 읽으면 좋은 책

박동곤, 《에네르기 팡》 생각의힘, 2013.

레이첼 카슨, 《침묵의 봄》 에코리브르, 2024.

마이클 셸런버거, 《지구를 위한다는 착각》 부키, 2021.

빌 게이츠, 《빌 게이츠, 기후재앙을 피하는 법》 김영사, 2021.

백년 동안의 고독

가브리엘 가르시아 마르케스 ▸ 문학사상

호세 아르카디오 부엔디아와 그의 사촌 여동생 우르슬라와의 근친상간적 결혼으로부터 소설의 이야기는 시작됩니다. 그들은 근친상간의 결과로 돼지꼬리를 가진 자식이 태어날 것이라는 저주를 듣고 아무도 닿지 않는 곳에 새로운 터전을 세우기 위해 고향을 떠납니다. 바로 그곳이 마콘도였습니다.

처음에 마콘도는 외부 세계와 단절된 곳이었습니다. 하지만 시간이 지남에 따라 멜키아데스를 중심으로 한 집시들이 모여들고 외지인들의 출입이 잦아집니다. 호세 아르카디오 부엔디아는 집시들이 들여온 얼음 자석, 확대경, 사진기와 같은 신비한 물건들에 매료되고, 새로운 세계의 신비를 찾고자 하는 욕망에 가득 차 더 이상 마을을 돌보지 않게 되면서 마콘도의 창립자라는 명성을 잃어갑니다. 그리고 마을에 전염병과 같은 불면증이 도는데, 그 병에 걸리면 과거도 잊어버리고, 단어의 의미도 잊어버리고, 자기 자신까지도 잊어버리는 증세가 나타났습니다.

반면 우르슬라는 뚝심 있게 집을 가꾸고 동물 모양 과자를 팔아 부를 일궈나갑니다. 이렇게 우르슬라의 건재함이 지속되는 동안 호세 아르카디오 부엔디아는 현실과 이상과 상상 사이를 오락가락하다 끝내는 미친 듯한 모습을 보이고, 밤나무에 묶인 채 살다가 생을 마감합니다. 하지만 부엔디아 가문 자체는 흥하고 성하여 마콘도에서 가장 화려한 집과 부를 거머쥘 수 있게 됩니다.

정당 제도가 도입되면서 정부에서 임명한 군수가 마콘도를 통치하기 위해 군인들을 데리고 들어오는데, 보수파인 자신의 장인이 개표 조작을 하는 것을 본 부엔디아 가문의 2대 자손 아우렐리아노는 대령의 신분으로 자유파의 신봉에 서서 내전에 참여하게 됩니다. 하지만 그는 32번의 전투에서 모두 패배하고 결국 휴전협정을 맺게 됩니다. 이제 그에게 남은 권리란 자신의 집을 푸른색 페인트로 칠할 수 있는 권리 정도뿐입니다. 결국 세상을 벗어나 은둔하게 된 그는 마음의 평화를 잃어버리고 무한할 것 같았던 그의 권력이 현실적으로는 그를 고립시키며 그는 삶의 방향을 잃어가게 됩니다.

마콘도에 자본주의가 퍼지고 선로가 놓이자 미국인들은 바나나

농장을 지어서 노동자들을 착취합니다. 이것을 보고 아우렐리아노 대령은 휴전을 했던 것이 실수였음을 깨닫고 자신의 열일곱 명의 아들들을 무장시켜 미국인들을 없앨 것이라고 다짐하지만 군부와 바나나 회사에 의해 그의 아들들은 비밀리에 살해됩니다. 보수파 군부는 미국인들의 편에 서서 계엄령을 선포하고, 비인간적인 대우에 분노해 파업을 이끌며 처우개선을 바라는 노동자들을 학살하는데 그들의 시체는 아무도 모르게 기차에 실려 바다에 버려집니다. 그곳에서 살아남은 호세 아르카디오 세군도는 진실을 알리려 하지만 사람들은 그가 말하는 대학살을 믿지 않습니다. 이에 충격을 받은 세군도는 조상들처럼 연금술 실험에 빠지고 양피지 글만 읽으며 고독한 생활을 하다가 생을 마감합니다. 그 후 4년 11개월이 넘는 시간 동안, 마콘도에 비가 내리고 그 후 10년 동안 비가 내리지 않으면서 바나나 농장은 흔적도 없이 사라지고 마콘도의 멸망은 그만큼 앞당겨집니다. 사실 작품 속 마콘도에서 일어나는 여러 사건들은 콜롬비아의 과거 역사를 상징적으로 보여주는 것입니다. 자유당과 보수당의 내전이라든지, 서구인들이 마콘도에 들어와 운영하는 바나나 공장 모두 실제 역사적 사실을 바탕으로 하고 있습니다.

이런 사건들이 지나가는 동안 우르슬라는 100살이 넘었고, 백내장에 눈이 멀어 가지만 촉감이나 냄새, 날짜의 흐름을 파악하는 자신만의 방법 등으로 보이지 않아도 생활하는 데 어려움이 없게 스스로를 단련시키며 끝까지 자신의 상태를 모두에게 감춥니다. 그러다가 결국에는 몸이 씨앗만 하게 쪼그라들어 고독하게 죽습니다. 그녀의 둘째 아들 아우렐리아노 대령은 자신의 죽음을 미리 예측했고 아마란타 역시 죽음을 안내받고 수의를 직접 짜기도 합니다. 그들은 죽음을 생의 한 부분으로 받아들였으며 그들에게 두려운 것은 죽음이 아닌 쇠락하는 미래와 늙음으로 미화되는 과거의 기억들이었습니다.

부엔디아 가문에는 대대로 내려오는 유전병이 있었습니다. 바로 고독 속에 침잠하는 병입니다. 그래서인지 이들 모두는 열심히 살았지만 마음속에 저마다 다른 색깔의 다양한 고독을 안고 있었습니다. 집시들의 물건에 심취해서 결국 미쳐버린 1대 호세 아르카디오 부엔디아는 금을 만들어 내리라는 자신의 꿈이 좌절되자 결국 스스로 고독과 고립을 선택하고 밤나무 아래에 묶여서 비참하게 생을 마감합니다. 2대 아우렐리아노 부엔디아 대령은 9살인 레메디오스에게 한눈에 반해 그녀가 초경을 시작하자마자 결혼하지만 얼마 지나지 않아 아내는 요절합니다. 그 후로 어머니가 다른 17명의 아들을 낳지만 20년에 걸친 내란이 끝난 다음 사회와의 모든 소통을 차단한 채, 골방에 들어앉아 금 물고기를 만들며 이른바 '삶 속의 죽음'을 영위하다가 아버지가 죽은 밤나무 아래에서 고독하게 죽습니다. 우르슬라의 딸 아마란타는 레베카와 피에트로 크레스피의 결혼을 질투하여 레베카를 독살할 계획을 세우지만 그 독을 레메디오스가 먹고 죽자 죄책감에 시달립니다. 그리고 레베카가 크레스피가 아닌 호세 아르카디오와 결혼하자 아마란타는 크레스피의 구혼을 받게 되지만 결국 이를 거절합니다. 이에 크레스피는 자살하고 그녀는 죄의식과 회한에 휩싸인 채 스스로 아궁이에 손을 넣어 자해합니다. 그렇게 화상을 입은 그녀는 평생 동안 손에 검은 붕대를 감고서 수십 년 동안이나 광장 한쪽 구석에 있는 커다란 집에 틀어박혀 처녀의 몸으로 고독하게 죽습니다. 가문의 이름 부엔디아는 '좋은 나날' 또는 '좋은 시대'라는 뜻을 지니고 있지만 그들의 삶은 모두 반대로 나아가고 있었습니다.

하지만 모두가 고독 속에 침잠되어 있었던 것은 아닙니다. 미녀 레메디오스는 아름다운 외모를 갖고 있었기에 주변 사람들은 그녀를 어떻게든 곱고 아름답게 키워야 한다는 강박을 가졌습니다. 우르슬라조차도 그런 생각을 버리지 못하고 그녀에게 '그 당시 행복한 여자의 삶'을 살기 위해 여자들이 해야 할 일을 강조하거나 남자들이 좋아하는 쓸모 있는 여자가 되어야 한다고 가르치지만, 그녀는 주변의 편견이나 시대의 흐름에 아랑곳하지 않고 코르셋이나 속치마 같은 형식은 무시한 채 단순한 현실에 만족하며 자신이 원하는 대로 살아갑니다. 당시의 사회상에 비추어 봤을 때, 그녀야말로 완전한 고독 속에 빠질 법한 인물이었지만 그녀는 전혀 흔들리지 않습니다. 결국 그녀는 승천을 통해 인간으로서의 숭고한 고독감을 아름답게 표현해 내며 생을 마감합니다.

6대 아우렐리아노는 집시 멜키아데스가 산스크리트어로 양피지에 기록해 놓은, 부엔디아 가문과 마콘도 마을에 관한 이야기를 모두 해독합니다. '역사의 시초는 나무와 연결되어 있고, 종말은 개미들에게 먹힐지니라'는 양피지의 예언대로 1대 호세 아르카디오 부엔디아는 밤나무에 묶인 채 삶을 지속했으며 돼지 꼬리를 달고 태어난 부엔디아 집안의 7대 아이는 개미 떼에 의해 개미굴로 끌려갑니다. 이러한 가문의 비극은 사실 처음부터 정해져 있었습니다. 호세 아르카디오 부엔디아와 우르술라 이구아란은 사촌지간, 즉 근친상간의 관계였습니다. 욕망에 휩싸여 사촌 누이와 관계를 맺고, 한 여자를 두고 두 형제가 번갈아 자손을 남기며, 9살짜리 어린 여자에게 반해 이른 결혼을 하고 17명의 배다른 자식을 낳는 등 가문의 사람들이 이렇게 부적절한 행동을 반복했기 때문입니다. 상황이 이렇다 보니 유전학적인 관점에서 봤을 때 열등한 자손이 대를 이을 수밖에 없었고, 결국 이모와 조카의 불장난에 돼지 꼬리가 달린 자손을 낳기에 이릅니다. 선조들의 경고에도 불구하고 치욕적인 종말을 맞이했던 것입니다.

사람은 살아가면서 여러 가지 본능과 욕망을 겪고, 그 속에서 실패하고 좌절합니다. 물론 그러한 것들은 자신의 신념이나 의지에 따라 바뀔 수도 있습니다. 그럼에도 결국 죽음은 피할 수 없으며 그 죽음 앞에서 인간은 한낱 외로운 존재가 됩니다. 마르케스는 100년 동안의 부엔디아 가문의 흥망성쇠를 통해 고독은 모든 개인이 피할 수 없는 일이지만 레메디오스처럼 자신만의 잣대를 가지고 주체적으로 살아간다면 인간으로서 숭고한 고독을 가질 수 있다고 말하는 것만 같습니다. 이러한 것을 깨닫지 못하고, 부정적인 감정에만 휩싸여 모든 것을 포기한 채 나만의 고독에 빠져든다면 멜키아데스의 양피지에 적힌 부엔디아 가문의 운명을 겪게 될지도 모를 일입니다.

도서 분야	외국고전	관련 과목	문학, 세계사, 독서	관련 학과	스페인어문학과, 철학과, 역사학과

▸ **기본 개념 및 용어 살펴보기**

주요 기본 개념 및 용어	
개념 및 용어	의미
마술적 사실주의	역사적, 문학적으로 큰 혼란을 겪어 온 라틴 아메리카 작가들이 창안해 낸 독특한 문학적 산물이며, 좁게는 리얼리즘의 한 유형에 속하고 넓게는 세계를 인식하는 하나의 방식으로 볼 수 있다. 현실과 환상, 사실과 허구가 초현실주의적으로 교묘하게 결합되어 있는 형태의 기법을 말한다. 죽었지만 다시 살아 돌아온 집시 멜키아데스, 죽은 것도 산 것도 아닌 상태에 있는 호세 아르카디오 부엔디아, 담요를 타고 하늘로 승천하는 미녀 레메디오스, 2대 호세 아르카디오가 자살하면서 흘린 피가 어머니 우르슬라를 찾아가는 장면들처럼 환상적인 사건을 일상적이거나 정상적인 것으로 묘사하고, 반대로 일상적인 사건을 마술적으로 묘사하는 특징을 보인다. 이를 통해 작가들은 판타지적인 설정과 요소들을 위화감 없이 현실 장면에 녹여냈고, 독자들의 공감대를 이끌어냈으며, 자신의 상상력을 예술적으로 형상화하는 데 성공하였다.
노란 꽃	라틴 아메리카 원주민들에게 노란색은 태양의 황금빛을 상징하는 것이었기에, 호세 아르카디오 부엔디아가 죽는 장면에서 밤새도록 내린 노란 꽃비는 신성한 존재나 구원자를 나타내는 상징이다. 즉 그의 죽음은 단순한 개인의 죽음이 아니라 특별한 지위를 가진 의미 있는 사람의 죽음이라는 것을 나타내는 장치이다.

▸ 시대적 배경 및 사회적 배경 살펴보기

콜롬비아는 식민지 종주국들의 지배와 억압으로 점철된 비극적인 역사를 가지고 있다. 대부분의 라틴 아메리카들이 그러했듯이 콜롬비아 또한 스페인의 오랜 지배와 통치 아래에서 패배와 좌절을 경험하였고, 소설의 배경 또한 그 당시 콜롬비아가 직면해 있던 구체적인 사회상을 그대로 반영하고 있다. 특히 작품 속에 미국 바나나 회사를 등장시켜 제1차 세계대전 시기부터 전쟁이 끝날 때까지 이어졌던 서구의 자본주의 도입에 대한 역사를 보여주고 있다. 자본주의가 본격적으로 도입되기 전까지만 해도 작품 속 마콘도 마을은 목가적이고 낙원과 같은 평화로운 곳이었다. 하지만 미국의 자본주의가 들어오면서부터 평화로웠던 마을은 점차 폭력과 타락에 시달리며 멸망의 길을 걷게 된다. 소설 속에 언급된 학살 사건 역시, 1928년 콜롬비아에서 실제로 일어난 '바나나농장 학살사건'을 모티브로 삼은 것이다.

또한 소설의 공간적 배경이 되는 마콘도는 작가에 의해 창조된 공간이지만 마르케스가 살았던 카리브해를 상징한다고도 볼 수 있다. 카리브해 지역은 여러 인종과 문화가 뒤섞인 곳으로, 라틴 아메리카의 역사와 문화, 신화적인 요소가 모두 담겨 있는, 인간과 자연환경과 일상이 완벽하게 공존하는 지역이다. 이 공간적 배경을 바탕으로 작가는 환상적인 사건을 일상화하거나 일상적인 사건을 마술적으로 보여주는 등 마술적 사실주의를 표현해냈다.

현재에 적용하기

《백년 동안의 고독》과 유사한 상황들(소외와 고립, 폭력과 혼란, 언론탄압)이 현대 사회에서도 일어나고 있는지 살펴보자. 또한 역사란 얼마나 쉽게 반복되고 왜곡되고 잊히는지에 대해 생각해보고 그러한 사회문제들에 대한 대안을 고민해 보자.

생기부 진로 활동 및 과세특 활용하기

▸ **책의 내용을 진로 활동과 연관 지은 경우**(희망 진로: 역사학과)

평소 중남미 역사와 문화에 대해 관심을 가지고 신문기사를 살펴보다가 <가장 미국적인 '이 과일' 때문에⋯ 중남미 대학살 벌어졌다고?>라는 기사를 읽게 됨. 가장 미국적이고, 가장 자본주의적인 과일인 바나나가 품은 역사적 비극을 확인하고 '식탁 위의 세계사(이영숙)'를 읽으며 바나나에 얽힌 UFC의 횡포와 '바나나 리퍼블릭'이라는 단어가 가지는 비하의 의미를 정리함. 이와 관련해 당시 콜롬비아와 같은 라틴 아메리카의 역사에 대해 관심을 갖게 되었고 그 역사를 그대로 반영하고 있다는 '백년 동안의 고독(가브리엘 가르시아 마르케스)'을 읽음. 소설에 묘사된 학살 사건의 배경이 1928년 콜롬비아에서 실제로 발생한 '바나나 농장 학살사건'이라는 것을 알게 되었고, 이에 대해 조사하면서 당시의 라틴 아메리카들이 식민지 종주국들의 통치 아래에서 많은 어려움을 겪었고, 대한민국처럼 비극적인 역사를 가졌다는 것을 알게 됨. 그러면서 아직도 이러한 거대권력과 거대자본으로 인해 탄압당하고 있는 현대의 상황들을 조사하고, 자유와 정의를 지킬 수 있는 민주적 대안을 제시함.

하지만 '백년 동안의 고독은 서구 제국주의의 식민지 수탈을 폭로하는 역사적 소설이다'는 해석에 대해서는, 마콘도에서 벌어진 바나나 공장 사건과 정치적 전쟁들은 식민지 수탈과 연결될 수 있지만 소설 속 모든 사건이 그것과 연결되는 것은 아니라는 점을 제시하며 주체적 관점으로 문학작품을 수용하는 모습을 보여줌.

제목이 가진 의미를 확인하기 위해 소설 속 인물들이 보여주는 다양한 고독의 형태를 기록하면서 끊임없는 상호작용 속에서도 영원히 이해받을 수 없는 개인의 모습이 고독 그 자체이며, 인간은 누구나 이러한 고독 속에서 살아간다고 자신의 의견을 제시함.

▸ 책의 내용을 문학 교과와 연관 지은 경우

긴 세월에 걸친 인물들의 연대기 '고래(천명관)'를 읽고, 개성 강한 캐릭터와 독특하면서도 황당하고 재미있으면서도 촘촘한 스토리텔링에 관심을 가지게 되었는데 이러한 작법 스타일이 '마술적 사실주의'라는 것을 알게 됨. 또한 이 마술적 사실주의 기법이 '백년 동안의 고독(가브리엘 가르시아 마르케스)'에서 시작되었다는 것을 알고, 예전에 읽으려고 시도했으나 이러한 서술 방식을 이해하지 못했기 때문에 포기했던 것을 떠올리며, 이 작품을 <한 학기 한 권 고전 읽기>의 도서로 선정해서 매일 꾸준히 읽고 독서 노트를 작성하며 소설 완독에 재도전함.

소설 속 서술자는 마치 인물들의 처음과 끝을 알고 있는 것처럼 그들이 죽음의 위기를 겪은 횟수를 먼저 서술하고, 뒤이어 회상을 통해서 구체적인 사건들을 설명하는데, 그 기법이 마술적인 텍스트들에 신뢰감을 부여하는 효과가 있다는 것을 발견하고, 그러한 설명이 '마술적 사실주의'로 표현된 것들에 대해서도 객관성과 현실감을 효과적으로 부여해주었다고 자신의 의견을 밝힘.

소설 속에 드러난 마술적 사실주의의 대표적인 사례들을 따로 독서 노트에 작성하면서, 마우리시오 바빌로니아와 노란 나비는 변치 않는 사랑과 운명의 필연성을, 레메디오스의 승천은 숙명적인 내적 고독과 외적 고립을 의미한다고 작품의 상징을 해석해서 발표함. 또한 '고래'와 '백년 동안의 고독'에 드러난 시간적 설정, 공간적 배경이 부여하는 공간적 고립감, 판타지와 현실의 교차, 인간의 욕망과 고독을 다룬 주제 등을 비교·분석하면서 관련 도서로 '한밤의 아이들(살만 루슈디)'을 선정한 후 추가로 연계 독서계획을 세움.

후속 활동으로 나아가기

▶ 이 소설에는 여러 세대에 걸친 이야기가 담겨 있지만, 비슷한 이름이 계속해서 나와 독자들을 헷갈리게 한다. 작가가 이렇게 다른 인물들에 같은 이름을 계속 반복해서 붙인 이유는 무엇일까?

▶ 호세 아르카디오는, 이구아나를 낳으면 이구아나를 기르면 된다고 호기롭게 운명에 맞서던 사람이었다. 그런 그가 끝내 고독감에서 벗어나지 못하고 결국 비극적인 결말을 맞이하게 된 까닭은 무엇일까? 그의 고독감은 진리를 알아내고자 하는 열망에서 기인한 것일까?

▶ 이 소설은 마술적 사실주의를 활용한 대표적인 작품이다. 소설 속에서 이러한 기법이 활용되고 있는 부분들을 확인하고 그러한 기법을 통해 작가가 무엇을 이야기하고 싶었던 것인지에 대해 토론해 보자.

▶ 소설의 내용을 바탕으로 이 책의 제목이 의미하는 바가 무엇인지 생각해 보자.

함께 읽으면 좋은 책

천명관, 《고래》 문학동네, 2004.

파울로 코엘료, 《연금술사》 문학동네, 2001.

살만 루시디, 《한밤의 아이들》 문학동네, 2011.

라우라 에스키벨, 《달콤 쌉싸름한 초콜릿》 민음사, 2004.

가브리엘 가르시아 마르케스, 《콜레라 시대의 사랑》 민음사, 2004.

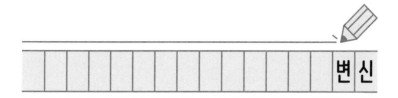

변 신

프란츠 카프카 ▶ 문학동네

프란츠 카프카는 1883년 프라하에서 태어났습니다. 당시 상위 10%만이 썼다는 독일어를 쓰는 유대인 가정에서 태어나 법학을 전공한 그였지만 사실 그가 원하던 것은 글을 쓰는 것이었습니다. 하지만 성취욕이 높고 엄격하며 사업을 이어받기 원했던 가부장적인 아버지는 그의 꿈을 허락하지 않았고, 이로 인해 부자 사이는 그야말로 최악으로 치달았습니다. 게다가 그가 처음 사랑했던 여인은 하필 유부녀였고, 그 후로도 줄곧 약혼과 파혼을 거듭하면서 그의 사랑은 계속 좌절되었습니다. 그러다 폐결핵을 앓게 되면서 그는 결국 마흔 살 생일을 앞두고 죽음을 맞이하게 됩니다. 그가 대부분의 소설에서 운명의 부조리성과 인간 존재의 근원적 불안에 대한 통찰을 그려낸 것은 자신이 겪어왔던 실존적 혼란의 영향인 것으로 보입니다. 실제로 사르트르와 카뮈는 그를 실존주의 문학의 선구자로 평가하기도 했습니다.

　가족을 위해 상점의 판매원으로 고달픈 생활을 해오던 작품 속 주인공 그레고르 잠자는, 불안한 꿈에서 깨어난 어느 날 아침, 침대 속 자신이 한 마리의 커다란 갑충[11]으로 변해 있는 것을 발견하게 됩니다. 문밖에서는 그의 출근을 재촉하는 부모님과 여동생의 목소리가 들리고, 그로부터 한 시간도 지나지 않아 상점 지배인이 달려와 출근을 재촉하지만 그레고르는 벌레가 되어 움직이지 못했기에 이들의 요구에 응하지 못하고 곤란해 합니다.

　마침내 잠겨 있던 방문이 열리고 벌레가 된 그레고르의 모습을 본 지배인은 소스라치게 놀라며 도망치고 어머니는 기절합니다. 아버지와 여동생 역시 큰 충격을 받고 당황해 합니다. 아버지는 위협적인 동작으로 그를 다시 방으로 몰아넣는데 이때 그레고르는 큰 충격을 받습니다. 아버지는 그레고르가 벌레로 변한 순간부터 아들에 대한 연민이나 동정심 따위 없이 그에게 줄곧 적대감을 드러냅니다. 아버지는 몇 년 전 사업 실패로 인해 가장의 자리에서 물러났

---

11 - 딱정벌레목의 곤충을 통틀어 이르는 말로 풍뎅이, 하늘소, 딱정벌레 등을 말함.

지만 가장의 자리를 대신 소화할 수 있는 그레고르가 있었고, 그의 능력 덕분에 가족들은 이전과 같은 생활을 유지할 수 있었습니다. 그러나 아버지는 가끔씩 자신의 자리를 빼앗겼다고 느끼며 아들에 대한 분노를 품게 되었고, 그레고르가 가장의 역할을 할 때에는 아무 말도 꺼내지 못했지만 무기력하게 벌레로 변하자 그 분노를 표출하기 시작합니다. 강한 자에게는 약하고 약한 자에게는 강한 인간의 이중성을 그대로 드러냈던 것입니다.

이러한 사건이 생긴 후, 집안을 돌보던 가정부는 휴가를 떠나고, 아버지는 다시 취직을 하고, 여동생은 아르바이트를 구하고, 어머니는 밤을 새며 바느질일을 하게 됩니다. 여동생은 더 좋은 일자리를 찾기 위해 밤에는 속기나 불어를 배우러 다니기도 합니다. 그레고르는 여동생에게 특별한 애정을 가지고 있었고 크리스마스 이브에 음악학교에 보내준다는 말을 할 생각이었지만, 벌레로 변신하면서 그런 이야기는 전할 수 없게 됩니다.

그레고르는 문틈으로 가족을 관찰합니다. 여동생은 그에게 음식을 갖다 주며 그를 돌봐주지만 시간이 지날수록 아무 음식이나 집어넣고 그의 방을 대충 청소합니다. 어머니는 말로는 그를 아낀다고 하지만 그를 볼 때마다 공포를 느끼고 기절하곤 합니다. 결국 가족들은 그레고르를 돌보는 일을 휴가에서 돌아온 가정부에게 맡겨버리는데 어쩌다가 그레고르를 발견한 가정부는 놀라기는커녕 그를 조롱합니다.

나머지 가족이 그레고르를 대신해 돈벌이에 나서지만 세 명의 수입을 다 합쳐도 그레고르가 혼자 생계를 책임질 때의 생활 수준을 유지할 수는 없었습니다. 결국 살림에 보태기 위해 세 명의 하숙생을 받게 되면서, 그레고르의 방은 점차 짐을 쌓아두는 창고가 되어 갑니다. 어느 날 저녁, 여동생이 저녁 식사 후 하숙생들을 위해 바이올린을 연주하고 있을 때 음악에 이끌린 그레고르가 방 밖으로 나가는데, 그 모습을 본 아버지가 분노하며 그에게 사과를 던져 그에게 치명적인 상처를 입힙니다. 이 때문에 그레고르는 시력을 잃고 운동능력을 상실해 방 안을 가로지르는 것조차 힘겨워집니다.

한편 하숙생들은 벌레의 출현에 깜짝 놀라 떠나겠다고 통보하고 손해배상까지 요구하게 됩니다. 그레고르는 이제 집안의 경제적 상황을 악화시키는 걸림돌로 여겨지기 시작하고, 급기야 여동생은 그레고르를 '저것'이라고 부르며 더 이상 오빠로 생각할 수 없다고 말합니다. 그리고 자신들에게 그레고르는 더 이상 필요하지 않다며 벌레를 없앨 방법을 강구해야 한다고 부모님을 설득합니다. 그가 희생하며 가족을 돌볼 때조차도 그들은 그것을 당연하게 여겼는데, 이제 그가 경제적 능력을 잃게 되자 대놓고 그를 거추장스럽고 없어져야 할 존재로 여깁니다. 그들에게 그레고르는 더 이상 가족이나 사람이 아니었습니다. 특히 지금까지 그를 챙겨준 여동생이 앞장서서 그를 비난하는 것에 그레고르는 절망하고 부모님도 이에 동조하는 것을 알게 되자, 그는 더 이상 목숨을 유지할 필요가 없다고 느끼며 희망의 끈을 놓아버립니다. 결국 그레고르는 힘없이 자기 방으로 돌아오고 그렇게 방치됩니다. 그리고 어느 날, 아주 납작하게 메말라 뻣뻣해진 모습으로 발견됩니다.

가정부는 벌레(그레고르)의 시체를 아무렇지도 않게 치우고 아버지는 "자, 이로써 하느님께 감사드려야 할 것"이라고 말합니다. 그리고 해방감을 느끼며 가족 모두 행복한 마음으로 소풍을 떠납니다.

산업혁명 이후 급격하게 이루어진 산업화와 도시화에 의해, 인간의 정신은 황폐해지고 물질만능주의가 만연해지면서 사회는 자아 상실과 소외와 불안의 분위기를 띠게 되었습니다. 게다가 인간성보다 물질적인 욕구가 우위를 차지한 것처럼 느껴지기도 합니다. 그러나 우리는 이쯤에서 질문 하나를 던져봐야 합니다. 과연 경제적 능력을 상실한 인간은 그레고르처럼 쓸모없는 '그것'으로 취급받는 게 당연할까요?

현대 사회를 살아가고 있는 우리도 언제든지 그레고르와 같은 처지에 놓일 수 있다는 것을 생각하면서 과연 우리의 가정은 안전한지, 지금 그레고르의 처지에 놓여 있는 사람은 없는지 혹은 내가 잠자의 가족들과 비슷한 것은 아닌지 한 번쯤 돌아봤으면 좋겠습니다. 또한 물질 위주의 현대 사회에서 어떻게 하면 인간의 존엄성을 잃지 않을 수 있을지 고민해 봤으면 좋겠습니다.

도서 분야	외국고전	관련 과목	독서, 윤리와 사상, 통합사회, 사회문화	관련 학과	영어영문학과, 사회복지학과

고전 필독서 심화 탐구하기

▶ 기본 개념 및 용어 살펴보기

주요 기본 개념 및 용어	
개념 및 용어	의미
갑충 Ungeziefer	원서에는 독일어로 'Ungeziefer'라고 적혀 있는데, 해충을 뜻하는 'geziefer'에 부정적인 이미지를 강조하는 un-이 붙어 만들어진 단어로, 나쁜 의미를 강조한다고 볼 수 있다. 독충, 갑충, 해충, 바퀴벌레 등 다양하게 번역되는데 더러운 존재, 멀리하고 싶은 존재라는 의미와 더불어 가족들에게 해가 되는 존재라는 의미를 지닌다.
카프카에스크 kafkaesk	프란츠 카프카의 이름에서 유래된 형용사로 '어두운 불확실성', '수수께끼 같고 구체적이지 않은 협박'과 같은 감정을 말한다. 그의 작품이 지니고 있는 특징과 분위기에서 생겨난 말이다.

▶ 시대적 배경 및 사회적 배경 살펴보기

이 소설은 20세기 초의 유럽을 배경으로 하고 있다. 산업화와 도시화의 급격한 발달로 인해, 당시 유럽 사회는 지배 계층의 착취가 초래한 인간성 파괴, 인간 소외 등의 사회 문제가 총체적으로 일어나고 있었다. 인간이 인간 고유의 가치로 평가되지 않고 그가 지닌 경제력으로 평가되는 분위기가 형성되었으며 이로 인해 사회는 불안하고 혼란스러웠다. 카프카가 주인공으로 내세운 그레고르는 바로 이런 상황에서 소모품처럼 사용되다가 몸이 망가지거나 나이가 들면 대체되는 노동자의 현실을 떠오르게 한다. 가족들과의 유대가 단절되고 자아를 잃어버린 채 돈벌이 수단으로 전락해 버린 주인공의 모습과 이를 통해 드러나는 현대인의 깊고 외로운 소외는 당시의 시대적 상황을 그대로 반영한다고 볼 수 있다.

현재에 적용하기

자본주의 사회에서의 '쓸모'에 대해 생각해 보고 우리 삶에 팽배해 있는 물질주의에 대해 생각해 보자. 또한 그레고르의 소외를 가중시킨 '소통의 부재'에 대해 생각해 보면서 관계에 있어 생각과 감정을 전달하고 소통하는 것의 중요성에 대해 생각해 보자.

생기부 진로 활동 및 과세특 활용하기

▶ **책의 내용을 진로 활동과 연관 지은 경우**(희망 진로: 사회복지학과)

같은 진로를 희망하는 친구들과 모둠을 만들어 '변신(프란츠 카프카)'을 읽고 정책 제안 보고서를 작성함. 그 과정에서 소설 속 '갑충'을 자본주의 사회에서는 가족으로부터 소외되고 도구화된 노동자로, 현대 개인주의 사회에서는 건강을 잃고 무능해진 '장애인'(사회적 약자)으로 나누어 여러 관점에서 비유적인 대상을 파악하여 의견을 제시해서 보고서의 초안을 잡는 데 도움을 줌. 또한 그레고르 잠자는 피해자, 가족은 가해자라는 통념적 시각에서 벗어나 현대 사회에서는 누구나 가해자이자 피해자가 될 수 있기 때문에 관계의 단절을 피하기 위한 예방이 중요하다고 주장함. 이러한 분석과 적극적인 제안을 바탕으로 <카프카 소설 '변신'을 통한 장애인 가족의 소통 문제와 복지적 해결 방안>이라는 제목으로 보고서를 작성하고 그 방안으로 장애인과 그 가족을 위한 교육 및 심리상담 프로그램을 확대해야 한다는 주장을 제시함. 또한 모둠 친구들과의 토론에서 "그레고르를 외면한 가족들의 행동은 정당한가?"라는 논제를 제시하여 토론을 이끌어 나감. "현대 사회에서는 쓰임새가 있어야 가치가 있다"는 상대편의 주장에 장자의 무용론을 들어 "우리 삶의 많은 부분이 사실상 쓸모없음에 의해 풍요로워진다"는 반론을 제시하고, 현대 자본주의 사회에서 경계해야 할 태도에 대해 일침을 놓는 모습을 보임. 토론을 함께 한 친구들과 함께 '장애인, 비장애인과 함께하는 걷기대회'에 자원봉사자로 참여하여 장애인에 대해 올바르게 이해하고 장애인 복지에 대한 안목을 키우며 적극적으로 진로에 대한 경험을 가짐.

▸ 책의 내용을 통합사회 교과와 연관 지은 경우

'기사를 활용하여 사회 이슈 발표하고 글쓰기' 수행평가를 준비하기 위해 평소 관심 있는 시사 관련 기사를 검색하다가 <왜 바퀴벌레일까… 아이들도 받는 Z세대 '웃 픈' 질문 놀이>라는 기사를 읽음. 기사에서 등장하는 '바퀴벌레 질문 놀이'가 카프 카의 소설에서 시작되었다는 것에 호기심을 느껴 '변신(프란츠 카프카)'을 읽음. 소 설 속에서 사회적 기대와 개인의 역할, 개인의 가치와 존재의 의미, 자기희생과 가 족의 의무에 대한 몇 가지 관점을 찾아 자신의 의견을 서술함. 그 내용을 바탕으로 '바퀴벌레 질문 놀이'가 왜 시작되었는지를 분석하고, 불확실성의 시대에 살고 있 는 학생들이 사회가 더 이상 개인의 생존에 대한 안전망을 제공해 주지 못한다는 불신과 불안을 느끼면서 자신의 존재를 확인받고 싶은 욕구가 커졌기 때문이라고 자신의 의견을 제시함. 또한 작가가 다른 동물이 아닌 '바퀴벌레'를 소재로 택했던 이유를 알기 위해, 작가의 성장 배경을 조사하고 또 다른 책인 '아버지께 드리는 편 지'를 추가로 읽으면서 관련 부분을 발췌하여 분석함. 이처럼 시사적인 내용을 관련 있는 책을 통해 이해하고 연계하여 분석하는 능력이 뛰어남.

후속 활동으로 나아가기

▸ 내가 만약 그레고르의 가족이었다면 나는 어떻게 했을까? 가족들은 가해자이고 그레고르는 피해자인가?

▸ 가족을 위해 집을 마련해주고 생계를 책임지며 자기를 희생했던 그레고르는 한순간에 벌레로 변했지만 가족에게 도움을 요청할 자격이 충분했다. 혹은 자신을 배신하고 집에서 내몰려 하는 가족에게 적대적인 모습을 취할 수도 있었다. 하지만 그는 스스로 좁은 방에서 굶어 죽는 길을 선택했다. 그가 스스로 굶어 죽기를 선택한 이유는 무엇일까?

▸ 혼자서 생계를 책임지던 그레고르가 벌레가 되어 더 이상 가족의 생계를 책임지지 못하게 되자 가족들은 스스로 생계를 책임져야 하는 상황에 부딪혔고 서로 일자리를 구하며 살아간다. 만약 경제적으로 무능력한 구성원이 있다면 가족 중 누군가가 그의 생계를 책임져 주어야 한다고 생각하는가? 그레고르의 희생은 과연 옳았다고 생각하는가?

▸ 주인공 그레고르는 어느 날 갑자기 벌레로 변해버린 채 깨어나게 된다. 인간이 동물도 아닌 벌레로 변했다는 설정은 현대를 살아가는 우리에게 어떤 의미로 받아들여질까? 그리고 요즘 MZ 세대 사이에서 "엄마 내가 만약에 바퀴벌레로 변하면 어떻게 할 거야?"라는 질문이 유행하고 있는데, 이 질문이 유행하는 이유는 무엇일까?

함께 읽으면 좋은 책

진형민, 《곰의 부탁》 문학동네, 2020.
김지혜, 《선량한 차별주의자》 창비, 2019.
채만식, 《레디메이드 인생》 문학과지성사, 2004.
루리, 《그들은 결국 브레멘에 가지 못했다》 비룡소, 2020.
프란츠 카프카, 《아버지께 드리는 편지》 종합출판범우, 2018.

수레바퀴 아래서

헤르만 헤세 ▸ 민음사

이 작품의 주인공은 한스 기벤라트라는 소년입니다. 그는 슈바르츠하트의 조그마한 마을에서 중개업과 대리업을 하는 홀아버지 아래서 자랐습니다. 내성적인 성격이었던 그는 낚시를 즐기고 자연을 사랑하는 소년이었지만, 당시에는 신학교에 입학해 수도원을 거쳐 목사가 되어 사회에 기여하는 것을 가장 명예로운 일로 여기는 분위기가 있었기 때문에 학교 선생님과 마을 사람들뿐 아니라 아버지까지도 똑똑한 한스가 엘리트 코스인 신학교를 들어가기를 바라고 있었습니다. 그런 주변의 기대 때문에 그는 자신이 좋아하는 수영과 낚시를 포기하고 수면이 부족할 정도로 공부에만 전념하여 결국 신학교에 2등으로 입학하게 됩니다.

학교생활은 엄하고 고되었습니다. 규칙에 어긋난 행동을 하면 가차 없이 벌이 내려졌고, 교장 선생님은 다른 사람에게 뒤처질 수 있으니 예습을 하라고 권유합니다. 한스는 매일 끊임없이 예습과 복습을 하며 밤늦게까지 공부를 했고 결국 취미를 즐길 시간도, 사색에 잠기거나 계절의 변화를 느낄 순간도 갖지 못한 채 자신의 삶이 끝으로 내몰리고 있는 줄도 깨닫지 못하고 공부하는 기계가 되어 갑니다. 그런 방식을 통해 어느 정도 학교생활에 적응해 좋은 성적을 받기도 했지만, 그는 점차 자신도 모르는 새 사회가 원하는 인간으로 개조되고 있었습니다.

그러던 어느 날, 그는 기숙사에서 하일너라는 친구를 만납니다. 하일너는 문학에 조예가 깊지만 반항적인 기질을 가진 천재였습니다. 주관이 뚜렷하고 엉뚱하며 괴팍하기도 했던 하일너를 한스는 멀리합니다. 그런데 한스와 함께 방을 썼던, 존재감 없던 힌딩거라는 친구가 호수에 빠져 죽는 일이 발생하고, 그로 인해 한스는 공부만 하는 자신의 삶을 돌아보게 됩니다. 그 당시, 하일너는 자유분방한 성향 때문에 신학교 내의 사람들에게 부정당하며 스스로 우울감에 빠져 살고 있었는데, 한스 역시 처음에는 그런 그를 모른 척했지만 결국 그와 깊은 우정을 나누기 시작합니다. 그리고 그와의 우정을 통해서 공부 기계와도 같았던 삶에서 한 발짝 벗어나 자연을 섬세하게 관찰하며 감정을 회복해 나가기 시작합니다. 두 사람은 시와 문학에 대해 이야기를 자주 나눴고, 그러다 보니 자연히 공부와 멀어지고 성적은 떨어졌습니다. 교장 선생님은 그런 한스를 불러서 개인 면담을 진행합니다. 그리고 이렇게 공부에 전념하지 않는다면 결국 수레바퀴 아래에 깔리게 될지도 모른다고 이야기합니다. '수레바퀴'는 바로 한스를 둘러싸고 있는 억압, 강제, 권위라는 굴레였습니다. 그는 엄격한 규율과 주입식 교육을 강요하는 비인간적인 학교생활에 압박감을 느끼고 방황합니다.

설상가상으로 신학교를 무단이탈했다는 이유로 하일너가 강제 퇴학을 당하게 되자, 한스는 더 큰 고립감을 느끼게 되고 고통과 수치심으로 괴로워합니다. 결국 신경쇠약에 걸린 그는 학업을 포기하고 요양을 위해 고향으로 돌아옵니다. 한스는 자신 앞에 펼쳐져 있던 사회적 성공과 야망의 길이 모두 끝나버렸다는 사실에 대해서도 절망감을 느꼈지만, 그보다 더 크게 그를 괴롭혔던 것은 자신이 아버지를 실망시켰다는 사실이었습니다. 그는 그로 인해 엄청나게 깊은 죄책감을 느끼며 슬퍼합니다.

집으로 돌아온 그를 위로해 주는 사람은 없었습니다. 마을 사람들에게 한스는 한 명의 개인이 아니라, 마을의 명예를 드높여 줄 우등생으로만 존재했기 때문입니다. 그의 우울증은 갈수록 깊어졌고, 그는 어릴 적 기억을 더듬어 매의 거리 등을 돌아다녀 보지만 더 이상 과거로 돌아갈 수 없음을 깨닫게 됩니다. 삶에 대한 의미도 목적

도 잃은 그는 자살을 떠올리지만 다행히 시간이 흐르자 그의 불안
정했던 정신은 차츰 안정되기 시작합니다. 그 과정에서 엠마라는
여인과 불타는 사랑에 빠지고 우울증은 회복세를 보입니다. 하지만
그의 마음을 가볍게 여겼던 엠마는 결국 말도 없이 그의 곁을 떠나
버립니다. 자신이 이용당했다는 것을 깨달은 그는 좌절감과 우울감
이 극에 달하게 되고 또다시 외톨이가 됩니다.

어느 날, 아버지는 그에게 기계공이 되고 싶은지 아니면 서기가
되고 싶은지 묻습니다. 두 가지 선택지밖에 없었지만 어쨌든 선택
을 해야 했던 한스는 기계공으로 일하고 있는 친구 아우구스트를
찾아가 견습공 신분으로 일을 시작합니다. '신학교 대장장이'라는
냉대와 조소, 텃세를 받으며 고된 노동 속에서 힘겨운 날들을 보내
면서도 그는 삶의 의미를 다시금 찾아보려고 애씁니다. 그리고 얼
마 뒤 회식 자리에 참석한 그는, 친구들과 농담을 주고받으며 이렇
게 유쾌한 일요일을 보내는 것도 나쁘지는 않을 것 같다고 생각하
지만 어찌된 일인지 돌아오는 길에 강물에 휩쓸리고 맙니다. 그리
고 다음날, 스스로 몸을 던졌는지 아니면 익숙하지 않은 술기운 탓
에 강물로 떨어졌는지에 대한 여러 추측만을 남긴 채, 강에서 시체
로 발견됩니다.

이 소설 속에 등장하는 독일의 작은 마을은 많은 면에서 현재의

한국과 닮아 있습니다. 산업에 필요한 인재를 똑같은 교육 시스템으로 찍어내고 개인의 개성은 무시한 채 기계처럼 공부만 강요하는 사회, 그리고 그 안에서 좌절감과 무력감을 느끼는 학생들의 모습이 비슷하게 느껴지기 때문입니다. "당신이나 나, 우리 모두 저 아이에게 소홀했던 점이 적지 않을 거예요. 그렇게 생각하진 않으세요?"라는 플라이크 아저씨의 말처럼 한스가 맞이한 비극에는 한스뿐 아니라 주위의 많은 사람들에게도 그 책임이 있습니다. 아버지가 제 역할을 했더라면, 학교 선생님이 한스를 보듬어 주었더라면 혹은 상처받고 고향으로 돌아왔을 때 그의 마음을 알아주는 이웃이 있었다면 그의 인생은 달라지지 않았을까요?

우리는 사회적 요구에 의해 흔들릴 수밖에 없습니다. 굳은 마음을 가지고 주체적으로 살아가지 않는다면, 어느덧 그 물결에 휩쓸릴 수밖에 없습니다. 그러니 지금 나는 타의에 휩쓸리지 않고 잘 살아가고 있는지, 주변의 인물들에게 나는 어떤 존재인지 이 소설을 통해 곰곰이 생각해 봤으면 좋겠습니다.

도서 분야	외국고전	관련 과목	문학, 독서, 일반사회	관련 학과	교육학과, 철학과

▶ **기본 개념 및 용어 살펴보기**

주요 기본 개념 및 용어	
개념 및 용어	**의미**
수레바퀴	"그러지 않으면 수레바퀴 아래 깔리게 될지도 모르니까"라는 말은 신학교의 교장선생님이 한스와의 개인 면담에서 했던 말이다. 수레바퀴는 권위적이고 강압적인 학교 제도와 획일적인 사회, 지나친 기대와 억압 등 한스를 둘러싸고 있는 모든 굴레를 의미한다고 볼 수 있다. 정해진 세계에 순응해서 열심히 노력하면 수레바퀴에 올라탄 것처럼 쉽게 앞으로 나아갈 수 있지만 그렇지 않으면 수레바퀴 아래에 깔려 도태된다는 의미를 담고 있다. 그리고 결국 한스는 그 굴레를 벗어나지 못하고 비극적인 결말을 맞이하게 된다.
매의 거리	한스가 살았던 마을은 '게르버 거리'와 '매의 거리' 이 두 개의 구역으로 나뉘어져 있다. 마을에서 가장 길고 밝고 넓으면서도 훌륭한 '게르버 거리'에 살고 있었던 한스에게 '매의 거리'는 어딘지 모르게 무섭고 음침하면서도 즐거움이 함께 서려 있는 곳으로, 어린 시절 친구들과 함께 놀았던 기억이 남아있는 거리이기도 하다. 그는 매의 거리 친구들과 모험하던 때를 회상하며 그때의 즐거움을 그리워하고 현재의 삶에 대해 괴로워한다. '매의 거리'는 한스가 동경하고 그리워하는 삶이지만 다시는 돌아갈 수 없는 유년 시절을 상징한다고 볼 수 있다.

▶ 시대적 배경 및 사회적 배경 살펴보기

19세기 독일 사회는 근대 교육 제도의 도입과 함께 큰 변화를 맞이했다. 의무 교육이 시행되면서 19세기 말에는 초등학교 입학률이 90%를 넘었고, 고등 교육도 발전하여 인문계와 실업 및 기술계 학교가 체계적으로 형성되었다. 인문계 대학과 공과 대학도 설립되었고, 독일의 대학 제도는 세계적으로 명성을 얻었다. 그러나 이러한 효율적인 교육 제도 아래에는 제국주의적인 분위기가 깔려 있었다. 군대와 같은 엄격한 통제와 규율이 적용되었으며, 국립학교에 합격한 학생들은 국가의 지원을 받는 대신 국가가 원하는 방향으로 성과를 내야 했다. 특히 신학교의 교육은 매우 엄격하고 획일적이었으며, 시험에 떨어지거나 성적이 나쁜 학생들은 낙오자라는 낙인과 비난을 받아야 했다. 이러한 교육방식은 학생들의 개성을 억압하고 정신을 황폐화시켰다.

결국 19세기 말, 청소년 자살, 특히 학교를 다니는 학생들의 자살이 심각한 사회문제로 대두되었다. 일주일에 한 명씩 자살한다는 통계가 있을 정도로 문제가 심각했으며, 일부 사회학자들은 이를 세기 전환기의 문화 현상으로 보기도 했다.

현재에 적용하기

소설 속에서 비판적으로 묘사된 사회문제는 당시의 문제라고만은 볼 수 없다. 이 문제는 100년이 훌쩍 지난 지금도 유효하다. 그 당시 독일의 교육체계와 현재 한국의 교육체계의 유사점을 파악하고 소설 속 이야기를 공감해 보자. 또한 권위적인 기성 사회와 정체성을 찾지 못한 채 압박감을 느끼는 젊은 세대에 대해 생각해 보면서, 현대의 수레바퀴에 깔리지 않기 위해서는 무엇을 소중하게 생각해야 하는지, 어떤 마음가짐을 가져야 할지 고민해 보자.

생기부 진로 활동 및 과세특 활용하기

▸ **책의 내용을 진로 활동과 연관 지은 경우**(희망 진로: 교육학과)

<진로독서>를 위한 책으로, 독일 교육제도의 문제점을 드러낸 '수레바퀴 아래서 (헤르만 헤세)'를 읽음. 한스가 행복했던 순간과 좌절했던 순간들을 표시한 한스의 인생 그래프를 그리고, 독일의 교육환경을 조사하여 이 책에 드러난 그 당시 교육 제도의 문제점을 제시하면서 결말에 대한 자신의 생각을 발표함. 또한 현재의 청소년 문제 가운데에서 '청소년 우울증', '자살률 증가'를 심각한 문제로 제시하며 통계자료를 통해 우울증의 원인을 분석하고 소설 속 독일의 교육환경과 현재 대한민국의 교육환경을 비교 조사함. 소설 속 교육의 문제점을 확인하기 위해 <푸코의 '규율 권력'과 교육의 장에서의 '감시와 처벌'>이라는 논문을 읽고 당시 독일에서 주장했던 효과적인 훈육을 위한 3가지 방법-위계 질서적 감시, 규범화된 제재, 시험-을 소개함. 그리고 이러한 방법들이 소설 속에서는 기숙사, 학칙, 시험 등으로 나타나 있다는 것을 설명하고, 이러한 방법들로 근대적인 주체를 만든다는 당시의 교육관에 대해 반대 의견을 제시함. 현대의 입시 위주의 교육이 주는 압박감을 소설 속 내용과 비교하며 '경쟁은 발전을 가져오는가?'라는 발제를 통해 미래의 교육이 나아가야 할 방안을 다각도로 제시함. 소설을 통해 자신과 사회의 문제를 해결하는 방법을 고민하고 제시하고 대안을 찾으며 창의적인 독서를 실행함.

▶ 책의 내용을 문학 교과와 연관 지은 경우

'수레바퀴 아래서'가 헤르만 헤세의 자전 소설이라는 것을 알고 표현론적 관점에서 주제를 분석하기 위해 작가의 삶을 조사함. 실제로 헤르만 헤세 역시 신학교에 입학했지만 기숙사 생활을 이겨내지 못한 점, 고향으로 돌아왔지만 환경에 적응하지 못해 우울증에 걸려 고통받았다는 점 등을 설명하며, 주인공 한스 기벤라트가 헤르만 헤세의 분신이라고 발표함. 또한 한스의 죽음의 이유를 한스 자신과 아버지, 학교 제도 등의 관점에서 분석하고, 현대의 교육 제도가 나아가야 할 부분에 대한 의견을 제시하는 등 주체적인 관점으로 작품을 수용하는 모습을 보여줌. 또한 헤르만 헤세의 다른 작품 '데미안'의 인물들과 '수레바퀴 아래서'의 인물들을 나열하며 싱클레어와 한스, 데미안과 하일너, '빛과 어둠의 공간'과 '게르버 거리와 매의 거리', 크로머와 독일의 입시제도 등 두 소설의 세계가 서로 닮아 있음을 발표함. 이를 통해 헤세의 작품의 이원론적인 대립 구도를 이해하고 작가가 그렇게 설정한 이유를 나름대로 해석하며 상호 텍스트성에 기반을 두고 주제를 통합적으로 비판하며 읽음. '에밀(장 자크 루소)'을 연계도서로 읽으면서 '반문하기', '공감하기' 등을 통해 인간의 개성과 자유를 존중하는 교육의 중요성과 부모의 역할에 대해 주체적 관점에서 해석하고 평가하는 등 같은 주제의 책들을 다양한 맥락에서 이해하고 감상함.

‣ 한스는 언제 가장 행복했을 것이라고 생각하는가?

‣ 한스의 장례식 때 구둣방 아저씨는 교장선생님, 학교 선생님, 목사님을 보고 한스를 이렇게 만든 장본인이라고 한다. 그들이 한스를 쉬지 못하게 하고 기대하며 계속 공부만 시켰기 때문이다. 그들 중 누구의 잘못이 가장 크다고 생각하는가?

‣ 《수레바퀴 아래서》의 '수레바퀴'란 무엇을 의미하는 것일까? 교장선생님의 말처럼 수레바퀴 아래에 깔리지 않으려면 어떻게 해야 할까?

‣ 내가 하고 싶은 것과 부모님이 기대하는 것이 서로 다른 경우가 많다. 그런 부분에서 갈등을 겪고 있는 학생들이 많은데 자신이 만약 그런 경우에 처했다면 어떠한 마음가짐과 태도를 가져야 한다고 생각하는가? 진로에 있어서 좋아하는 것과 잘하는 것 중 무엇이 중요하다고 생각하는가?

‣ 한스의 죽음은 석연치 않다. 그는 스스로 강물로 뛰어들었을까? 아니면 실수로 다리에서 떨어졌던 것일까? 자살이라고 가정했을 때, 나름대로 환경에 적응하는 것처럼 보였던 주인공이 갑자기 그런 선택을 한 이유는 무엇이라고 생각하는가?

함께 읽으면 좋은 책

장 자크 루소, 《에밀》 돋을새김, 2015.

헤르만 헤세, 《데미안》 민음사, 2000.

구로야나기 테츠코, 《창가의 토토》 김영사, 2019.

N.H클라인바움, 《죽은 시인의 사회》 서교출판사, 2004.

요한 볼프강 폰 괴테, 《빌헬름 마이스터의 수업시대》 민음사, 1999.

| | | | | | | 앵 | 무 | 새 | 죽 | 이 | 기 |

하퍼 리 ▸ 열린책들

　1930년대 대공황 시기, 인종차별이 심했던 미국 남부지역 앨라배마주를 배경으로 하는 이 소설은, 명민하고 영리한 소녀 스카웃 핀치의 시각을 통해 작은 도시 메이콤에서 벌어지는 흑인 재판사건을 다루고 있습니다. 작가인 하퍼 리는 실제로 인종차별이 극심했던 남부 앨라배마 지역에서 성장한 경험을 토대로 이 작품을 집필했다고 합니다. 인종차별과 어린이의 세계를 다루면서 사회적 문제에 대한 인식을 높이고자 했던 주제 의식과 그녀의 문학적 재능 및 소설의 사회적 메시지는 많은 독자들에게 강한 영감을 주었습니다. 공정과 인권, 이해와 용서, 편견에 맞서 싸우는 것의 중요성을 다룬 이 소설은 1961년에 픽션 부문 퓰리처상을 받았으며, 성경 다음으로 가장 영향력 있다는 평가를 받으며 미국 현대 문학의 고전으로 오늘날까지도 많은 사람들에게 사랑받고 있습니다.

소설의 주인공인 스카웃 핀치는, 호기심 많고 모험심도 많으며 불의를 보면 싸움도 마다하지 않는 현실적이며 똑똑한 6살 여자아이입니다. 그녀는 아버지 애티커스 핀치와 오빠 젬과 흑인 가정부 캘퍼니아 아줌마와 함께 살고 있습니다. 스카웃과 젬은 자신들의 이웃에 살고 있는, 세상과 단절한 채 살아가는 '부 래들리'가 어떤 사람인지 항상 호기심을 갖고 궁금해 합니다. 그래서 방학이면 찾아오는 친구 딜과 함께 부 래들리를 어떻게 하면 집 밖으로 나오게 할 것인지 계획을 짜지만 늘 실패합니다. 그를 제대로 아는 사람은 아무도 없었지만 그에 대한 소문은 무성했습니다. 마을 사람들은 자신들이 들었던 약간의 말에 온갖 추측을 덧붙여서 그에 대한 소문을 퍼뜨리고 그를 혐오하며 두려워합니다. 하지만 스카웃과 젬은 '부 래들리'가 집 앞 나무 구멍에 자신들을 위한 작은 선물을 넣어둔다는 사실을 알게 됩니다.

그러던 중 스카웃의 집에 위기가 찾아옵니다. 변호사였던 아버지 애티커스가 백인 여성을 강간하고 달아났다는 혐의를 받고 있는 흑인 '톰 로빈슨'을 변호하게 된 것입니다. 지금 시대라면 전혀 이상하지도 않고 잘못된 것도 아닌 일이 왜 문제일까요? 소설의 배경이 되는 1930년대의 미국 남부는, 흑인에 대한 인종차별이 팽배한 곳이었습니다. 노예제도는 폐지됐지만 차별의 분위기는 여전했습니다. 흑인들은 공공건물에 출입할 때 백인이 사용하는 문이 아닌 다른 문을 사용해야 했으며 식당에서도 백인과 같은 공간에서 식사할 수 없었고 화장실도 흑인용이라고 구분되어 있는 곳을 사용해야 했습니다. 흑인교회가 따로 있었고 버스나 기차에서도 흑인은 맨 뒷자리에 앉아야만 했습니다. 당연히 거주하는 곳도 달랐으며 흑인들은 경제적으로도 많은 차별을 받아 대부분 가난했습니다. 그랬기에 백인이 흑인을 변호한다는 건 상상도 할 수 없는 일이었던 것입니다. 하지만 애티커스는 상식과 소신이 있는 사람이었고, 잘못된 것은 잘못되었다고 말할 수 있는 용기가 있는 사람이었기에 백인이 흑인에게 행사하는 권리들이 잘못되었다고 생각하며 물러서지 않았습니다. 변호사이자 의회 의원으로서 사람들에게 신뢰를 받고 있었던 그였지만, 흑인을 변호하기로 결정하자 사람들은 그를 향해 "깜둥이 애인"이라고 손가락질하기 시작합니다. 그리고 그의 자녀인 스카웃과 젬까지 조롱의 대상으로 삼습니다.

재판에서 애티커스는 톰 로빈슨을 열렬히 변호합니다. 그리고 실상은 메이엘라가 톰을 유혹하려다 자신의 아버지 유얼에게 발각되었고, 그 장면을 목격한 유얼은 자신의 딸을 무자비하게 폭행하고는 자신의 딸이 흑인을 유혹했다는 사실이 알려질까 두려워 톰을 강간범으로 몰며 거짓말을 했다는 것을 밝혀냅니다. 재판장에 모인 모든 사람들이 이 진실을 알게 되지만, 백인우월주의와 군중심리에 물들어 있던 그들은 톰이 무죄인 것을 알면서도 결국 그에게 유죄판결을 내립니다. 진실을 모르는 척하는 어른들의 모습에 충격을 받은 아이들은 분노의 눈물을 흘리지만 그들에게 결과를 바꿀 만한 힘은 없었습니다.

결국 톰 로빈슨은 교도소로 가게 되고 애티커스는 항소를 준비해 그의 무죄를 다시 한 번 입증하려 합니다. 하지만 더 이상의 희망을 기대할 수 없었던 톰은 죽을 것을 알면서도 탈옥을 시도하다 결국 총에 맞아 숨지게 됩니다. 애티커스가 자신의 변호를 맡았을 때만 해도, 그와 함께 재판장에 섰을 때만 해도 톰은 정의가 승리할 것이라는 희망을 가졌을 것입니다. 하지만 재판을 시작하면서 백인을 위해서라면 흑인 하나쯤은 희생해도 된다는 공고한 백인우월주의를 직접 목격하고, 그것이 정의를 이기는 것을 경험한 뒤 그는 모든 희망을 버렸을 것입니다. 결국 사회적 편견과 이념 때문에 아무 죄 없는 흑인, 즉 앵무새는 죽음에 이르게 됩니다.

유얼은 재판에서는 이겼지만 자신의 추악한 거짓말이 만천하에 드러난 것에 대해 창피와 모욕감을 느꼈고, 스카웃 가족에게 복수를 결심합니다. 그리고 할로윈 축제를 즐긴 뒤 집으로 돌아가던 스카웃과 젬의 뒤를 따라가 공격하고, 그 과정에서 젬은 팔이 부러짐니다. 그러나 어찌된 영문인지 아이들을 공격했던 유얼은 도리어 자신의 칼에 찔려 죽게 됩니다.

사실 아이들을 돕기 위해 그 현장에 나타난 남자가 있었습니다. 바로 아이들의 이웃인, 부 래들리였습니다. 나중에 현장을 찾은 보안관은 사건의 범인을 집요하게 찾기보다는 유얼이 자신과의 몸싸움 도중 칼에 찔려 죽은 것으로 이 사건을 덮으며 이야기는 끝이 납니다.

그렇다면 여기서 말하는 '앵무새'는 어떤 의미일까요? 우리가 흔히 생각하는 앵무새는 인간에게 전혀 해를 끼치지 않으면서 노래만 불러주는 새를 의미합니다. 앵무새들은 인간을 위해 노래를 불러줄 뿐, 사람들의 채소밭에서 뭘 따먹지도 않고, 옥수수 창고에 둥지를 틀지도 않고, 우리를 위해 마음을 열어놓고 노래를 부르는 것 말고는 아무것도 하는 게 없습니다. 그래서 저자는 앵무새를 죽이는 것이 죄가 되는 것이라고 말합니다. 이 작품 속에서 앵무새는 다른 사람들에게 피해를 끼치지 않는 선량한 사람, 힘없는 유색 인종이나 소외받는 가난한 사람 등의 약자를 상징합니다.

우리는 지금도 편견과 차별이 넘쳐나는 사회에서 살고 있습니다. 1930년대처럼 인종차별이 심한 미국의 앨라배마주가 아닌데도 말입니다. 그렇기에 이 소설을 읽다 보면 인간의 양심에 대해 고민하게 됩니다. 또한 불합리한 것을 모른 척했을 때 어떤 비극이 일어나는지도 알게 됩니다. 이런 비극적인 상황을 만들지 않기 위해서는 어떻게 해야 할까요? 부당한 사회에 어떻게 맞서야 할까요? 애티커스와 모디 아줌마의 말을 마음속에 새기며 저항하는 용기 그리고 관습이나 편견에 찌들지 않는 마음가짐에 대해 고민해 보면 좋겠습니다.

도서 분야	외국고전	관련 과목	사회문화, 정치와 법, 통합사회	관련 학과	영어영문학과, 법학과

고전 필독서 심화 탐구하기

▶ 기본 개념 및 용어 살펴보기

주요 기본 개념 및 용어	
개념 및 용어	의미
앵무새	우리가 흔히 생각하는 앵무새가 아닌, 인간에게 전혀 해를 끼치지 않으면서 노래만 불러주는 mockingbird(흉내지빠귀과의 새)를 의미한다. 앵무새들은 인간을 위해 노래를 불러 줄 뿐 사람들의 채소밭에서 뭘 따먹지도 않고, 옥수수 창고에 둥지를 틀지도 않고, 마음을 연 채 노래를 부르는 것 말고는 아무 짓도 하지 않는다. 이 작품 속에서는 다른 사람들에게 피해를 끼치지 않는 선량한 사람, 힘없는 유색인종이나 소외받는 가난한 사람 등의 약자를 상징한다.
짐 크로우 Jim Crow 법	남북전쟁(1861~1865) 이후, 1876년부터 1965년까지 미국의 남부 11개 주에서 시행된, 공공장소에서의 흑백분리 법안을 의미한다. 노예 제도가 끝난 후에도 많은 백인들은 흑인의 자유를 두려워했고 흑인이 고용, 의료, 주거 및 교육에서 백인과 똑같이 접근 가능한 권리를 얻고 백인처럼 사회적 지위를 얻는 것에 대해 불편해했다. 이에 남부 주에서는 대중교통 및 기타 공공시설에서 인종차별을 강제할 수 있는 일련의 규정을 발표하였고 1896년 미국 연방법원이 "인종 간의 분리는 개인의 평등권을 위반하지 않았기에 헌법 수정 조항 14조를 위반하지 않았다"며 '분리되었지만 평등하다separate but equal'라는 말과 함께 합헌 판결을 내리면서 합법적으로 흑인을 차별하기 시작했다. 그리하여 미국 남부 지역에서는 흑인과 백인을 완전히 분리해 인종 차별적 계층화를 유지하였다.

▶ 시대적 배경 및 사회적 배경 살펴보기

이 소설 속 배경이 되었던 1930년대의 미국은, 1929년에 발생한 대공황의 여파로 여전히 휘청거리고 있었다. 경제적 위기와 광범위한 실업의 여파는 1930년대 후반까지 지속되었고, 가난과 빈곤은 전국적으로 흔한 문제였다. 특히 미국의 남부지역은 농업에 의존하고 있었기 때문에 더 큰 타격을 받았다. 게다가 이때는 아프리카계 미국인들에 대한 깊은 인종적 분열과 광범위한 차별이 만연했던 시기로 남부 전역에서 짐 크로우법 Jim Crow이 시행되었으며, 인종차별은 당연한 것으로 여겨졌다. 흑인의 기본적인 시민권 (주거, 고용, 교육, 투표권 등)은 부정당했고 그들을 향한 폭력은 흔했다. 사법제도 또한 한쪽으로 기울어져 있었다.

이런 시대적 상황 속에서 1931년 앨라배마주에서 스코츠버러 사건이 일어난다. 기차 안에서 백인 여성 2명을 강간한 혐의로 9명의 흑인 청소년들이 유죄를 선고받은 사건이었다. 부족한 증거와 증언의 불일치에도 불구하고 배심원들은 유죄 평결을 내렸고, 그들은 며칠 만에 부당하게 사형 및 종신형 판결을 받게 된다. 이 사건으로 미국 남부 사법제도에 만연했던 인종차별과 부당함이 부각 되었고 인권 운동이 활성화되었다. 하퍼 리는 이러한 인종차별과 편견을 비판하며 진정한 용기와 도덕적 신념, 개인의 양심과 인간의 본성에 대한 고민을 소설을 통해 드러냈고, 이것은 미국 남부의 인종 문제와 사회적 불평등의 역사를 다시 한 번 돌아보게 만들었다.

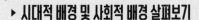

현재에 적용하기

소설 속에서 드러난 미국의 배심원 제도의 문제점을 찾아보고 미국의 배심원 제도와 우리나라의 국민참여재판을 비교·분석하여 우리나라의 국민참여재판이 나아가야 할 올바른 방향에 대해 고민해 본다.

▸ **책의 내용을 진로 활동과 연관 지은 경우**(희망 진로: 법학과)

'내 인생의 책' 발표를 위해 '앵무새 죽이기(하퍼 리)'를 선택함. 애티커스 변호사가 누명을 쓴 톰 로빈슨을 최후 변호하며 배심원들을 향해 '모두에게 평등하도록 창조된 사법제도'라고 말하는 장면을 소개하면서 이 장면으로 인해 법학에 대한 관심을 진로로 발전시키게 되었음을 발표함. 남부의 인종차별주의자들 속에서도 꿋꿋하게 자신의 신념을 실천하는 애티커스 핀치의 변론을 보며 정의와 평등, 신념과 용기에 대해 많은 것을 느끼고, 정의로운 변호사를 롤 모델로 삼고 기본 인권의 옹호자가 되기로 결심하였음을 발표함. 또한 소설 속에 나온 실제 판례를 변형하여 검사의 입장과 판사의 입장에서 "왜 그 판결은 잘못되었는가?"에 대한 문제를 제기하고 "나라면 어떤 판결을 내릴까?"의 대안을 제시하기 위해 공소장과 변호사 의견서, 판결문을 모의로 작성함. 그것을 통해 실제 어떤 법 조항을 근거로 새로운 판결을 내릴 수 있는지, 판결의 보완점은 무엇인지에 대해 깊이 있게 탐구하였으며, 법조인으로서 가져야 할 정의와 용기, 편견에 대해 고민하는 모습을 보여줌.

▸ 책의 내용을 사회, 문화 교과와 연관 지은 경우

최근 가나의 장례문화를 지칭하는 '관짝소년단'이라는 밈이 한국에서 유행한 후, 의정부의 한 고등학교 학생들이 얼굴을 검게 칠한 채 그 밈을 패러디한 모습으로 졸업사진을 찍어서 논란이 되었다는 소식을 매체에서 접하고서 '블랙페이스' 개념에 대해 조사함. 인종차별과 표현의 자유에 대한 의견을 정리하던 중, 객관적 사실을 정리하기 위해 인종차별 관련 도서를 탐색 후 '앵무새 죽이기(하퍼 리)'를 선택해서 읽음. 소설의 배경이 되는 1930년대 미국 남부지역의 흑인에 대한 편견과 차별을 조사하고 노예제가 폐지된 이후에도 미국의 '수정헌법 제 14조'를 통해 흑인에 대한 차별과 탄압이 지속되었음을 확인함. 현대 사회에서도 이렇게 소수자에 대한 차별이 지속되고 있는지를 탐구하기 위해 '사회계층과 불평등'을 사회문제탐구 주제로 확대, 설정하여 인권뿐 아니라 사회적 소수자, 성 불평등, 빈곤의 양상과 그 문제점을 탐색하고 의식적 측면과 제도적 측면으로 나누어 해결 방안을 제시하며 현대 사회가 나아가야 할 올바른 인식과 시민의식의 방향에 대해 고찰함.

후속 활동으로 나아가기

▸ 현대사회에서 남녀차별처럼 눈에 보이는 차별은 많은 사람들이 인지하고 있고 그것을 해결하기 위해 많은 노력을 기울이고 있다. 하지만 빈부의 차이, 학력이나 계층의 차이 등 눈에 보이지 않는 차별문제도 심각하다. 요즘 사회에서 가장 문제가 되는 차별은 어떤 것이라고 생각하는가? 그 이유는?

▸ 주인공 스카웃의 오빠가 엽총을 선물 받았을 때 아빠는 이렇게 말한다. 어치는 쏘아도 되지만 앵무새를 죽이는 일은 죄라는 것을 기억해야 한다고. 소설에서 앵무새는 누구를 의미하는 것일까? 소설의 제목은 왜 《앵무새 죽이기》일까? 우리 사회에서 '앵무새 죽이기'로 생각되는 일이 있다면 그것은 무엇이었는지 말해보자.

▸ 흑인인 톰 로빈슨이 백인 여성인 메이엘라 유얼을 강간했다는 혐의로 재판을 받을 때 사건의 진실을 알면서도 배심원들은 모두 유죄 평결을 내린다. 만약 당신이 배심원이었다면 어떤 평결을 내렸을까? 그 이유는? 내가 애커티스 핀치 변호사라면 과연 나는 이 사건을 맡았을까?

함께 읽으면 좋은 책

김웅, 《검사내전》 부키, 2018.

캐스린 스토킷, 《헬프》 문학동네, 2011.

앨리스 워커, 《컬러 퍼플》 문학동네, 2020.

타네히시 코츠, 《워터 댄서》 다산책방, 2020.

마고 리 셰털리, 《히든 피겨스》 노란상상, 2017.

랠프 엘리슨, 《보이지 않는 인간》 민음사, 2008.

앤지 토머스, 《당신이 남긴 증오》 걷는나무, 2018.

콜슨 화이트헤드, 《니클의 소년들》 은행나무, 2020.

브래디 미카코, 《나는 옐로에 화이트에 약간 블루》 다다서재, 2020.

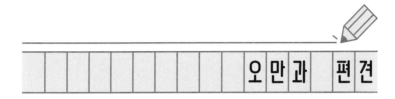

오만과 편견

제인 오스틴 ▸ 민음사

1775년 영국 햄프셔주에서 태어난 제인 오스틴은 8남매 중 일곱째로 태어났습니다. 스무 살 무렵 그녀는 아일랜드 출신인 남성과 결혼을 결심했다가 남자 쪽 집안의 반대로 결혼이 무산되는 아픔을 겪는 와중에 소설《첫인상》을 쓰게 되었고, 훗날 이 작품을 여러 번 개작해서 마침내《오만과 편견》을 세상에 내놓습니다. 그녀는 동서고금의 보편적인 주제인 사랑과 결혼을 섬세하면서도 재미있게 그려냈으며, 전통적 사상에서 근대적 가치관으로 바뀌어 가는 세태를 잘 포착해서 자신의 소설 속에 녹여냈습니다.

영국의 시골 롱본에 있는 베넷 가문에는 아름다운 첫째 제인, 똑똑하고 쾌활한 둘째 엘리자베스, 셋째 메리, 넷째 캐서린, 막내 리디아 총 다섯 명의 딸들이 있었습니다. 여자에게는 상속을 금지하는 가문의 조항이 있었기에 아버지 베넷 씨가 죽은 후에는 친척 목사 콜린스가 재산을 상속받을 예정이었습니다. 그러니 베넷 부인은 딸들을 부유한 남자와 결혼시키는 데 무척 필사적이었는데, 주인공 엘리자베스만은 결혼에서 가장 중요한 것은 사랑이라고 생각하고 있었습니다.

어느 날 이곳에 부유한 미혼남인 빙리가 온다는 소식이 들리자 베넷 부인은 자기 딸들 중 한 명을 그와 결혼시키고 싶어 합니다. 얼마 후 빙리는 자신의 친구인 다아시와 함께 마을의 무도회에 참석합니다. 빙리는 활발한 성격으로 다른 사람들과 금방 친해지지만 다아시는 파트너가 없었고, 혼자 있는 엘리자베스와 춤을 추라는 제의를 받지만 냉소적으로 거절합니다. 이에 엘리자베스는 큰 상처를 받으며 둘의 관계는 초반부터 삐거덕대기 시작합니다.

한편, 빙리는 아름다운 제인에게 첫눈에 반해 자신의 저택에 제인과 엘리자베스를 초대합니다. 이때부터 다아시는 엘리자베스의 지성과 위트에 점차 매력을 느끼기 시작하지만 엘리자베스는 다아시의 오만한 첫인상에 대한 편견이 굳어져 그와는 결혼하지 않겠다고 다짐합니다. 또한 그녀는 베넷가의 재산을 상속받게 될 목사 콜린스에게서도 청혼을 받지만, 사랑하는 마음이 결혼의 필수조건이라고 생각했기에 그 제안을 거절합니다. 결혼이 급했던 콜린스는 사흘 만에 엘리자베스의 친구인 샬럿에게 다시 청혼을 하고, 샬럿은 결혼에 전혀 관심이 없었지만 재산이 없는 여자에게는 결혼만이 답이라고 여겨 콜린스의 청혼을 받아들입니다. 그 당시 여성들에게 결혼이 어떤 의미였는지를 확인할 수 있는 부분입니다. 엘리자베스는 친구의 선택을 수치스럽게 여기며 오만함과 이해심이 부족한 모습을 보입니다. 이 소설 속에 등장하는 주요 인물들은 마치 자신이 모든 것을 꿰뚫어 보고 있는 듯 전지적 관점에서 타인을 해석하고 평가하며 세상의 모순을 지적하지만 정작 자신의 오만함은 인식하지 못합니다.

마을에 군부대가 주둔하게 되면서 엘리자베스는 위컴이라는 장교를 알게 됩니다. 그는 굉장히 매력적이고 친절한 사람이었습니다. 위컴은 엘리자베스와 가까워지자 자신과 다아시와의 악연에 대해 이야기하고 이 험담을 들은 엘리자베스는 다아시를 더욱더 싫어하게 됩니다. 그러던 어느 날, 초대를 받아 가게 된 친구의 집에서 엘리자베스는 또다시 다아시를 만나게 되고 그녀를 흠모하고 있던 다아시는 마침내 그녀에게 청혼을 합니다. 하지만 엘리자베스는 그가 '오만'하다는 '편견'을 갖고 있었던 데다 다아시가 빙리와 제인을 떼어놓았다고 오해해 그의 청혼을 단칼에 거절합니다. 다아시는 떠나면서 엘리자베스에게 편지 한 통을 남기는데 그것을 통해 그녀는 위컴과 다아시 사이에 숨겨진 이야기를 알게 되고, 위컴이 사실은 부도덕한 사람임을 깨닫고서는 다아시에게 미안한 마음을 갖게 됩니다.

그러던 어느 날, 엘리자베스의 막냇동생 리디아가 위컴과 야반도주를 하는 사건이 일어납니다. 위컴은 사실 빚쟁이들에게 쫓기다 도망을 간 것이었는데, 자신을 수소문해서 찾아온 다아시에게 베넷 가문에서 자신의 빚을 갚아주지 않으면 리디아와 결혼하지 않을 거라고 말합니다. 베넷 가문에 그만한 돈이 없다는 것을 알고 있는 다아시는 사랑하는 엘리자베스를 위해 위컴의 빚을 몰래 갚아주고 두 사람이 결혼할 수 있게 도와줍니다. 그리고 이 사실을 알게 된 엘리자베스는 경박하고 낯이 두꺼운 콜린스와 싹싹하기는 해도 부도덕한 위컴을 통해 결코 첫인상이 중요하지 않다는 사실을 깨닫게 되고, 자신이 줄곧 오해하고 있었던 다아시가 사실은 제일 너그럽고 사려 깊은 인물이었다는 것을 알게 되면서 자신의 편견을 고치기로 합니다. 엘리자베스는 다아시와의 오해를 풀고 두 사람은 서로에 대한 이해와 사랑을 확인하며 행복한 결말을 맺습니다.

오만은 건방지고 거만한 태도를, 편견은 공정하지 못하고 한쪽으로 치우친 생각을 일컫습니다. 엘리자베스는 다아시가 자신에게 보인 오만한 태도를 보며 그에 대해 깊은 편견을 갖게 되고 작품의 결말에 이르러서야 오해를 해소하는 모습을 보입니다. 즉, 다아시로 대변되는 '오만'과 엘리자베스로 대변되는 '편견'이 서로 대립하다가 각각의 한계를 인정하고 그것을 극복하면서 화합과 공존, 사랑과 행복을 이루게 되는 게 이 소설의 중심 이야기입니다. 그리고 우리는 이 이야기를 통해 오만과 편견은 결코 다르지 않다는 것을 알 수 있습니다. '내가 저 사람에 대해 다 안다'고, 자신은 타인을 판단할 수 있는 지성을 가지고 있으며 그럴 만한 위치에 있다고 생각하고 다른 사람을 함부로 판단한 엘리자베스의 편견 역시 오만함에서 비롯된 것이기 때문입니다.

소설 속 주인공들의 사랑과 그들이 상대방의 다른 배경 및 편견을 극복하는 과정을 통해, 내가 알고 있는 것은 진실인지, 타인을 이해하는 데 있어 얼마나 많은 오만과 편견을 가지고 있었는지 다시 한 번 자신을 살펴보는 기회로 삼기를 바랍니다.

도서 분야	외국고전	관련 과목	문학, 영어	관련 학과	영어영문학과, 심리학과, 사회학과

고전 필독서 심화 탐구하기

▶ **기본 개념 및 용어 살펴보기**

주요 기본 개념 및 용어	
개념 및 용어	**의미**
젠트리	이 시대 영국 상류층은 귀족원의 의석과 작위를 가진 귀족과 대지주 계급으로 크게 나뉘어져 있었는데, 이 중 대지주 계급을 젠트리라 불렀다. 젠트리 계급 내에서도 혈통이나 가문의 역사, 친족의 질, 재산 등에 따라 격이 구분되었다. 일반적인 사교 행사에서는 동등하게 대우받았지만 결혼 등의 현실적인 문제에서는 계급 간 명백한 차별이 이루어졌다. 등장인물인 다아시는 명문가인 백작가와 친인척 관계에 있었던 지주(연 수입 1만 파운드)였고, 빙리는 명문가는 아니었지만 부유했으며(연 수입 5천 파운드), 엘리자베스는 지주였지만 중류 계급(연 수입 2천 파운드)이었다. 일반적으로 젠트리 계급은 생활을 위해 노동을 하지 않는 것을 자랑으로 여겼으며, 직업을 가지고 있었던 중류 계급은 자산이 많아도 신분이 낮은 사람으로 취급받았다.
한사상속 限嗣相續	한사상속이란 쉽게 말해 장자 상속제를 뜻한다. 즉, 건물이나 토지 등 가문의 부동산을 장자에게만 물려주는 제도로 만일 아들이 없는 경우에는, 가장 가까운 남자 친인척 중 서열이 가장 높은 자가 장자를 대리해 유산 상속자가 되었다. 아들이라도 장자가 아니면 영지를 상속받을 수 없었고, 다만 토지 규모에 따라 얼마의 도움을 받고 군인이나 목사, 변호사 등이 될 수 있었다. 이 제도의 목적은 상속을 위한 조건을 명확히 해 마음대로 가문의 재산을 처분하는 것을 막고, 상속다툼이 일어나는 것을 피하고자 하는 데 있었다. 하지만 이 제도로 인해 매매가 제한되어 상품의 유동성이 저하되었고, 재산의 재분배 역시 불가능해졌으며 계층 간의 이동도 어려워졌다.

‣ 시대적 배경 및 사회적 배경 살펴보기

18세기 말의 영국은 전통성과 근대성이 공존하던 과도기적 사회였지만, 왕권 국가 체제 때문에 신분에 의한 계층 구분은 엄격했다. 또한 남성 위주의 가부장적 가치관이 지배적이었고 한정 상속 제도로 인해 재산 대부분이 장자 또는 남성 친척에게 상속되었기 때문에 여성이 토지나 재산을 받는 것은 거의 불가능했다. 또한 여성들은 사회, 정치, 경제적 활동은 물론이고 교육과 결혼에 있어서도 제약을 받았다. 이러한 상황에서 여성이 스스로 독립적인 삶을 영위해 나가는 것은 힘든 일이었고, 그들에게 있어서 사회적 지위나 부를 획득하고 삶을 유지할 수 있는 유일한 수단은 결혼이었다. 이것이 현모양처에 대한 지나친 사회적 강요나 정략결혼과 같은 폐해에서 벗어날 수 없었던 이유이기도 했다. 이 소설은 결혼에 대한 당시의 낡은 가치관과 사회적 모순을 비판하고 풍자하고 있다고 볼 수 있다.

현재에 적용하기

당시 영국 사회의 결혼에 대한 가치관과 주인공들의 삶을 대하는 태도를 통해, 타인을 대하는 데 있어 얼마나 많은 '오만'과 '편견'이 우리에게 존재하고 있는지 생각해 볼 수 있다.

생기부 진로 활동 및 과세특 활용하기

▸ 책의 내용을 진로 활동과 연관 지은 경우(희망 진로: 영어영문학과)

평소 영미문학에 대한 관심이 많아 '햄릿', '주홍 글자', '호밀밭의 파수꾼', '제인 에어' 등 다양한 소설을 읽으며 각 문학의 시대적 특징을 표로 정리함. 특히 영국 문학 최초로 '열정'을 다룬 로맨스 소설의 고전인 '제인 에어'를 읽고 사회가 정해놓은 여성상에 따르지 않고 자신만의 고유한 정체성을 찾아가는 여성의 성장 문학에 관심을 갖게 되어 다음 책으로 '오만과 편견(제인 오스틴)'을 읽음.

소설의 주제와 주인공들의 입장을 이해하기 위해서는 시대적 배경을 이해하는 것이 필요하다고 생각해 <'오만과 편견' 속에 나타난 여성 인물들의 결혼관>(2013. 정유현) 논문을 참고하여 1700년대 후반~1800년대의 영국 신분 사회와 여성의 사회적 현실과 변화를 찾아 분석 및 정리하였고, 그것을 통해 과거 영국의 시대적 상황, 여성의 위치, 계층구조 등과 같은 여러 갈등의 원인이 모두 과도기적 시대 상황과 밀접하게 연결되어 있음을 정확하게 이해함. 이를 바탕으로 <영미문학의 배경에 숨어 있는 사회 계급과 계층구조>를 주제로 보고서를 작성하였으며 소설 속에서 신분의 차이, 결혼 가치관의 차이를 오해한 것 또한 모든 것을 다 알고 있다는 오만함 때문이었다는 감상평을 남기며 오만과 편견이 이해를 거쳐 화합되는 바람직한 사회상을 제시함.

▶ 책의 내용을 영어 교과와 연관 지은 경우

'오만과 편견(제인 오스틴)' 원서를 매일 읽으며 원문의 문장을 번역하고 문장에서 사용되는 단어를 발췌하여 <오만과 편견 번역 & 감정 단어집>을 제작함. 엘리자베스가 상류계층의 허세와 오만함을 비꼬면서 arcbly(능글맞게, 장난스럽게) 라는 표현을 쓰고 있다는 것, 유인책이라는 단어 inducement가 소설 속에서는 '엘리자베스를 거절하지 않는다'는 의미를 나타낸다는 것 등을 제시하고, "I can guess the subject of your reverie," 이 문장을 "무슨 생각을 하고 계신지 짐작이 가네요"라고 번역하는 등 자신만의 방식으로 소설을 이해하며 주제 의식을 찾아가는 모습을 확인할 수 있음.

또한 소설의 첫 문장인 "재산깨나 있는 독신 남자에게 아내가 꼭 필요하다는 것은 누구나 인정하는 진리다"를 필사하며 작품의 제목과 첫 문장 사이의 연관성을 찾아 저자가 그것에 담고자 한 의미를 서술함. 이처럼 첫 문장이 작품의 주제를 그대로 드러내고 있는 소설을 찾아('1984', '위대한 유산', '노인과 바다' 등) 그 작품들의 첫 문장을 기록해 독서 노트를 만들고, '애장도서 소개전'에서 그 소설들의 첫 문장을 읽어주며 어떤 주제의 소설일지 친구들에게 질문을 던져 많은 관심을 받았음. 또한 대부분의 학생들이 어려워하는 영미고전을 읽고 선택적 필사를 하는 등 영미문학에 대한 흥미와 관심이 꾸준함을 확인할 수 있었음.

후속 활동으로 나아가기

▸ "교육을 잘 받았지만 재산이 없는 아가씨에게는 오직 결혼이 명예로운 생활 대책이었고, 결혼이 행복을 가져다줄지 여부가 아무리 불확실하다 해도 결혼만이 가장 좋은 가난 예방책임이 분명했다.(p.172)" 이 결혼관은 19세기 영국 사회에 만연해 있던 결혼관이자 소설 속 샬럿의 결혼관이기도 하다. 이 결혼관에 대해 어떻게 생각하는가? 지금 시대의 결혼관과는 어떤 차이가 있는가?

▸ 소설 속에서 여성은 어떤 사회적 기대를 받고 있나? 또한 돈과 계층이 결혼에 어떤 영향을 미치고 있는가? 소설 속에 드러난 사회적 시선이 현대 사회의 그것과 얼마나 다르다고 생각하는가?

▸ 이 소설은 1813년에 출판되었음에도 불구하고 영미문학에서 현재까지 가장 사랑받고 널리 읽히는 작품 중 하나이다. 지금까지 독자들의 마음을 사로잡으며 변함없이 사랑을 받는 이유는 무엇이라고 생각하는가?

함께 읽으면 좋은 책

샬럿 브론테, 《제인 에어》 을유문화사, 2024.

에밀리 브론테, 《폭풍의 언덕》 민음사, 2005.

구스타브 플로베르, 《마담 보바리》 민음사, 2000.

루이자 메이 올콧, 《작은 아씨들》 알에이치코리아, 2020.

델리아 오언스, 《가재가 노래하는 곳》 살림출판사, 2019.

위 대 한　개 츠 비

F. 스콧 피츠제럴드 ▶ 민음사

　F. 스콧 피츠제럴드는 20세기 초 미국을 대표하는 소설가로, 시대를 초월한 메시지와 인간 심리에 대한 깊은 탐구로 많은 사람들의 사랑을 받았습니다. 그는 미국의 잃어버린 세대Lost Generation를 대표하는 작가로, 특히 《위대한 개츠비》에서 아메리칸 드림을 품은 인물들과 계급 갈등, 물질만능주의 시대의 탐욕과 부조리함 등 1920년대 미국 사회의 모습과 젊은이들의 방황을 섬세히 그려내면서 당대의 작가들에게 극찬을 받았습니다. 하지만 출간 당시 이 작품의 판매 실적은 높지 않았고 오히려 그의 사후에 재조명되어 전 세계적인 스테디셀러가 되었습니다. 영화로도 만들어졌을 뿐 아니라,

작품에서 파생된 개츠비적^{Gatsbyeque}이라는 형용사가 따로 있을 정도로 이제는 미국 문학을 논할 때 빼놓을 수 없는 작품이 되었습니다.

이 작품 속의 등장인물 개츠비는, 피츠제럴드의 실제 모습을 상당 부분 반영하고 있습니다. 개츠비처럼 피츠제럴드 역시 가난한 집에서 태어났고, 후에 부유한 환경에서 자란 젤다라는 여인에게 마음을 빼앗깁니다. 하지만 그녀는 가난하다는 이유로 그의 청혼을 거절하고, 피츠제럴드는 그녀와 결혼하기 위해 글쓰기를 수단 삼아 사회적 부와 성공에 매달립니다. 그리고 젤다를 모델로 한 작품《낙원의 이쪽》을 발표한 후 성공을 거두어 젤다의 사랑을 쟁취하지만 그들의 결혼 생활은 평탄치 않았습니다. 아내 젤다는 신경 쇠약 증세로 불행한 나날을 보냈고, 피츠제럴드 자신은 술에 빠져 살다가 결국 심장마비로 생을 마감하고 맙니다.

이 소설은 금주법이 시행되고 재즈가 유행하던 20년대의 미국 뉴욕을 배경으로 하고 있으며, 제1차 세계 대전의 승리 이후 물질적인 풍요를 누리게 되었지만 도덕적, 윤리적으로 타락한 사회의 모습과 아메리칸 드림의 절망과 치부를 가감 없이 보여줍니다.

이 소설의 화자인 닉 캐러웨이는 미국 서부의 명망 높은 캐러웨이 가문 출신으로 예일대를 졸업한 후 제1차 세계 대전에 참전합니다. 하지만 전쟁의 승리를 맛본 후에는 작고 초라하게 느껴지는 자신의 고향을 떠나 웨스트 에그로 거처를 옮깁니다. 그리고 그곳에서 우연히 개츠비라는 갑부를 만나게 됩니다. 이 소설은 닉 캐러웨이가 1922년 여름 롱아일랜드와 뉴욕에서 개츠비를 만나면서 경험한 일들을 회상하는 것으로 시작됩니다.

가난한 농부의 아들이었던 개츠비는 대단한 야심가였습니다. 제1차 세계대전 당시 미군 대위였던 그는 주둔지에서 교양 있는 상류층 데이지 페이를 만나 사랑에 빠집니다. 하지만 개츠비는 해외로 파병이 되고, 개츠비가 돌아오지 않자 초조해진 데이지는 안정된 생활을 바라며 시카고 출신의 부호인 톰과 결혼하게 됩니다. 전쟁이 끝난 후, 개츠비는 울프심을 만나 그로부터 불법적으로 돈을 버는 법을 익힙니다. 그리고 금주법이 시행되던 시기에 약국을 통해서 밀주를 공급하고, 불법적인 채권 사기를 치는 등 수단과 방법을 가리지 않고 돈을 긁어모아 마침내 막대한 부를 이룹니다. 그때부터 그는 사람들에게 자신을 부모로부터 거액의 유산을 상속받은 사람이자, 옥스퍼드 대학을 다녔고 전쟁에서 많은 공적을 세운 사람으로 포장합니다. 그는 매주 토요일 밤 자신의 집에서 호화로운 파티를 열었는데, 그것은 오직 전 애인이었던 데이지를 다시 한 번 만나기 위함이었습니다. 자신을 잊고 결혼한 데이지와 달리 그는 지난 5년 동안 데이지를 잊지 않았고, 오직 그녀가 파티에 참석할 날만을 고대하며 그렇게 화려한 파티를 열었던 것입니다. 결국 개츠비는 데이지의 먼 사촌이었던 닉 캐러웨이에게 부탁해 데이지를 다시 한 번 만나게 되고, 두 사람은 또다시 사랑에 빠집니다.

한편, 데이지의 남편이었던 톰 역시 머틀 윌슨과 불륜을 저지르고 있었는데, 어느 날 개츠비와 데이지, 닉과 함께 뉴욕의 한 호텔에서 식사를 하던 톰은 개츠비를 보는 데이지의 눈에 사랑이 담겨 있다는 것을 깨닫고서 질투심에 사로잡혀 개츠비가 주류 밀수 사업으로 부를 축적했다는 사실을 폭로합니다. 그러자 개츠비 역시 데이지에게 '더 이상 톰을 사랑하지 않으며 톰과 함께 한 지난 5년의 세월을 지우고 개츠비에게 돌아가고 싶다'고 말하라고 강요하는데 데이지는 어찌된 일인지 갈팡질팡하며 망설입니다. 결국 톰은 개츠비와 데이지가 같은 차를 타고 돌아가도 둘 사이에는 아무 일도 없을 거라고 비웃으며 둘을 함께 보냅니다.

그 시각, 자동차 수리점 주인 조지 윌슨은 그의 아내 머틀 윌슨이 바람을 피우고 있다는 사실을 알게 됩니다. 두 사람은 다툼을 벌이고 결국 머틀은 집 밖으로 도망쳐 나옵니다. 하지만 얼마 안 가 데이지가 운전하고 있던 개츠비의 차에 치이는 사고를 당하게 됩니다. 그 사고로 머틀은 죽게 되고 개츠비는 자신이 운전한 것으로 하자며 데이지를 안심시킵니다. 즉, 그녀가 낸 사고를 자신이 대신 떠안기로 한 것입니다. 하지만 데이지는 그의 희생적인 사랑에도 불구하고 사고 발생 후 톰과 함께 떠나버립니다.

생기부 고전 필독서 30 **외국문학 편**

그리고 톰은 데이지와 함께 떠나기 전 자신을 찾아온 조지 윌슨에게 사고 차량을 운전한 사람은 개츠비라고 말하고 개츠비의 집 주소를 알려줍니다. 그 말에 윌슨은 곧바로 개츠비의 집을 찾아가 그에게 총을 발사합니다. 그리고 그곳에서 자신도 죽음을 선택합니다. 개츠비가 사망한 직후, 닉은 데이지와 톰에게 전화를 걸어보지만 그들은 이미 기나긴 여행을 떠나고 없는 상태였습니다.

생전에 개츠비가 열었던 파티는 그토록 화려했지만 개츠비의 장례식은 외롭고 초라했습니다. 조지 윌슨에게 거짓을 알려준 톰, 개츠비가 자신을 대신해 죽임을 당한 것을 알고 있는 데이지, 개츠비의 사업 파트너였던 울프심뿐 아니라 그동안 그의 파티에 참석했던 수많은 사람들 모두 그의 죽음을 외면합니다. 재산과 능력이 있을 때에는 많은 사람들과 함께였지만, 죽음으로 모든 것을 잃은 개츠비 곁에는 아무도 남아있지 않았습니다. 개츠비의 아버지와 닉, 개츠비의 집에서 일하던 집사와 정원사, 운전기사와 파티에 참석했던 올빼미 안경을 쓴 남자 한 명만이 그의 죽음을 애도했습니다. 닉은 그의 장례식을 치른 후 개츠비의 대저택을 드나들었던 수많은 사람들과 그들의 사회에 참을 수 없는 환멸감을 느끼게 됩니다. 소설은 결국 웨스트 에그를 떠나 중서부의 고향으로 돌아가는 닉의 모습을 보여주며 끝이 납니다.

작가 피츠제럴드는 쓸쓸한 장례식과 외로운 죽음을 맞은 개츠비에게 왜 '위대한'이라는 단어를 붙였을까요? 보통 사람들이라면 불가능하다며 시도조차 하지 않을 상황에서 자신의 이상을 실현하고자 노력한 개츠비의 삶을 위대하다고 평가한 것일까요? 아니면 수단과 방법을 가리지 않고 꿈을 향해 최선을 다했지만 쓸쓸한 결말을 남긴 그의 삶을 반어적으로 표현한 것일까요? 이 부분을 고심하며 읽는다면 더 자연스럽게 소설의 주제에 접근해 볼 수 있을 것입니다.

도서 분야	외국고전	관련 과목	영어, 문학, 영미문학읽기	관련 학과	영어영문학과

고전 필독서 심화 탐구하기

▶ **기본 개념 및 용어 살펴보기**

주요 기본 개념 및 용어	
개념 및 용어	의미
재즈시대	제1차 세계대전 이후, 1920년대의 미국은 물질적인 풍요와 함께 전통 가치의 파괴, 정신과 도덕의 타락 등이 만연하던 시기였다. 재즈음악, 칵테일파티로 대변되는 순간적인 향락에 심취해 있던 시대였기에 재즈시대 혹은 떠들썩한 20년대라고도 불렸다. 이 시기의 사람들을 잃어버린 세대 혹은 길 잃은 세대^{Lost} generation라고 부르는데, 특히 1900년대 전후로 태어난 세대를 말하며 전쟁의 파괴성, 폐해, 무의미함 속에서 소외감과 환멸을 느끼던 지식층과 예술가, 젊은이들이 이에 속했다.
금주법	1919년 통과돼서 이듬해부터 발효되기 시작한 법으로, 재즈시대의 타락을 막고 청교도적 윤리에 기반한 전통적인 미국의 도덕과 가치관을 세우려는 목적을 가진 법이다. 이 법으로 인해 합법적인 주류 생산이 금지되면서 제한적으로 유통되는 술의 가격이 급등했고, 마피아들이 밀주 제조에 나서기도 했다. 이때 알 카포네라는 전설적인 마피아가 등장하기도 하였다.
재의 골짜기 valley of ashes	개츠비가 사는 웨스트 에그와 뉴욕 시내 중간쯤에 위치한 곳으로 물질만능주의의 그늘을 상징하며, 1920년대 미국의 도덕적 타락과 사회적 부패를 상징한다. 당시 미국의 극심한 빈부격차를 상징적으로 보여주는 장치이며, 그곳에 세워진 빛바랜 광고판 속 안경 낀 눈은 도덕의 황무지를 내려다보는 신의 눈을 상징한다. 황금만 능주의의 결과로 정신적으로 무질서해지고 황폐해진 미국 사회의 도덕적 타락을 가리킨다.

▸ 시대적 배경 및 사회적 배경 살펴보기

제1차 세계대전이 끝난 직후부터 대공황이 찾아오기 전까지의 재즈시대, 즉 1920년 대 미국을 배경으로 하고 있다. 전쟁이 끝났기 때문에 많은 물자가 필요했고, 살아남은 자들은 승리에 취해 흥청망청했으며. 고층 건물들이 앞다투어 올라가고 자동차와 라디 오가 대량 생산되어 보급되던 시기였다. 주가는 폭등하고 경제는 호황기였다. 활발한 경제활동이 시작되었고 석유와 도박, 주식 투기로 인한 신흥 부자들이 생겨났다. 바로 소설 속 개츠비가 이 신흥 부자를 상징하고 있는데, 유서 깊은 가문의 부자들이 경멸하 던 대상이기도 했다.

현재에 적용하기

1920년대 미국은 'Roaring 20's'라고 불릴 만큼 광란의 시기였고 경제 붐이 일어나 소비가 이상적으로 여겨지던 시기였다. 이 시기에는 자본소득이 급격히 늘어나서 빈부 격차가 극심해졌고, 경제적 불평등이 심화되어 정신적 가치가 희생되었다. 지금의 물 질만능주의와 그때의 시대를 비교해 보며 인간관계의 갈등과 소외, 정신적 가치에 대 해 생각해 보자.

생기부 진로 활동 및 과세특 활용하기

▶ **책의 내용을 진로 활동과 연관 지은 경우**(희망 진로: 영어영문학과/통번역학과)

영문학을 공부하는 이유와 문학의 가치에 대해 알려주는 '10대에게 권하는 영문학(박현경)'을 읽으며 다양한 영미 소설을 통해 영미권의 문화, 시대에 따른 영문학의 발전, 영문학을 통한 대중문화를 이해하게 됨. '동급생(프레드 울만)'을 읽으며 순수한 우정과 비극 사이에서 묵직한 울림을 느꼈던 터라 비슷한 주제의 영미소설을 검색함. 보통 '위대한 개츠비(스콧 피츠제럴드)'를 당시의 시대상이나 순수한 사랑에 초점을 맞추어 해석하는데 반해 우정의 관점에서 해석한 흥미로운 자료를 발견하게 됐고, 이 작품에 관심을 가지게 됨. 번역본에 따라 그 감흥이 다르다는 독자들의 평을 보고 각기 다른 출판사(문학동네, 열림원, 민음사)의 번역본 3권을 읽고 미국판 원서와 비교해 보는 프로젝트를 구상함. 3권의 한글 번역서를 집중적으로 읽어나가며 상당수의 문장을 외울 정도가 되자 원서와 대조할 때 생소한 영어단어들도 한글로 자연스럽게 번역되어 읽히는 경험을 하게 됨. 또한 같은 원서를 누가 어떻게 번역하느냐에 따라 부드럽고 세련된 분위기가 나기도 하고, 딱딱하고 엄격한 분위기가 나기도 한다는 것을 경험하며 번역가가 되기 위해서는 많은 문학 작품을 읽고 다양한 표현을 익히며 작가로서의 자질 또한 가져야 함을 깨달음.

‣ 책의 내용을 경제 교과와 연관 지은 경우

경제신문 기사에서, 소득 불평등과 계층이동의 상관관계를 보여주는 '위대한 개츠비 곡선'을 인용해 영화 <기생충> 속 경제에 대해 이야기하는 칼럼을 접하고 '위대한 개츠비(스콧 피츠제럴드)'에 대해서 관심이 생겨 읽어봄. 현대에는 세대 간 이동성이 힘들다는 것을 전제로 두고, 가난했던 개츠비가 장벽 사회를 뚫고 성공할 수 있었던 것을 당시 1920년대 미국의 시대적 배경과 연결하여 작품을 이해하고 분석함. 이를 통해 사회적, 경제적 배경이 개인의 삶에 미치는 영향에 대해 심도 있게 이해하고 순수 자본주의가 어떻게 변질되어 가는지, 사회적 계층 간의 격차를 줄이기 위한 방안은 무엇이 있는지에 대해 고민하는 기회를 가짐.

또한 등장인물들을 아메리칸 드림을 기준으로 두고 분석함. '녹색 불빛'으로 대변되는 개츠비의 이상향은 아메리칸 드림을 꿈꾸며 들어온 초기 이주민들의 순수한 이상향과 비교해서 해석하였고, 톰과 데이지와 머틀이 추구하는 가치는 물질주의에 휩싸여 정신적으로 황폐해진 이주민들의 불완전한 꿈과 비교해서 해석함.

더불어 '프로테스탄트 윤리와 자본주의 정신'을 '위대한 개츠비'와 비교하면서 읽음. 막스 베버가 말했던 프로테스탄트 윤리를 바탕으로 한 자본주의 정신을 대표하는 이념적 인물로 개츠비를 선정하고, 소설 속 등장인물이 지향하는 가치를 비교·분석하면서 개인의 도덕성과 관련한 자본주의 정신에 대한 자신의 의견을 제시함.

후속 활동으로 나아가기

▸ 개츠비는 정말 위대한 인물이었나? 작가는 제목을 왜 위대한 개츠비라고 지었을까? 여기서 '위대한'이 가리키는 의미는 무엇이라고 생각하는가?

▸ 상식을 벗어난 행동은 하기 싫다던 개츠비였지만 이미 가정을 이룬 데이지에 대한 미련은 버리지 못했다. 또한 금지된 밀주 매매를 통해 막대한 양의 검은 돈을 벌었다. 목적을 이루기 위해서라면 수단의 정당성은 생각하지 않아도 되는 것일까? 데이지를 향한 그의 사랑은 어떻게 느껴지는가?

▸ 데이지는 남편의 존중을 받지 못한 채 살고 있었고, 개츠비가 돌아왔을 때 기쁨과 후회의 눈물을 흘린다. 하지만 호텔에서 톰과 개츠비 중 한 사람을 선택해야 하는 갈등 상황에 맞닥뜨리자 개츠비를 선택하지 못하고 머뭇거린다. 데이지에게 개츠비는 과연 어떤 의미였을까?

▸ 웨스트 에그와 뉴욕시 중간쯤 먼지가 발작적으로 피어오르는 잿빛 땅 위에 T.J.에클버그 의사의 두 눈이 그려진 광고판이 세워져 있다. 쓰레기 계곡과 잿빛 땅을 바라보고 있는 두 눈의 광고판이 상징하는 것은 무엇일까?

함께 읽으면 좋은 책

마크 트웨인, 《**톰 소여의 모험**》 민음사, 2009.

윌리엄 셰익스피어, 《**베니스의 상인**》 민음사, 2010.

박현경, 《**10대에게 권하는 영문학**》 글담출판, 2020.

제롬 데이비드 샐린저, 《**호밀밭의 파수꾼**》 민음사, 2023.

F.스콧 피츠제럴드, 《**The Great Gatsby**》 penguin books, 2013.

이반 데니소비치, 수용소의 하루

알렉산드르 솔제니친 ▸ 민음사

이 소설은 어떤 특별한 날을 묘사하는 대신 매일 똑같이 되풀이 되는 하루를 생생하게 묘사하면서 가장 비극적이고 비참한 인간 삶의 모습을 보여주고 있습니다. 처음부터 끝까지 수용소의 일상생활과 등장인물의 성격에 대한 세밀한 묘사만 나올 뿐 소설 전체를 통틀어 사건이라고 이름 붙일 만한 것은 하나도 등장하지 않지만, 자유는커녕 인간의 존엄성마저 무참히 파괴된 당시 소련의 수용소(굴라크) 생활을 생생하게 확인해 볼 수 있습니다.

주인공인 40세의 이반 데니소비치 슈호프는 용감하고 정직한 러시아 병사였습니다. 전투 중 독일군에 붙잡혔다가 탈출했지만 한 동안 독일군의 포로였기 때문에 첩자일 수도 있다는 혐의를 받고, 10년 형을 선고받아 수용소에 갇히게 됩니다. 104반의 반장 추린은 부농의 아들로 태어났다는 이유로, 침례교도인 어린 알료쉬카는 기도를 너무 열심히 했기 때문에, 영화감독 체자리는 불온한 영화를 찍었다는 이유로 체포되어 장기 복역을 하게 됩니다. 모두들 체포될 이유가 없었고, 있었다고 해도 그만큼의 형량을 받을 일들은 아니었습니다. 이렇게 수감자들의 죄와 상반되는 형량은 당시 지배 이데올로기의 아이러니와 모순을 날카롭게 드러냅니다. 슈호프는 지금까지 여러 수용소를 전전하며 8년을 보냈고, 앞으로 2년만 지나면 석방되지만 그는 그것을 믿지 않고 체념과 주저 속에서 생활합니다. 형량을 다 채워도 갖가지 이유를 붙여 그 이상의 형량을 살게 하는 게 그 당시 수용소에서는 무척 흔한 일이었기 때문입니다.

수용소에는 계급이 존재하였습니다. 절대 권력을 가진 수용소 감독관이 있었고, 그 감독관에 빌붙어 횡포를 부리는 막사장이나 당번 죄수들, 취사부원들, 소포담당자가 있었습니다. 그들은 일반 죄수들 위에 군림하면서 다른 죄수들보다 더 여유로운 생활을 누렸습니다. 처음에 슈호프는 억울함과 분노 때문에 밤잠을 이루지 못했지만 점차 체념하는 일이 잦아졌고, 반항해 봐야 득 될 게 없다는 것을 깨닫게 됩니다. 이것은 곧 그의 습관과 성격이 되어 불공평한 지시나 명령에도 순종하는 태도를 보이게 만듭니다. 차라리 그들이 원하는 것을 제공해 주고, 그 속에서 자신이 챙길 수 있는 것을 챙기자는 생각을 하게 되면서 슈호프는 간부들 몰래 안주머니를 만들고 몰래 옷을 더 껴입는 등 나름의 삶의 지혜를 터득하게 됩니다. 영하 30℃를 넘나드는 극한의 추위와 배고픔이 도사리는 수용소에서 보낸 3,653일 동안 그가 한 일은 오직 하나, 생존을 위한 투쟁이었습니다. 슈호프는 더 이상 내일을 생각하지 않고 수용소 밖의 세상을 생각하지 않고 저항할 생각조차 떠올리지 않습니다. 일상의 폭력에 저항하지 않는 삶, 작가는 이것이 인간에게 저지르는 가장 강력하고도 무서운 폭력임을 말하고 싶었는지도 모릅니다.

평소라면 새벽 5시 기상 신호에 따라 자리에서 일어나 아침 식사로 멀건 수프 한 그릇과 빵을 조금 먹고 수용소의 계획표에 따라 강제노동을 시작해야 했지만 오늘 그는 몸살 때문에 늦잠을 잤습니다. 그것은 영창 3일 형에 처해지는 죄였지만 그는 간부실 마루 청소를 깨끗하게 하는 것으로 이 일을 덮습니다. 그리고 의무실을 찾아가지만 꾀병인 것 같다며 처벌받을 수 있다는 말만 듣고 퇴짜를 맞습니다. 하지만 104반 반장 추린의 배려 덕분에 사회주의 생활단지 공사장 대신 실내에서 새 작업장의 벽돌을 쌓는 일을 맡게 됩니다. 사회주의 생활단지 작업장은 난방 시설이 없었기 때문에 얼어 죽지 않기 위해서는 열심히 곡괭이질을 해야 하는 끔찍한 곳이었습니다. 실내 작업장에 도착하자 그는 언제 몸이 아팠냐는 듯 혹한 속에서도 전심을 다해 일을 합니다. 작업 종료 신호가 울렸지만 마지막 순간까지 그 일에 목숨이 달린 것처럼 벽돌을 쌓는 데 몰두합니다. 죄 없이 억울하게 갇혀 생명만 겨우 유지할 정도로 먹고, 자고, 입고 그 외의 시간에는 모든 힘을 쥐어짜 노동을 하는 생활. 강제 노역에 동원된 죄수들은 그 힘든 현실을 잊기 위해 노동 그 자체가 주는 순수한 즐거움에 몰입했던 것입니다. 슈호프는 생존 투쟁의 외중에도 나름의 원칙에 따라 인간의 품격을 지킵니다. 꾀병을 부리지도 않고 정직함과 순수함을 지키며 타인을 챙길 줄도 알고, 편하게 살기 위해 다른 수감자를 밀고하는 행위는 하지 않습니다. 굶주림 앞에서 인간은 나약하고 비열해지지만, 그는 아무리 배고파도 남이 먹고 난 죽 그릇을 핥지 않고 공짜로 무언가를 얻으려고 하지 않습니다. 비굴하지 않게, 욕심 부리지 않고 최대한 자신이 할 수 있는 것을 하면서 하루하루를 살아가는 그는 '바로 지금'이 가장 중요하다는 사실을 알고 있는 현명함을 갖추고 있습니다.

그에게는 오늘 하루가 '운이 좋은 날'이었습니다. 늦잠을 잤지만 영창에 들어가지도 않았고, '사회주의 생활단지'로 작업을 나가지도 않았으며 점심 때는 죽을 한 그릇 더 먹었습니다. 또한 반장의 배려로 오후에는 즐거운 마음으로 벽돌쌓기를 했으며 줄칼 조각도 검사에 걸리지 않았습니다. 저녁에는 체자리 대신 순번을 맡아주고 벌이를 하며 잎담배도 사게 됩니다. 아픈 몸은 이제 다 나았고 우울하고 불쾌한 일이라곤 하나도 없었으며 어쩌면 거의 행복하기까지 한 하루였다는 이야기를 남기며 그는 흡족한 마음으로 잠이 듭니다.

솔제니친은 1918년 러시아에서 태어났습니다. 중등학교에서 천문 물리학 교사로 근무하다 입대하였고, 1945년 포병 대위로 복무 중 친구에게 보낸 편지에서 스탈린과 스탈린 체제를 비판한 것이 문제가 되어 체포되었으며 결국 8년 강제 노동형과 3년의 유형을 선고받습니다. 그러다 보니 그의 작품 속에는 스탈린 시대의 강제 수용소에 대한 묘사가 자주 등장합니다. 이것을 통해 우리는 스탈린의 가장 대표적이고 상징적인 악행에 대한 예리한 고발을 확인할 수 있습니다. 또한 그러한 고난 속에서도 인간의 존엄성을 지켜야 한다는 사실과 자유가 얼마나 소중한지를 다시금 생각해 보게 됩니다.

아침에 일어나 밥을 먹고 일을 하고 잠자리에 드는 우리의 일상도 그 모습만 다를 뿐 수용소의 하루와 크게 다르지 않습니다. 우리에겐 자유가 있지만 그들에겐 자유가 없다는 것을 빼고는 말입니다. 이 소설을 통해 작가가 말하고자 했던 자유의 소중함, 왜 자유가 지켜져야 하는지에 대한 답을 찾아보면 좋겠습니다.

도서분야	외국고전	관련과목	독서, 문학, 세계사	관련학과	사학과, 심리학과, 국어국문학과, 러시아어문학과

▶ **기본 개념 및 용어 살펴보기**

주요 기본 개념 및 용어	
개념 및 용어	의미
소비에트적 인간 Homo Sovieticus	노동을 통해 자아를 실현하는 인간을 뜻하는 말로, 생산과 진보가 목표였던 당시 소련이 추구하던 인간상이라고 볼 수 있다. 강제노역임에도 불구하고 슈호프의 노동에는 경건함이 보인다. 그는 자신에게 주어진 일에 완전히 집중하고 그 일을 빠르고 정확하게 완수하기 위해 최선을 다한다. 그에게 노동은 자아의 실현처럼 보이기도 한다. 소련 체제의 비합리성을 가장 잘 드러내는 수용소에서 소련 체제의 희생양 중 하나였던 슈호프가 소비에트적 인간의 면모를 보인다는 것은 아이러니한 점이다.
굴라크 Gulag	1930년대 소련, 스탈린주의가 펼친 공포 정치와 대규모 탄압의 결과로 수십만 명의 국민이 수감되어 있었던 소련의 강제 노동수용소. 1919년 소비에트 법령에 의해 만들어졌고, 스탈린 시대에 그 잔혹함이 극에 달했던 '고문과 투옥과 살인'의 장이었던 곳으로, 대략 2,000만 명에 가까운 일반인과 범죄자, 정치범과 무고한 전쟁포로들이 반인류적인 처우 속에서 굴라크에서 장기 복역하거나 사망했다.

▶ **시대적 배경 및 사회적 배경 살펴보기**

1924년에 실권을 장악하여 1953년 사망할 때까지 스탈린은 수많은 숙청을 단행하였고 본인의 정책이나 의견에 부정적인 사람들을 실제 범죄 유무와 관계없이 강제노동수용소에 수감했다. 이처럼 이 소설은 공포시대의 상징이며 정치적 억압을 수단으로 사용했던 스탈린 시대를 배경으로 하고 있다. 작가는 억울하게 수용된 사람들이 있는 강제 노동수용소라는 특이한 곳을 공간적 배경으로 설정하여 간접적으로 스탈린의 무자비한 정책과 지배층의 권력 남용, 이에 의해 짓밟힌 약자들의 삶을 고발하고 있다. 이 소설이 등장했을 당시 소련은 사상과 표현의 자유가 없는 나라였다. 하지만 스탈린이 사망한 후 서기장이 된 흐루쇼프가 스탈린 시대의 과오를 일부 인정하고 정치적 탄압을 완화하는 정책을 시행하였다. 이에 용기를 얻은 작가 솔제니친은 죄와 상반되는 형량을 가진 인물들을 소설 속에 등장시켜 당시의 지배 이데올로기의 아이러니와 모순을 날카롭게 드러냈으며, 자신의 수용소 경험을 녹인 이 소설을 통해 인간의 자유와 존엄성을 파괴하는 전체주의 독재의 끔찍한 폐해를 생생하게 폭로했다. 또한 알료쉬카가 기도를 열심히 해서 수용소에 끌려갔던 것을 통해 당시 종교인들을 무참히 탄압했던 소련의 역사적 맥락을 보여주기도 했다.

현재에 적용하기

극한의 상황 속에서도 작은 행복을 찾으며 인간의 존엄성을 잃지 않으려고 노력하는 주인공의 하루를 통해 인간의 삶과 자유, 존엄성에 대해 자신의 생각을 정리해 볼 수 있다. 또한 반복되는 일상 속에서도 오늘 하루에 의미를 부여하는 것이 얼마나 다행스러운 것인지에 대해서도 느껴볼 수 있다.

생기부 진로 활동 및 과세특 활용하기

▸ 책의 내용을 진로 활동과 연관 지은 경우 (희망 진로: 사학과)

'제국주의와 두 차례 세계 대전'을 배우면서 냉전 체제의 배경과 특징, 소련의 소비에트 개혁 등에 대한 관심이 커짐. 당시의 시대적 상황을 좀 더 쉽고 자세히 탐구하고 싶어 냉전 체제를 배경으로 전개된 소설을 검색한 결과 '이반 데니소비치, 수용소의 하루(알렉산드르 솔제니친)'를 읽게 되었고, 자신이 가진 배경지식을 활성화하고, 새로운 사실을 확인하며 읽기 위해 KWL 차트를 작성함. '전체주의가 결국 사라질 수밖에 없었던 이유는?'과 같은 질문을 제시하고 그 답으로 L차트에 소설의 마지막 장면을 필사하며, "사람들에게 정당한 대가가 없다면 무언가를 성공적으로 해내기보다 오늘 하루 주어진 삶에 만족하며 살게 되기에 발전이 없다"며 자신만의 관점으로 내용을 해석하고 역사적 흐름을 이해함.

한나 아렌트의 '악의 평범성'을 인용하여 극악무도한 행위가 반드시 악의나 광기에서 비롯되지 않을 수 있고, 평범한 사람들이 사상이나 체제의 일부로서 기계적으로 행동하는 과정에서도 발생할 수 있음을 강조하며 소설에서처럼 '아무 생각 없이' 체제에 순응하는 것, 수용소의 엄혹한 환경과 일상이 인간의 존엄성을 파괴하는 것 등이 결국 누군가를 악인으로 만들 수 있기에 경계해야 한다고 분석함. 또한 역사적 장면을 그대로 보지 않고 비판적인 시각으로 바라보며 현대 사회를 살아가는 우리에게 적용할 부분들을 제시하는 등 과거의 사료를 통해 현대의 삶을 분석함. 이로써 사학자로서의 자질을 다양한 매체를 통해 키워나가고 있음을 보여주었음.

▶ 책의 내용을 세계사 교과와 연관 지은 경우

'동물농장'을 읽은 후에 전체주의의 특징, 러시아의 혁명, 소련의 탄생에 대해 알게 되면서 스탈린주의에 대해 관심을 갖게 됨. 그 후 강제노동수용소의 이야기를 담은 '이반 데니소비치, 수용소의 하루(알렉산드르 솔제니친)'를 읽었고 소설의 키워드를 #굴라크, #정치적숙청 #제2차세계대전 #스탈린시대로 압축하여 이를 바탕으로 역사 신문을 제작하기로 계획함. 관련 사료를 조사하기 위해 '굴라크 역사 박물관' 공식 사이트, 생존자의 회고록, 제2차 세계대전의 역사 논문 등을 찾아보고 역사 속 사건들의 근거에 대한 조사를 탄탄히 함. 이를 바탕으로 '굴라크 시스템과 스탈린 시대의 억압'을 주제로 한 특집기사를 작성하고, 소설에 등장하는 인물의 이야기를 통해 당시의 시대상, 사람들의 삶과 저항, 희망에 대한 이야기를 다루는 '인물 코너'를 만들어 기사를 작성함. 또한 당시의 역사적 사진, 수용소의 일상을 담은 그림 등을 활용하여 전시 페이지를 구상하였으며, 소설의 역사적 배경이 되는 사건들을 조사하여 간략한 설명과 분석을 제공함. 마지막으로 강제 노동 수용소를 주제로 한 실화 영화인 '쉰들러 리스트'를 감상하고 그 리뷰를 올림. 지리적 배경의 차이는 있지만 영화와 소설이 말하고자 하는 공통된 주제 의식을 파악하여 소설의 전체적인 배경에서부터 중요 인물, 시각적 자료를 함께 제시해 솔제니친이 자신의 소설을 통해 말하고자 했던 바를 좀 더 쉽고 정확하게 전달함. 그 역사 신문을 교실에 게시하였는데 세계사에 관심이 없던 학생들도 역사 신문의 배경에 흥미를 느끼면서 주제가 된 소설을 읽고 싶어졌다는 후기를 남김.

후속 활동으로 나아가기

▸ 억울한 누명을 쓰고 긴 시간 동안 수용소 생활을 해야 하는 작중 인물들은 어떻게든 하루를 버텨내며 살아간다. 이러한 환경 속에서 하루를 살아가는 그들에게 원동력이 됐던 것은 무엇이었을까? 만약 내가 그 상황에 처하게 된다면 나는 어떻게 살게 될까?

▸ 슈호프는 수용소에서의 하루를 마감하고 침대에 누우면서 오늘은 '아주 운이 좋은 날'이었다고 이야기하며 거의 행복감까지 느낀다. 이러한 감정에 나는 공감할 수 있는가?

▸ 작가인 솔제니친은 반체제 활동을 했다는 이유로 실제로 8년간의 강제 노동형과 3년의 유형을 선고받았다. 그는 스탈린 체제의 강제 노동 수용소에서 겪었던 경험을 바탕으로 이 작품을 집필하였는데, 이 작품을 통해 그가 말하고자 했던 인간의 가치와 자유란 무엇이라고 생각하는가?

함께 읽으면 좋은 책

자와할랄 J. 네루, 《세계사 편력》 일빛, 2004.

한나 아렌트, 《전체주의의 기원》 한길사, 2006.

에른스트 H. 곰브리치, 《곰브리치 세계사》 비룡소, 2024.

빅터 프랭클, 《빅터 프랭클의 죽음의 수용소에서》 청아출판사, 2020.

자기만의 방

버지니아 울프 ▸ 민음사

1882년 런던에서 태어난 버지니아 울프는 의식의 흐름 기법을 선도했던 20세기를 대표하는 모더니즘 작가입니다. 그녀는 당대의 최고 수준의 지적 문화를 향유하고 자유롭게 작품 활동을 할 수 있는 특별한 환경에서 성장하였습니다. 아버지 레슬리 스티븐은《영국인명사전》을 편찬한 유명한 지식인이자 작가였으며 그런 아버지의 서재에서 그녀는 자연스럽게 책을 읽으며 성장했습니다. 경제적으로는 상류층은 아니었지만 문화계의 로열패밀리로 통했으며, 당대 여성들에게 강요되던 규범 탓에 대학에 입학할 수는 없었지만 끊임없이 공부하여 블룸즈버리 그룹과 대등하게 토론할 정도의 실력을 갖췄습니다. 하지만 자유에 대한 결핍은 그녀에게도 존재했습니다. 1893년 뉴질랜드에서 최초의 여성 선거권이 인정됐고, 미국은 1920년에, 그리고 영국은 1928년이 되어서야 모든 여성에게 선거권을 부여했지만, 그럼에도 불구하고 여성에 대한 차별은 만연했습니다.

옥스브리지의 잔디밭을 거닐던 '나'는 '여성과 픽션'이라는 주제로 강연을 요청받습니다. '나'는 강연과 관련해 깊은 사색에 잠겨 학교 내 잔디밭을 거니는데 학교 관리인이 나타나 여성은 잔디밭을 걸을 수 없고 자갈길로만 걸어야 한다며 그녀의 행동을 제지합니다. 이후 윌리엄 새커리의 원고를 읽기 위해 학교도서관으로 향했으나 남성 연구원이 아니라는 이유로 교수와 동행하거나 소개장이 있을 때에만 들어올 수 있다며 출입을 거부당합니다. 이 두 번의 거절은 그 당시 여성이 맞닥뜨려야 했던 사회적 불평등을 그대로 보여줍니다. 이 외에도 '나'는 일상 속에서 독립적인 행동을 하는 데 많은 불편을 겪습니다.

'나'는 이러한 경험들을 바탕으로 여성의 삶과 여성의 예술이라는 주제에 대해 깊이 사유합니다. 1900년대 초 여성들에게 부여됐던 사회적인 지위와 이전까지 여성들이 겪어왔던, 그리고 지금도 계속되는 불평등에 대해 이야기하며 "만약 셰익스피어에게 누이가 있었다면 그녀는 셰익스피어와 같은 작가가 될 수 있었을까?"라는 그 유명한 질문을 독자들에게 던집니다. 그리고 그 질문에 대한 답으로 당연하다는 듯 "NO"라고 답합니다. 만약 그 가상의 누이에게 셰익스피어를 능가하는 재능이 있었다 해도, 여자라는 이유로 학교에 갈 수 없었기 때문에 문법과 논리학에 무지했을 것이고 십대를 벗어나기도 전에 사랑 없는 결혼을 해야 했기에 자유롭게 가정을 벗어나기도 힘들었을 것이며, 타인의 다양한 삶을 관찰하는 것도 불가능했을 거라고 말합니다. 여성들에게 불리했던 당시의 사회적인 환경 때문에 셰익스피어의 누이라 해도 자신이 누릴 수 있었던 경험과 기회를 박탈당했을 거라고 말하며, 여성에게 가해지는 사회적인 제약 때문에 여성들이 자신의 재능을 펼치지 못하는 현실을 비판합니다.

또한 여성 셰익스피어가 나오기 위해서는 연간 500파운드의 고정 소득과 방해받지 않을 자기만의 방이 필요하다는 주장을 펼칩니다. '나'가 말하는 '자기만의 방'은 자아실현을 이루기 위해 혹은 자유롭게 창작하거나 그것에 집중하기 위해 누구에게도 방해받지 않을 공간을 의미합니다. 그리고 그 활동에 집중하기 위해서는 생활비로 쓸 수 있는 고정 소득이 필요하다고 말한 것입니다. 500파운드를 예로 든 것은 실제로 버지니아 울프가 숙모의 재산 상속을 통해 연간 500파운드의 연금을 받게 되면서 경제적 자유를 얻었기 때문입니다. 1900년대의 기준으로 봤을 때 연 수입 500파운드면 적지 않은 돈이었습니다. 버지니아 울프는 고정 수입이 여성의 글쓰기에 어떤 영향을 미치는지 깨달았고, 결국 글을 쓰는 여성은 이러한 현실적이고도 물질적인 문제를 고민할 수밖에 없다는 것을 말하고 싶었던 것입니다.

'나'는 여성들은 자기만의 방을 가지지 못했기에 공동 거실에서 수시로 방해를 받으며 한정된 사회 경험을 소재로 집필할 수밖에 없었고, 그래서 집중력이 덜 요구되는 소설이라는 장르를 더 많이 선택할 수밖에 없었다고 말합니다. 제인 오스틴의 인생과 작품들을 언급하면서 '자기만의 방'을 갖지 못해 가족들로부터 빈번하게 방해받을 수밖에 없었던 구조를 말하고, 브론테 자매의 이야기를 들어 경제적 빈곤으로 인한 경험 부족이 작품의 주제를 다루는 데 한계를 가져왔을 거라고 이야기하기도 합니다. '나'는 이렇게 여성의 현실을 이전 시대부터 되짚어 보며 자신의 생각을 기술하고, 여성이 현실 속에서 마주한 물질적인 한계를 정확하게 꼬집어 냅니다. 또한 자신만의 공간과 경제적인 독립을 확보해야만 진정한 자아를 발견하고 창작의 자유를 누릴 수 있음을 이야기합니다. 또한 남성에게 경제적으로 종속될 수밖에 없었던 18~19세기 여성들의 현실이 여성 문학이 저하되는 데 얼마나 큰 영향을 미쳤는지에 대해서도 이야기합니다.

남성과 동등한 권리와 의무를 갖기 위해서는 여성의 경제적, 정신적 독립이 필요하다는 이러한 주장은 당시의 사회 분위기로 미루어 보았을 때 무척 혁신적이었고 남성들에게는 불편하게 느껴질 만한 것이었습니다. 그렇기에 여성의 글쓰기나 독립에 대한 주장을 비난하고 조롱하는 사회 분위기가 이어졌고 문학을 좋아하는 여성이나 여성 문학가를 블루스타킹이라고 부르며 비아냥거리기도 했습니다. 하지만 버지니아 울프는 남녀 간의 젠더 갈등을 일으키려고 그러한 주장을 한 것은 아니었습니다. 그녀는 여성들이 문밖에서 고통받았다면 남성들은 문 안에서 고통받았을 것이라고 말하며 각각의 상황을 객관적으로 이해하고 여성의 억압된 현실을 사실적으로 보여주는 데 힘을 쏟았습니다.

이 책이 출간된 지 이제 100년 가까이 흘렀습니다. 그 사이 사회는 이전과는 비교할 수 없을 정도로 평등해진 것처럼 보입니다. 여성이 남성과 동등하게 의무 교육을 받고 다양한 직업군에 참여하며 정치 활동도 할 수 있습니다. 하지만 아직도 어떤 나라에서는 여성들의 인권이 가장 낮고, 최소한의 행복과 자유를 느끼지 못하는 여성들도 있는가 하면, 사회의 일부 분야에서는 아직도 여성의 진입 장벽이 높은 곳들이 존재하는 등 보이지 않는 차별은 여전히 남아 있습니다.

개인이 최소한의 행복과 자유를 누리기 위해 필요로 하는 '자기만의 방'과 '연 500파운드의 수입'. 그것만 있다면 여성들은 누구나 자신의 재능을 마음껏 펼칠 수 있게 될까요? 그녀가 주장하는 남녀 평등이 문학뿐 아니라 자본주의 사회에서도 가능해지는 시대가 올까요? 그녀의 이야기를 통해 남성과 여성이 조화롭게 융합된 사회에 한 걸음 더 가깝게 다가갈 수 있기를 바래봅니다.

도서 분야	외국고전	관련 과목	문학, 영미문학읽기	관련 학과	사회학과, 국어국문학과, 영어영문학과

고전 필독서 심화 탐구하기

▸ **기본 개념 및 용어 살펴보기**

주요 기본 개념 및 용어	
개념 및 용어	**의미**
서프러제트	참정권을 뜻하는 서프러지suffrage에 여성을 뜻하는 접미사 '-ette'를 붙인 말로 20세기 초 영국에서 일어난 여성 참정권 운동과 운동가들을 가리키는 용어다. 뉴질랜드는 1893년 최초로 여성 참정권을 인정하고 그 이후 호주, 미국이 승인했지만 영국은 여성의 권리를 받아들이지 않았다. 이에 서프러제트들은 돌을 던져 가게의 창문을 부수거나 우체국에 폭탄을 날리는 등 행동으로 활동을 하였고, 이러한 활동은 1918년 30세 이상의 여성에게 선거권과 피선거권이 인정되도록 하는 데 큰 영향을 미쳤다. 하지만 당시에도 모든 여성에게 참정권이 주어지지는 않았고 집을 소유한 이들만 투표장에 갈 수 있었던 한계가 있었다. 그러나 이들의 끊임없는 투쟁으로 결국 1928년 21세 이상의 영국 여성 모두에게 참정권이 부여되었다.
자기만의 방	여성이 창조력을 온전히 발휘하기 위해서는 외부의 제약이 없는 공간이 필요하다는 의미다. 그 누구에게도 방해받지 않고 집중할 수 있는 사적인 공간이자, 사회적이고 경제적인 억압에서 벗어난 자유로운 공간을 의미한다. 작가의 입장에서는, 스스로 하고 싶은 혹은 할 수 있는 것은 무엇이든 도전적으로 해볼 수 있는 공간을 의미하기도 하며, 독립성을 갖추도록 자아를 인지하는 내면의 방이기도 하다.

▶ 시대적 배경 및 사회적 배경 살펴보기

1929년에 출간된 작품으로, 영국의 빅토리아 시대와 에드워드 시대를 배경으로 하고 있다. 이 시대에는 여성의 사회적 지위와 교육 수준이 한정적이었으며, 여성들은 남성 중심의 사회에서 자신들의 목소리를 내지 못하고 있었다. 이러한 시대적인 상황이 여성들의 창작의 자유와 예술적 표현에 악영향을 미쳤고, 버지니아 울프는 이로 인해 여성 문학의 질이 저하되었다고 생각했다.

여성이 있어야 할 곳은 가정이며 여성의 의무는 아내와 어머니가 되는 것이고 가족을 위해 자신을 낮추고 모든 것을 희생하는 여성이 추앙받던 시기였으므로, 여성들은 자신만의 방을 가진다는 생각조차 갖기 어려웠다. 이러한 사회 분위기 속에서 버지니아 울프는 독립성을 가지고 자유롭게 자신만의 글을 쓸 수 있기 위해서는 자기만의 방과 1년에 500파운드의 수입이 필요하다는 과감한 주장을 자신의 책 《자기만의 방》을 통해서 펼쳤는데, 당시의 사회 분위기와 비교해봤을 때 그녀의 이러한 주장은 상당히 파격적인 것이었다.

현재에 적용하기

작가의 페미니즘적 통찰을 통해, 여성들의 사회적 위치의 변화를 알아볼 수 있다. 이전 세대의 여성들이 어떤 사회적 위치에 놓여 있었는지 알아보고, 지금까지 여성들의 사회적 위치가 어떻게 변화되어 왔는지 확인해 보자.

생기부 진로 활동 및 과세특 활용하기

▶ 책의 내용을 진로 활동과 연관 지은 경우(희망 진로: 사회학과)

학생은 '자기만의 방(버지니아 울프)'을 읽고 작가가 왜 이런 주장을 했는지 확인하기 위해 작품의 배경이 된 빅토리아 시대와 에드워드 시대에 대해 직접 조사함. 순응하고 인내하고 봉사하는 여성이 이상적인 여성상으로 간주되었던 빅토리아 시대의 상황을 확인한 후, 당시 여성들의 교육이나 사랑, 결혼, 사회적 위치에 대해 작품 속에 묘사된 페미니즘 시각을 찾아 그 이유에 대해 분석함. 작품 속에서 드러난 약 100년 전 영국의 모습과 현재 한국의 모습 중 아직도 변함없는 부분을 비교, 분석하고 그 원인에 대해 자신의 생각을 밝히며 독서 감상문을 작성함. 에세이인데 마치 소설처럼 가상 스토리 속의 화자를 통해 가부장적인 사회나 편견, 여성에 대한 사회적 차별과 구조적 문제를 이야기한 점은 훌륭하지만 여성으로서 자유를 갖기 위해 '자신만의 방'과 '연간 500파운드'가 필요하다는 전체적 맥락에 대해서는 문화적, 물질적인 풍요를 타고 났기에 할 수 있는 말이라며 비판적인 시각을 드러냄. 하지만 당시의 시대상에 비추어봤을 때, 페미니즘에 대한 현실적인 대안이나 진심이 녹아 있는 저항감은 훌륭하므로 페미니즘 고전으로서의 의미가 있다고 평가함. 또한 남녀 차별이 많이 개선된 요즘 사회에서는 성별 갈등보다 도시와 지방의 지역 갈등이 사회문제에서 좀 더 높은 비중을 차지하고 있다고 말하며, 그러한 문제점을 해결하기 위한 구체적인 사회적 제도가 필요하다고 자신의 의견을 주장함.

▶ 책의 내용을 영미문학읽기 교과와 연관 지은 경우

사회문화 시간에 현대 사회와 대중문화에 대해 배우며 대중문화 속 페미니즘에 대해 관심을 갖게 됨. 20세기 페미니즘 비평의 선구자라 불리는 버지니아 울프가 여성에 대한 차별적인 시대상을 그대로 녹여 집필한 '자기만의 방(버지니아 울프)' 을 읽고, 당시의 사회와 역사, 정치적 배경을 조사하고 비평적 분석을 통해 작가가 전하고자 하는 주요 논점을 파악해 냄. 또한 여성의 사회적 지위와 권리, 여성의 독립성과 문학 작품에서의 창의성에 대해 호기심을 느껴, 책 속에 언급된 여성 작가들의 작품('제인 에어', '오만과 편견')을 연계 도서로 함께 읽고 각 작품의 배경이 되었던 영국의 시대적인 상황을 조사하여 표로 나타냄. 그리고 그러한 환경이 작품 속에서 어떻게 반영되었는지 분석하여 발표함.

책의 주제가 되는 페미니즘에 대해 조사하면서, 초기 페미니즘은 여성의 투표권을 중심으로 한 여성에 대한 정치, 경제, 사회, 문화적인 차별을 없애자는 여성 인권 신장 운동이었으나 현대에는 여성 우월주의로 그 의미가 퇴색됐고, 이로 인해 또 다른 사회갈등을 낳는 한 요소가 되었다는 것을 알게 됨. 그것을 통해 진정한 페미니즘은 여성을 우월한 존재로 여기는 게 아니라 남녀평등을 이루는 게 주 목적임을 분석해서 강조함. 또한 100년 가까이 지난 지금의 여성 인권의 현주소를 파악하기 위해 해외 학술지와 영미권 뉴스 자료를 찾아보며 아프가니스탄 여성의 인권 침해가 심각함을 깨닫고 그들의 인권을 보호하기 위한 대안을 영어로 작성하여 발표함.

후속 활동으로 나아가기

▶ 그녀가 말하는 '자기만의 방'은 무엇을 의미하는 것일까?

▶ 고정 수입과 자신만의 공간 이외에, 누구에게도 얽매이지 않고 자기 자신으로 존재하기 위해 필요한 것은 무엇이라고 생각하는가?

▶ 만약 버지니아 울프가 이야기한 '자기만의 방'과 '연간 500파운드' 중에서 하나만 선택해야 한다면 어떤 것이 여성으로서의 자율성을 갖기 위해 더 필요하다고 생각하는가?

▶ 실제 일상생활 속에서 여성이라고 제약을 받거나 차별을 경험한 적이 있는가? 본인이 겪은 일이 아니더라도 주변에서 일어난 일을 떠올려보고 왜 그런 차별이 일어나는지, 차별이 일어나지 않기 위해서는 어떠한 제도적 장치가 필요한지 이야기해 보자.

▶ 책 속에서 500파운드라는 돈은 다른 사람에게 의지하지 않고 내가 하고 싶은 일을 할 수 있는 경제적 자립을 의미한다. 지금 내게 500파운드가 있다면 내가 가장 하고 싶은 일은 무엇인가? 그 돈이 하고 싶은 일을 하는 데 도움이 된다고 생각하는가?

함께 읽으면 좋은 책

조남주, 《82년생 김지영》 민음사, 2016.

샬롯 브론테, 《제인 에어》 민음사, 2004.

김지혜, 《선량한 차별주의자》 창비, 2019.

시몬 드 보부아르, 《제2의 성》 을유문화사, 2021.

클레어 키건, 《이처럼 사소한 것들》 다산책방, 2023.

자기 앞의 생

로맹 가리(에밀 아자르) ▶ 문학동네

　부모에게 버림받아 자신이 유대인인지 아랍인인지, 혹은 프랑스인인지도 알지 못하고 자신이 진짜 몇 살인지, 어떻게 이 집에서 살게 되었는지도 모르는 10살 소년 모모가 있습니다. 그와 함께 살고 있는 로자 아줌마는 과거에 매춘을 했던 경험이 있고, 독일 유태인 수용소에 감금되었다가 살아 돌아온 사람이었습니다. 당시 프랑스는 낙태가 불법이었기 때문에 임신을 하면 무조건 아이를 낳을 수밖에 없었는데 매춘을 하는 여성들은 창녀라는 직업 때문에 아이를 낳아도 친권을 박탈당했습니다. 이러한 사회적인 모순 때문에 로자 아줌마는 프랑스 파리 외곽 벨빌의 '은밀한 집'이라고 불리는 건물의 7층에서 매춘부의 아이들을 맡아 키우고 있었습니다. 모모의 본

명은 모하메드이고 회교도의 아들이었습니다. 모모와 로자 사이의
종교 간의 벽 때문에 둘 사이의 적대감은 당연한 것이었습니다. 하
지만 그들은 서로만을 의지하며 살아가는 사회적 약자, 소외된 사
람들이라는 공통점이 있었기에 보기보다 끈끈하게 연결되어 있었
습니다.

어느 날, 유세프 카디르가 자신의 아들을 찾으러 왔다며 로자 아
줌마를 찾아옵니다. 그는 매춘부였던 모모의 엄마 아이샤의 포주였
고 모모의 아빠이기도 했으며 아이샤를 살해한 후 정신 병원에 감
금되었다가 풀려나서 아이를 찾으러 온 것입니다. 하지만 모모를
잃고 싶지 않았던 로자 아줌마는 당신의 아이는 지금까지 회교도가
아닌 유태인으로 자랐다고 거짓말을 하며 그를 돌려보내고 자신의
아이가 유태인으로 자랐다는 말에 충격을 받은 유세프는 죽고 맙니
다. 이 과정에서 모모는 자신이 10살이 아니라 14살이라는 사실을
알게 되고 나이까지 속여 가며 모모와 함께 있고 싶어 했던 로자 아
줌마의 절절한 사랑을 깨닫습니다.

벨빌에서의 이웃들은 피부색에서부터 종교와 출신지역에 이르기
까지 그들과는 모든 게 달랐습니다. 하지만 그들은 자신의 종교와
관습을 지켜나가면서도 편견에 사로잡혀 타인을 배척하는 대신 함
께 어울려 살아가는 연대의 삶을 추구합니다. 한때 세네갈에서 권
투 챔피언이었으나 지금은 트렌스젠더인 롤라 아줌마는 로자의 고

단한 삶을 위안해 주고 모모에게 친절을 베풉니다. 남성과 여성의 성기를 모두 가지고 있는 그녀를 모모는 이 세상 누구와도 닮지 않은 존재라고 여기며 성녀라고 생각합니다. 카츠 선생님은 7층까지 걸어서 오르내리는 불편함을 무릅쓰고 로자 아줌마를 돌봐주었고, 옷감 행상 일을 하던 늙은 무슬림 하밀 할아버지는 어린 모모와 절친한 친구가 되어 그를 교육시키고 철학적 조언을 해주고 대화를 나눕니다. 그들은 소외되었고 불평등한 삶을 살았지만 자신의 일에 최선을 다하고 나름의 방식으로 서로를 도우며 살아갑니다. 그렇기에 그들에게도 생은 주어집니다.

처음에 모모는 자신의 정체성에 대한 결핍이 심했습니다. 엄마가 보고 싶고 그리웠지만 아무도 알려주지 않았기에 타인의 관심을 끌기 위해 상점에서 물건을 훔치기도 하고 세상이 너무 힘들 때에는 하나님 욕도 하며 로자 아줌마를 일부러 괴롭히기도 했습니다. 하지만 그런 모모에게 세상은 살 만한 곳이고 신앙으로 버텨야 한다고 이야기해 주던 등대 같은 하밀 할아버지를 통해 자신의 정체성을 찾고 그 모든 비행을 그만두고 로자 아줌마를 이해하게 됩니다.

로자 아줌마는 나이가 들면서 몸이 무거워지고 머리카락이 빠지고 치매가 심해지면서 건강이 악화됩니다. 가장 큰 문제는 뇌혈증이었는데 그녀는 자꾸 현실 세계를 혼동했습니다. 이제는 모모가 로자 아줌마를 돌봐주어야 하는 처지가 되었습니다. 간혹 정신이 돌아올 때마다 그녀는 병원에서 인위적으로 삶을 유지하며 식물인 간처럼 살고 싶지는 않다고 말하고, 모모는 그런 로자 아줌마의 부탁을 기억해 의사에게 안락사를 요청하지만 법적 처벌 대상이라는 이유로 거절당하게 됩니다. 천천히 죽어가는 로자 아주머니를 보고 이웃들은 그녀를 병원에 데려가야 한다고 말하지만 모모는 오히려 연명 치료와 같은 '생'에 대한 집착이 로자 아주머니를 파괴하고 더 고통스럽게 만드는 것이라 여기고, 생을 연장하기 위해 병원에 가야 한다는 카츠 선생님의 말을 거역합니다. 그런 후, 모모는 이웃들에게 아줌마가 이스라엘에 있는 친척집에 갈 거라고 거짓말을 하고, 그녀가 유태인 둥지라고 부르며 무서울 때마다 숨는다고 알려주었던 지하실의 비밀장소로 그녀를 데려갑니다. 그리고 그 곳에서 로자 아줌마는 자신이 선택한 대로 자연스럽게 죽음을 맞이합니다.

모모는 아줌마의 옆에 머무르면서 문드러지고 퍼렇게 변해가는 아줌마의 얼굴에 화장도 해주고 썩은 냄새를 감추기 위해 향수를 뿌리기도 합니다. 사람은 사랑하는 사람 없이는 살 수 없다는 하밀 할아버지의 말 때문인지 숨을 쉬지 않는 아줌마 곁을 떠나지 못하던 모모는 아줌마 옆에 누워서 3주를 지내게 되는데 썩은 냄새의 근원을 찾아온 이웃들에게 결국 발각되고 맙니다.

혼자가 된 모모는 전에 자신에게 호의를 베풀어 주었던 나딘과 함께 시골 별장에서 그녀의 가족들과 함께 지내며 하밀 할아버지가 알려주었던 '사람은 사랑할 사람 없이는 살 수 없다'라는 말을 떠올립니다. 그리고 "사랑해야 한다"는 모모의 말을 끝으로 이 이야기는 끝을 맺습니다.

이 소설의 작가인 로맹 가리는 1914년 러시아 모스크바에서 태어난 유태계로, 이후 남프랑스로 이주하여 프랑스인으로 살았습니다. 그는 《하늘의 뿌리》로 공쿠르 상을 받고 프랑스 문단에서 확고한 명성을 쌓았지만 외부의 기대와 선입견에서 벗어나기 위해 예순 살이 되던 해부터 에밀 아자르라는 가명으로 작품을 발표해 프랑스 문단에 큰 화제를 불러일으킵니다. 그 후 《자기 앞의 생》을 발표해 또다시 공쿠르 상을 받았고 에밀 아자르와 로맹 가리라는 문학적 정체성 사이에서 갈등하던 그는 자신이 에밀 아자르라는 내용을 밝히는 유서를 남기고 권총 자살로 생을 마감합니다. 소설 속 로자 아줌마가 병원의 연명치료를 거부하고 자신의 삶을 주체적으로 선택하며 안락사를 희망하는 모습은 작가의 실제 마지막과 비슷하게 느껴집니다.

모모는 소설 속에서 한 가지 소망을 말합니다. 나중에 소설을 쓰게 된다면 불쌍한 사람들에 대한 책을 쓸 것이라고. 이는 러시아에서 프랑스로 이주해 외롭게 성장했던 로맹 가리의 바람이 모모에게 투영된 것만 같습니다. 비록 소외된 계층으로 태어나 불행한 환경 속에서 자랐지만, 자신만의 가치관을 가지고 그 신념을 지켜나가는 모모의 모습을 통해 우리 역시 앞으로 살아가야 할 삶의 방향성과 본질에 대해 생각해 보게 됩니다. '자기 앞의 생'이란 곧 '주체적인 선택이 있는 삶'이며 로자 아줌마에게는 모모가 그런 삶을 살아가는 존재였고 모모에게는 로자 아줌마의 존재가 그러했습니다. 그들은 또한 서로를 사랑하며 살았습니다. 이 소설을 통해 '자기 앞의 생'이 진정으로 의미하는 게 무엇인지 곰곰이 생각해 보시길 바랍니다. 또한 모모가 하밀 할아버지에게 물어보았던 "사람은 사랑 없이 살 수 있나요?"라는 질문에 대한 자기만의 답도 한번 찾아보면 좋겠습니다.

도서 분야	외국고전	관련 과목	문학, 일반사회, 윤리와 사상	관련 학과	간호학과, 사회복지학과, 의학과

고전 필독서 심화 탐구하기

▶ **기본 개념 및 용어 살펴보기**

주요 기본 개념 및 용어	
개념 및 용어	**의미**
아르튀르	모하메드(모모)가 머리부터 발끝까지 옷을 입힌 우산인형으로, 로자 아줌마가 죽어갈 때 모하메드는 아르튀르를 품고 잠을 자며 평상시와 다름없이 행동한다. 모하메드의 슬픔을 달래주는 애착 인형이다.
게슈타포	당시의 비밀국가경찰을 의미하는 말로, 로자 아줌마는 자기를 병원으로 데려가려는 사람들을 게슈타포라고 부르며 비난했다.
지하실	로자 아줌마는 젊을 때 독일군 치하에 있었던 프랑스 경찰에게 잡혀 유대인 강제수용소인 아우슈비츠에 수감되었다가 풀려난다. 천신만고 끝에 살아 돌아온 그 당시의 충격과 공포가 그녀에게는 트라우마로 남아 있다. 그래서 로자 아줌마는 그 공포로부터 탈출하기 위해 지하실에 자신의 은신처를 마련해둔다. 그곳은 게슈타포로부터 자신을 보호할 수 있는 그녀만의 최후의 보루이다.

▶ **시대적 배경 및 사회적 배경 살펴보기**

2차 세계대전 이후의 1970년대 프랑스를 배경으로 한다. 당시 프랑스는 복지국가로 알려져 있었지만 소외 계층에게는 편협하고 불평등한 복지 시스템을 적용하고 있었다. 특히 소설의 주요 배경인 파리 외곽의 벨빌 지역은 노동자들의 거주지로, 이주민들과 소외 계층들이 밀집해 살고 있는 빈민가였다. 소설은 그들의 삶을 묘사하며 열악한 환경에서 살아가는 소외계층 즉, 레 미제라블에 대한 그 당시 사회의 시선이 어땠는지를 보여주고 있다.

또한 당시 프랑스는 68혁명의 영향으로 성, 동성애, 마약에 대한 금기들이 풀리게 되었지만 낙태의 경우에는 여전히 불법행위로 여겨졌고, 매춘부들에게는 양육권이 없었다. 심지어 그들의 아이들에 대한 국가적 보호 장치도 없었으며, 발견되는 순간 무조건 빈민구제소로 강제 이송됐기 때문에 로자 아줌마와 같은 사람들이 없는 경우라면, 아이의 보호소 이송을 막기 위해 매춘부들은 출산을 철저히 비밀로 해야 했다. 사회에서 소외되고 불쌍한 사람들을 보살펴 주는 것은 역시 그들처럼 소외된 사람들이었다는 것을 작가는 이 소설을 통해 보여주었고, 그것을 통해 프랑스 사회에 뿌리 깊게 박혀 있는 계층 간의 단절, 차별을 보여주고자 했다.

현재에 적용하기

소설 속 등장인물들은 사회적 약자이거나 소수자들이다. 이들에 대한 우리 사회의 이슈들을 살펴보고 그들이 복지의 사각지대에 놓여 있지 않고 함께 살아가기 위해서는 어떠한 관심과 배려가 필요한지, 어떤 사회적인 조치가 필요한지 생각해 보자.

생기부 진로 활동 및 과세특 활용하기

▶ 책의 내용을 진로 활동과 연관 지은 경우(희망 진로: 의예과)

생활과 윤리 시간에 생명의 존엄성에 대해 배우며 삶과 죽음에 대한 다양한 윤리적 문제를 인식하고 여러 윤리적 입장을 비교함. 특히 의료 윤리와 관련된 윤리적 사회 문제를 파악하기 위해 관련 기사를 검색하여 '김할머니' 사건을 확인하게 됨. 인간으로서의 존엄과 행복추구권에 기초하여 자기 결정권을 행사하는 것으로 인정되는 경우 연명치료 중단을 허용할 수 있다는 대법원 판결을 확인하고 연명의료결정법의 주요 내용을 확인 및 해석함. 그 과정에서 능동적 안락사와 수동적 안락사의 개념을 조사하고 윤리적 관점과 법적인 관점에서 연명치료가 무의미한 신체침해 행위라는 결론을 얻음. '자기 앞의 생(로맹 가리)'을 읽으며 로자 아줌마가 왜 그토록 안락사를 원했는지에 대해 소설의 주제와 연결하여 자신의 생각을 이야기하고, <프랑스 국민배우 알랭 들롱이 선택한 안락사, 국내서도 허용될 수 있나> 이 기사의 내용을 인용하면서 안락사 허용에 대한 자신의 생각을 밝힘. 안락사에 대한 인식 및 제도가 그 사회의 관습과 무관하지 않다는 내용을 국가별 사례를 들어 설명하고 그 한계 또한 제시하였으며 안락사가 합법화되었을 때 사회에 끼치는 영향이나 문제점을 윤리적 관점에서 해석하며 사회적 합의를 도출할 수 있는 방안을 제시함.

윤리와 사상 시간에 탐구 주제를 <안락사 윤리적 쟁점 분석>으로 정해 안락사를 허용하고 있는 국가의 경우를 소개하고 '죽음에 대한 자기 결정권 인정', '존엄사의 합법화' 등을 주장함. 안락사는 찬반 개념이 아닌 죽음 자체에 대한 성찰을 요구하는 하나의 관점임을 이해하고 죽음에 대한 철학적 이해와 인문학적 접근이 이루어져야 한다고 발표하면서 자신이 채택한 윤리적 관점을 좀 더 객관적으로 주장함.

▶ 책의 내용을 사회문화 교과와 연관 지은 경우

프랑스가 낙태할 자유를 헌법에 명시했다는 신문 기사를 보고, 프랑스에서 여성의 자기 결정권이 언제부터 인정되었는지 호기심이 생겨 프랑스 여성의 인권의 역사에 대해 조사함. 1968년 혁명으로 성, 동성애, 마약에 대한 금기가 풀렸고, 1975년에는 낙태 합법화가 이루어졌으나 그 전에는 낙태가 불법이었고, 매춘부들이 아이를 낳으면 친권을 박탈하는 등 사회적 불평등이 일어나고 있었다는 사실을 알게됨. 당시 프랑스 사회의 소외 계층에 대한 시선을 좀 더 자세히 알고 싶어서 그 시대적 배경을 담고 있는 '자기 앞의 생(로맹 가리)'을 선택해서 읽음. 소설의 공간적 배경이 되는 프랑스 파리의 20구 벨빌이라는 지역이 실제로 아랍인과 유대인, 아프리카인들이 어울려 사는 곳이었으며 당시 프랑스는 사회복지가 잘 되어 있는 나라였으나 소설 속 인물들의 삶을 통해 저소득 계층이 실제로는 사회보장 혜택을 충분히 받지 못했다는 것을 알게 됨. 또한 2005년 저소득층 이민자 가정이 몰려 사는 파리 교외 폭동 사건 기사를 통해 소설이 다루었던 파리의 사회문제가 여전히 해결되지 않고 지속되어 왔다는 것을 제시함.

모모가 사회적·종교적인 이유로 차별과 불평등을 경험하는 모습을 보면서, 파리 사회의 불평등한 사회보장과 이러한 불평등이 개인과 사회에 미치는 영향을 분석함. 이 과정에서 프랑스의 이민 현황 및 정책, 다문화 정책의 사례를 조사 및 분석하였으며 사회적 소수자에 대한 불평등 문제가 지구촌 곳곳에서 일어나고 있음을 인식하고 소외 계층에 대한 편견과 차별의 발생 원인을 다양한 관점에서 파악함. 또한 한국인의 소수자 포용에 대한 인식을 조사하고 소외계층의 삶의 질 향상을 위한 복지정책 방안을 모색하여 발표함. 이런 사회 불평등을 해결하기 위해서는 존중과 공존의 관점에서 모두를 동등한 구성원으로 인정하는 인식 전환이 필요하다는 것을 제시하면서 관련 캠페인이 많이 이루어져야 한다고 대안을 제시함.

▶ 모모는 하밀 할아버지에게 묻는다. "사람은 사랑 없이 살 수 있나요?" 이런 질문을 직접 듣는다면 나는 어떤 대답을 할 것 같은가?

▶ 로자 아줌마에게 지하실은 '마음의 안식처'로 나온다. 나에게도 로자 아줌마의 지하실 같은 곳이 있는가?

▶ 소설에서는 쉽게 죽는 것도 허용되지 않는 사회에 대한 이야기가 나온다. 모모는 삶이 로자 아줌마를 고통스럽게 만든다고 생각하지만 카츠 선생님은 어떤 상황에서도 삶은 지켜주어야 하는 것으로 여긴다. 연명 치료나 안락사에 대해 어떻게 생각하는지 자신의 의견을 말해보자.

▶ 이 책은 주인공 모모와 관계를 맺는 다양한 사람들을 보여준다. 이들의 관계가 소설의 주제와 어떤 관련이 있다고 생각하는가?

▶ "완전히 희거나 검은 것은 없단다. 흰색은 흔히 그 안에 검은색을 숨기고 있고, 검은색은 흰색을 포함하고 있는 거지"라는 하밀 할아버지의 말은 무엇을 의미한다고 생각하는가?

빅토르 위고, 《레 미제라블》 민음사, 2012.

조조 모예스, 《미 비포 유》 다산책방, 2024.

피터 싱어 외, 《생명의료윤리》 동녘, 2023.

레프 톨스토이, 《이반 일리치의 죽음》 민음사, 2023.

빅터 프랭클, 《빅터 프랭클의 죽음의 수용소에서》 청아출판사, 2020.

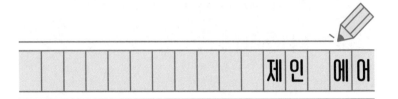

제 인 에 어

샬롯 브론테 ▶ 민음사

　샬롯 브론테는 '커러 벨'이라는 남성적인 필명으로 《제인 에어》
를 발표했습니다. 빅토리아 시대의 엄격한 윤리관이 팽배했던 시대
였기에, 여성이 썼다는 이유만으로 소설에 쏟아질 편견과 비난을
피하기 위해서였습니다. 이 작품은 출간되자마자 금세 2쇄를 찍는
성공을 거두게 되지만 작가가 여성이라는 사실이 알려지게 되면서
영국 문학계는 충격에 빠집니다. 결국 이 작품은 로맨스 소설로는
인기를 얻었으나 지적이고 독립성이 강한 여성 캐릭터가 학업에 정
진하고 직업을 가져 결혼을 쟁취한다는, 그 시대에 부합하지 않는
진취적인 여성상이 담겨 있다는 이유로 사회에 큰 파장을 불러 일
으켰고 남성 비평가들은 이 책을 금서로 지정할 정도였습니다. 여

성 주인공의 자의식이 너무 강하다는 이유로 당시에는 사회질서를 무너뜨리려는 정치적 의도가 숨어 있는 소설이라고 의심받았지만, 오늘날에는 선구적인 페미니즘 작품이라는 평가를 받고 있기도 합니다.

소설의 주인공 제인은, 열 살 때 고아가 되어 외삼촌 리드의 집에 맡겨지지만 그도 병으로 죽고 맙니다. 죽기 전 외삼촌의 유언대로 외숙모가 제인을 키우게 되지만 외숙모와 사촌인 존, 일라이자, 조지아나는 그녀를 탐탁지 않게 여깁니다. 하루는 집에 있는 책을 읽었다는 이유로 사촌 존이 던진 책에 머리를 맞기도 하고, 존에게 대들었다는 이유로 붉은 방에 감금되기도 합니다. 종종 억울하게 혼나곤 했지만 제인은 매번 꼿꼿하게 맞섰고, 자기주장이 강하고 고분고분하지 않은 제인은 결국 로우드의 가난한 고아들이 모인 기숙사가 딸린 자선학교로 보내지게 됩니다.

그곳은 19세기 영국 사회의 여성 교육 시스템을 따르는, 억압적이고 권위적이며 종교적인 곳이었습니다. 옷이 얇아 동상에 걸릴 뻔하기도 하고 상급생들이 음식을 빼앗는 바람에 영양실조에 걸리기도 했지만, 그녀는 자신을 이해해 주는 템플 선생님과 헬렌이라는 좋은 친구가 있었기에 풍족했던 게이츠헤드 저택보다 가난한 로우드 학교를 더 좋아하게 됩니다. 그러던 어느 날, 제인에게 인내와 부드러운 성품을 가르쳐주었던, 책을 좋아하던 헬렌이 결핵으로 세상을 떠나게 됩니다. 이후 많은 학생들이 장티푸스로 자꾸 세상을 떠나게 되자 사회의 관심은 로우드 학교에 쏠렸고, 그 결과 학교의 환경은 이전보다 좋아지게 됩니다.

제인 에어는 그곳에서 6년 동안 학생으로 지냈고 마지막 2년 동안은 선생님으로서 머뭅니다. 그러다가 템플 선생님이 결혼을 하면서 교장 일을 그만두자 더 이상 학교에 남을 필요가 없다고 여긴 그녀는 신문에 가정교사 일자리를 찾는다는 광고를 내고 손필드 저택의 가정교사로 채용되게 됩니다. 제인은 손필드 저택으로 거처를 옮기고 아침 수업을 끝낸 후 저택을 돌아보다가 건물에 울려 퍼지는 섬뜩한 웃음소리를 듣게 되는데, 페어팩스 부인이 하녀 그레이스의 목소리일 거라고 알려줍니다.

어느 날, 제인은 마을로 가는 길에 다리를 다친 남자를 도와주게 되는데 그 남자가 바로 손필드 저택의 주인인 로체스터였습니다. 스무 살의 나이 차이에도 불구하고 제인은 그와 대화할 때 자신의 솔직한 모습을 내보이고, 로체스터 또한 제인에게 오롯이 자신의 모습을 보여줍니다. 사실 제인이 가르치고 있던 아델은 로체스터가 사랑했던 프랑스 무용수 셀린 바렌의 딸이었고, 로체스터는 아델이 자신의 딸인지 알 수 없었지만 그녀를 키우고 있었던 것입니다. 그는 가끔 우울한 얼굴을 하고 있어서, 제인은 그의 슬픔을 덜어주고 싶다는 생각을 하게 됩니다. 제인은 시간이 지날수록 점점 그에게 끌리게 되지만 자신의 처지를 알기에 멀리서만 짝사랑을 합니다.

어느 날 새벽, 기분 나쁜 웃음소리에 잠에서 깬 제인은 로체스터의 방 안에서 연기가 나오는 것을 발견합니다. 로체스터를 깨웠지만 그는 일어나지 않았고 제인은 물을 부어 화재를 막습니다. 로체스터는 그레이스의 짓인 것 같다며 아무에게도 말하지 말라고 당부합니다.

시간이 흘러 게이츠헤드 저택에서 소식 하나가 전해집니다. 사촌인 존 리드는 벌써 세상을 떠났고 병을 앓고 있는 외숙모의 상태가 위독하다는 소식이었습니다. 제인 에어는 휴가를 얻어 게이츠헤드로 갔지만 예전 부유했던 리드 가문의 모습은 찾아볼 수 없었습니다. 외숙모는 죽기 전 제인에게 자신이 왜 그렇게 그녀를 싫어했는지 솔직하게 털어놓고, 몇 년 전 제인 에어의 숙부였던 존 에어가 그녀를 양녀로 삼기 위해 찾고 있었는데 제인이 부유한 집의 양녀가 되는 게 싫었던 나머지 그녀가 죽었다는 거짓말을 했다며, 존 에어에게서 받은 편지를 건네줍니다. 그리고 그날 밤 외숙모는 영원히 눈을 감습니다.

제인은 다시 손필드로 돌아가 로체스터에게 사랑한다고 말하고 로체스터는 그녀에게 청혼합니다. 그러나 어느날 밤, 누군가가 제인의 방에 들어와 결혼식 때 쓰려고 사 둔 베일을 갈기갈기 찢어놓는 사건이 발생합니다. 하지만 로체스터는 방문을 꼭 잠그라는 말만 할 뿐이었습니다. 그리고 결국 결혼식 당일 충격적인 사건이 발생합니다. 결혼식 도중 누군가가 로체스터 씨에게 이미 아내가 있으며 이 결혼은 이중 결혼이라고 폭로한 것입니다. 사실 로체스터는 15년 전 버사 메이슨이라는 여자와 결혼했고, 그 여자는 현재 미쳐버린 상태로 손필드 저택에 감금되어 있었던 것입니다. 그레이스가 했다고 생각했던 모든 사건들은 사실 버사가 벌인 짓이었고 그 비밀을 알게 된 제인은 손필드 저택을 떠나게 됩니다.

아무것도 없이 손필드에서 떠난 그녀는 길거리에서 잠을 자고 빵을 구걸해 먹으며 추위와 굶주림에 시달립니다. 결국 어느 집에 도착해 하룻밤 재워주기를 부탁하는데, 그곳은 그 마을 교회의 목사였던 세인트 존의 집이었습니다. 세인트 존은 그 집에서 그의 여동생들과 함께 지내고 있었는데, 제인은 그의 여동생들인 메리와 다이애나와 서로 지식과 예술을 공유하고 탐구하면서 마음의 안정을 얻게 됩니다. 그녀는 세인트 존에게 일자리를 부탁하고 모턴에 있는 작은 학교에서 가난한 아이들을 가르치며 자신의 이름조차 숨긴 채 지냅니다. 그러던 어느 날 존에게 편지 한 통이 도착하는데 거기에는 그들의 외숙부였던 존 에어가 죽었으며, 그의 재산인 2만 파운드를 제인 에어라는 친조카에게 남겼다는 내용이 담겨 있었습니다. 알고 보니, 세인트 존은 제인 에어와 이종사촌 지간이었던 것입니다. 결국 제인 에어는 그곳에서 자신의 이름을 밝히고, 자신이 받게 될 유산을 존과 메리, 다이애나와 똑같이 나눕니다.

세인트 존은 자신의 선교 활동을 도와달라며 제인에게 청혼을 합니다. 그녀를 사랑하지는 않았지만 제인의 강인한 태도와 독립심, 인내심 가득한 모습을 보고 선교지에서 함께 일할 일꾼으로서 잘 맞을 것이라 생각했던 것입니다. 하지만 그녀는 로체스터를 사랑하고 있었기 때문에 그의 청혼을 거절합니다.

그녀는 이종사촌들과 함께 지내던 무어 하우스를 떠나 로체스터를 만나기 위해 손필드로 향합니다. 그러나 손필드는 폐허가 되어 있었습니다. 광기에 젖어 있던 버사가 기어코 저택에 불을 질렀고, 그 사고로 버사는 죽고 로체스터는 장님이 되었으며 한쪽 팔도 잃었다는 사실을 알게 됩니다. 그러나 로체스터를 만난 후 자신이 여전히 그를 사랑한다는 것을 깨달은 제인은 결국 로체스터와 결혼한 후 아들을 낳고 행복하게 살아갑니다.

1847년에 출간된 이 소설이 지금까지도 독자들의 공감을 사는 이유는 무엇일까요? 그 당시 여성들은 시대적 배경 때문에 대체로 수동적이었고, 상류층을 향한 갈망과 신분 상승에 대한 욕구가 강했습니다. 그러나 소설 속 제인 에어는 주체적으로 스스로가 만족할 만한 선택을 하고, 그 선택에 대한 책임을 다하며 헌신하는 모습을 보여줍니다. 이러한 주체적인 모습이 오늘날에도 여전히 인상적이기 때문은 아닐까요? 소설을 통해 당당하고 주체적이고 독립적인 제인 에어를 만나보고 그녀가 현대의 우리들에게 전하고 있는 메시지를 꼭 곱씹어 보기를 바랍니다.

도서 분야	외국고전	관련 과목	영미문학읽기, 영어독해와 작문, 문학	관련 학과	영어영문학과, 문예창작학과, 국어국문학과

고전 필독서 심화 탐구하기

▶ **기본 개념 및 용어 살펴보기**

주요 기본 개념 및 용어	
개념 및 용어	**의미**
고딕소설	중세 분위기를 배경으로, 공포와 신비감을 불러일으키는 유럽 낭만주의 소설 양식 중 하나이다. 중세의 건축물이 자아내는 폐허 같은 분위기를 바탕으로 소설적 상상력을 펼쳤기 때문에 고딕이라는 명칭이 붙었으며, 잔인하고 기괴한 이야기를 이끌어내기 위해 비밀 통로나 지하 감옥 같은 장치가 이야기 속에서 자주 등장한다. 　영국 특유의 쓸쓸하고 황폐한 지방색이 느껴지는 묘사, 제인 에어가 어릴 적 외숙모에게 벌을 받을 때마다 갇혀 있었던 붉은 방에 대한 묘사, 기숙학교의 처참한 대우에 대한 묘사, 대저택에 홀로 갇힌 미친 여자가 있다는 설정과 그에 따른 여러 비이성적인 사건 묘사들 때문에 《제인 에어》를 고딕소설로 분류하기도 한다.
붉은 방	게이츠헤드의 붉은 방은 그 저택에서 가장 넓고 훌륭한 방이지만 리드가 죽기 전까지 머물렀던 방이며, 그가 임종을 맞은 뒤로는 폐쇄되었던 방으로, 제인의 자유를 억압하는 상징물이자 성장, 행복, 자유를 가지기 위해 극복해야 할 장애물을 상징하기도 한다. 그녀는 어려움을 겪을 때마다 붉은 방을 떠올리며 주체성과 독립심을 다짐한다. 또한 손필드 저택에서의 붉은 방은 버사를 감금해 놓았던 방이었으며 남성에게 저항하는 여성을 가둬 길들이는 공간을 상징하기도 한다.

▶ 시대적 배경 및 사회적 배경 살펴보기

19세기 영국 사회는 그 어느 때보다도 여성에 대한 억압과 이상화가 최고조에 이르렀던 시대였다. 여성은 한 인간으로서 평등한 대우를 받지 못했다. 미혼의 여성들은 남성들과 대화를 나눌 수 없었고, 지극히 한정적인 교류로 인해 세상을 읽을 수 있는 기회가 적었다. 그러다 보니 경제적으로나 법적으로, 성적으로도 남성에게 의존적이고 복종해야만 하는 처지가 되었고, 사회가 여성을 정신적 존재와 육체적 존재로 나누며 철저하게 정신적 존재가 되기만을 강요했기 때문에 여성은 천사나 마리아처럼 순결하고도 도덕적인 존재로 보여야만 했다. 샬롯 브론테는 이런 당시의 이데올로기에 반감을 품고 제인이라는 독립적이고 능동적인 여성을 소설 속 주인공으로 등장시켜 여성의 삶을 억압하고 여성성을 왜곡시키는 사회에 대해 비판했다. 여성에게 허락된 직업이 많지 않았고, 나이가 차면 결혼과 출산, 육아라는 선택지 밖에 없었던 환경 속에서도 제인은 자신이 선택할 수 있는 모든 길을 개척해 만들어 나가는 모습을 보여준다.

현재에 적용하기

억압된 여성상에서 벗어나 주체적이고 능동적으로 자신의 삶을 개척해 나가는 제인에어의 삶을 통해 현대 여성의 권리와 평등, 주체적이고 독립적인 삶에 대해 고민해본다.

생기부 진로 활동 및 과세특 활용하기

▶ 책의 내용을 진로 활동과 연관 지은 경우(희망 진로: 문예창작학과)

'제인 에어(샬롯 브론테)'를 읽고 각 인물들의 관계를 마인드맵으로 그려 구조적으로 정리해서 이 소설이 오랜 시간 동안 많은 사람들에게 읽혔던 요소에 대해 분석함. 갈등 장면과 그때마다 제인 에어가 단단한 내면을 보여주었던 것, 사회적 관습을 깨뜨리고 결단을 내리는 장면, 자기 자신을 찾아가는 주체적인 모습 등을 그래픽 오거나이즈를 활용하여 보여주며 주인공의 세밀한 심리묘사를 그대로 발췌하여 소개함. 또한 소설의 배경인 빅토리아 시대에 대해 조사해서 주체적인 선택과 결정으로 장애물을 뛰어넘고 사랑을 찾아가는 스토리가 극의 완성도를 높였다고 분석하였고, 또한 당시 여성 작가의 작품에 미친 여자 캐릭터들이 많이 등장했는데 그 캐릭터가 작가들의 분신 같은 역할을 했다고 해석함. 이를 통해 글을 쓸 때 등장인물을 입체적으로 그려내는 것만큼 중요한 것이 시대적, 사회적 배경에 대한 깊은 이해라는 것을 깨달음. '영국 조류사', '로마의 역사', '모어랜드 백작 헨리', '걸리버 여행기' 등 작품 속에서 제인 에어가 읽었던 책 리스트를 정리하고, 소설 속 주인공의 심리변화나 상황, 주제를 전달하기 위해 작가로서 다양한 독서를 해야 할 필요성이 있다고 발표함.

제인 에어의 관점이 아닌, '버사 메이슨'의 관점으로 쓰여진 또 다른 소설이 있다는 것을 알게 된 후, 이렇게 다양한 관점이 소설의 극적인 재미뿐 아니라 원작의 주제를 좀 더 입체적으로 구현할 수 있다고 생각해서, 로체스터로 대변되는 가부장적인 남성 캐릭터에 분노를 표출하는 1인칭 관찰자 시점의 '버사 메이슨'의 스토리를 구상하여 단편 소설을 작성함.

▶ 책의 내용을 영미문학읽기 교과와 연관 지은 경우

평소 영미 소설 읽기를 좋아했고, 특히 제인 오스틴, 에밀리 브론테 등 여성 작가들의 소설에 관심이 많았던 중에 영화 <제인 에어>를 보고 원서에서는 주체적인 여성상을 어떻게 묘사하였는지 궁금해져 '제인 에어(샬롯 브론테)'를 읽음. 게이츠헤드(자아인식), 로우드 학교(사회적 관습 내면화), 손필드(여성으로서의 정체성 확립), 무어하우스(경제적 독립), 펀딘(평등한 결혼) 등으로 주인공의 성장 단계를 장소와 결합시켜 분석하였으며, '붉은 방'을 억압과 위협의 공간이자 제인 에어의 성장의 동력이었다고 해석함. 또한 거울 속에 몇 번이나 등장했던 '버사 메이슨'을 제인 에어 안에 남아 있는 저항적인 모습으로 해석하는 등 자신만의 독창적인 견해를 가지고 소설을 다각도로 이해하며 주제를 파악하고자 노력함. 또한 '버사 메이슨'이 차별과 억압을 받았던 그 시대 여자들을 상징한다고 생각해 당시의 시대적인 배경을 조사하던 중, 등장인물 버사에게서 영감을 받아 쓴 '광막한 사르가소 바다(진 리스)'라는 다른 소설이 있다는 것을 알게 됨. 그 책을 읽은 후, 로체스터가 버사의 모습을 묘사할 때 제국주의적이고 남성 중심적인 시각을 그대로 반영하고 있다는 것을 비판하며, 시대적 배경과 여러 가지 관점에서 소설을 깊이 있게 이해하는 태도를 보여줌.

후속 활동으로 나아가기

▸ 제인 에어의 주체적이고 독립적인 성격 형성에 가장 큰 영향을 준 것은 무엇이었을까?

▸ 붉은 방이 상징하는 것은 무엇일까? 붉은 방은 제인에게 어떤 영향을 끼쳤을까?

▸ 소설 곳곳에서 제인 에어의 외모에 대한 묘사를 찾아볼 수 있다. 그녀의 외모가 그녀의 삶에 끼친 영향이 어떠했을지 당시의 사회적 배경과 연관 지어 생각해 보자.

함께 읽으면 좋은 책

에밀리 브론테, 《**폭풍의 언덕**》 민음사, 2005.

버지니아 울프, 《**자기만의 방**》 민음사, 2006.

보니 가머스, 《**레슨 인 케미스트리**》 다산책방, 2023.

스물두 번째 책

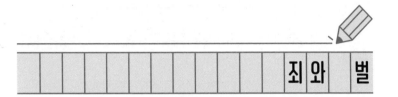

죄 와 벌

표도르 도스토예프스키 ▸ 민음사

1821년 모스크바에서 태어난 도스토예프스키는 아버지가 귀족 출신의 군의관이었지만 어린 시절 가난에 시달렸고, 간질병을 앓았으며 가정 안팎으로 폭군처럼 군림했던 아버지는 결국 의문의 살해를 당하고 맙니다. 급진주의적 성향의 서구주의자에 가까웠던 그는 사회주의 단체 사람들과 어울리다가 사회주의에 대한 관심을 빌미로 잡혀 시베리아에서 유형 생활을 하게 됩니다. 니체는 그를 향해 '내가 무엇인가를 배울 수 있는 유일한 심리학자'라고 평했는데, 도스토예프스키는 뛰어난 철학적 지식과 사회적 감각을 바탕으로 인간 본성과 도덕적 문제를 탐구하는 작품들을 많이 발표했으며, 이 가운데에서도《죄와 벌》은 그가 경험한 사형선고, 유형 생활, 가난,

244

도박 등 자전적 특징이 많이 담겨 있는 작품이기도 합니다.

　1860년대 여름, 러시아의 수도 페테부르크에서 법학을 공부하던 주인공 라스콜니코프는, 어려운 형편 때문에 몇 달 동안 관같이 비좁은 방에만 틀어박혀 있습니다. 그는 서구적인 합리주의자이자 무신론자였는데, 빈곤에 허덕이고 고독에 짓눌린 채로 사색을 계속하다가 결국 일부 비범한 사람들은 미래의 선을 위해 약간의 악이나 타인의 작은 희생을 수단으로 사용할 수 있다고 믿는 초인사상에 매료됩니다. 그러던 어느 날, 그는 자신이 그러한 비범한 인물인지를 확인하기 위해 전당포를 운영하는 노파 알료나 이바노브나를 죽일 계획을 세웁니다. 그리고 계획을 언제 실행할지 고민하던 중 우연히 알콜 중독자였던 퇴역 관리 마르멜라도프를 만나게 됩니다. 마르멜라도프는 그에게 자신의 가족 이야기를 하면서 가족들을 부양하기 위해 성매매를 하게 된 자신의 맏딸 소냐의 비극적인 이야기를 들려주는데, 이 만남은 그의 인생에 큰 영향을 미치게 됩니다.
　그리고 어느 날, 고향에서 한 통의 편지가 날아옵니다. 그 편지에는 가정교사로 일하고 있던 그의 여동생 두냐에 대한 소식이 담겨 있었는데, 집 주인인 스비드리가일로프가 두냐에게 부적절한 관심을 보였고 그것을 눈치 챈 그의 부인이 두냐를 해고시켰으며, 그 후 두냐는 변호사업에 종사하는 부유한 루쥔을 만나 결혼을 준비 중이라는 내용이었습니다. 그는 두냐가 자신의 학비를 마련하기 위해 마음에도 없는 사람과 결혼을 결심했다는 것과 그것을 당연하게 여기는 어머니에게 분노했지만 정작 자신에게는 가족을 부양할 능력이 없다는 사실에 괴로워하며 거리를 방황합니다. 이때 라스콜니코프는 우연히 전당포 노파 알료나 이바노브나의 동거인이자 여동생인 리자베타를 보게 되고, 그녀가 저녁에 집을 비운다는 사실을 알게 됩니다.

사실 전당포 주인인 알료나 이바노브나는 탐욕스러운 사람이었습니다. 재산이 많음에도 불구하고 이복여동생인 리자베타를 무자비하게 착취하고 있었고, 자신이 죽으면 그 많은 재산을 수도원에 기부한다고 말하곤 했습니다. 그렇기에 그녀를 죽이고 그 돈으로 많은 사람을 살리는 것이 옳다고 생각한 라스콜니코프는 리자베타가 없는 사이 도끼로 전당포 노파를 내리쳐 살해합니다. 하지만 이 장면을 노파의 여동생인 리자베타가 목격하게 되고, 그는 완전범죄를 위해 리자베타마저 살해하게 됩니다. 그러고는 허겁지겁 보이는 대로 금품을 챙겨 재빨리 노파의 집을 빠져나옵니다.

그는 쓸모없고 더럽고 해롭기만 한 이를 죽였을 뿐이라고 스스로에게 되뇌지만 죄 없는 리자베타를 죽였다는 사실이 그의 양심을 옥죄고, 잡힐지도 모른다는 생각에 불안감과 두려움에 시달립니다. 그는 자신이 저지른 범죄 현장에 다시 찾아가기도 하고 판사 포르피리가 자신을 의심하고 있는지 떠보기도 하는데 예리했던 포르피리는 그의 논문에서 그의 사상을 읽고 그를 살인범으로 확신하게 됩니다.

경찰의 의심을 받는 와중에도 그는 선을 행하며 살다가, 누군가를 죽여 나폴레옹처럼 되고자 했던 자신과 달리, 자신을 죽여 (희생하며) 가족의 생계를 유지하는 매춘부 소냐를 보며 자신이 잘못되었다는 것을 깨닫고 그녀에게 범죄 사실을 고백합니다. 소냐는 그가 자신의 죄를 인정하고 책임지고 구원받을 수 있도록 자수를 독려합니다. 결국 라스콜니코프는 자수를 하고 스스로 죄를 고백했다는 점과 그동안 해왔던 선행이 참작 대상이 되어 8년의 시베리아 유형이라는 매우 관대한 형량을 선고 받습니다.

소냐는 라스콜니코프를 따라 시베리아로 가서 한결같은 사랑으로 그를 대합니다. 하지만 그는 자신이 비범한 인물이 되지 못했다는 자책감에 사로잡혀 진정으로 죄를 뉘우치지 못하고, 소냐의 호의를 냉대하기까지 합니다. 하지만 결국 소냐의 끊임없는 사랑과 헌신을 받으며 깊은 내적 변화를 이루게 되고, 자신의 죄를 진심으로 뉘우치며 새로운 인생을 시작할 가능성을 열어갑니다.

라스콜니코프는 '법을 위반한, 선을 넘은 사람'입니다. 모든 사회의 악을 전당포 노파에게 투영해 그녀를 살해하였고, 그 행동을 가난한 사람들의 피를 빨아먹는 존재를 없앤 정당한 행위라고 생각합니다. 그는 가족을 보호하거나 돈이 필요해서가 아닌, 단지 자신의 신념을 위해 살인을 저지르고 고통 받습니다. 소냐 역시 '도덕 윤리를 위반한, 선을 넘은 사람'입니다. 자신의 등골을 뽑아먹는 가족들의 안위를 걱정하며 그들을 부양하기 위해 환락의 거리로 나가 몸을 판 것이지만, 매춘은 그 시대의 도덕적 기준에서 벗어난 행위였으며, 이러한 행동은 결국 자신을 죽이고 파멸로 몰고 가는 선택이었습니다. 바로 이것이 두 주인공이 저지른 '죄'입니다. 그렇다면 그들이 받은 '벌'은 무엇일까요? 살인자와 매춘부, 사회의 가장 밑바닥에 있었던 그들의 만남과 그들이 겪는 고통 및 심리변화에 집중해서 작품 속 이야기를 따라가다 보면, 도스토예프스키가 말하고자 했던 '벌'의 의미를 알게 될 것입니다.

도서 분야	외국고전	관련 과목	문학, 독서	관련 학과	철학과, 러시아어문학과, 심리학과, 법학과

고전 필독서 심화 탐구하기

▶ **기본 개념 및 용어 살펴보기**

주요 기본 개념 및 용어	
개념 및 용어	**의미**
초인사상	이 소설이 출간됐을 당시 러시아에서는 허무주의적인 '초인사상'이 유행하고 있었다. '초인사상'은 인간의 불완전성을 뛰어넘는 강자가 존재하며 그 강자가 많은 사람들을 다스릴 수 있다고 믿는 사상이다. 《죄와 벌》에서는 라스콜니코프가 포르피리와 처음 대면하는 장면에서 범죄에 관한 라스콜니코프의 논문 이야기가 나온다. 그에 따르면 세상에는 범인과 비범인이 있으며, 두 부류의 사람들에게는 서로 다른 권리가 부여되고, 각자의 역할이 다르기 때문에 범인에게는 가능하지 않은 일이 비범인에게는 허용되기도 한다는 것이다. 예를 들어 세계사 속에서 나폴레옹은 전쟁을 일으키고 많은 사람을 죽였지만 영웅이라 칭해진다. 라스콜니코프는 사람을 죽이는 것은 법에 어긋나지만 비범인이라면 본인의 사상을 실현하고 본인의 대의를 실천하기 위해 사람을 죽여도 된다고 믿었다.
공리주의	최대 다수의 최대 행복을 가리키는 말로, 어떤 행위를 할 때마다 그것이 가져오는 효용을 측정할 수 있고, 이 효용의 합이 클수록 행복하다고 믿는 사상이다. 그렇기 때문에 어떤 행위가 옳은지 그른지를 판단할 때는 그것이 최대 다수의 이익에 부합하고 있는가를 기준으로 삼는다. 예를 들어, 공리주의 사상에서는 1명을 희생해서 10명을 먹여 살릴 수 있다면 1명을 희생하는 게 옳은 행위라고 정의한다.

▶ 시대적 배경 및 사회적 배경 살펴보기

1860년대 중반의 러시아는 사회적 변화와 혼란이 뒤섞여 있던 시기였다. 구질서가 무너지고 자본주의가 들어서면서 전통적인 가치 및 도덕적인 규범과 충돌하였고, 농노해방과 함께 가난한 농노가 불어나면서 빈부격차 문제는 더 심각해졌다. 수많은 농민들이 도시로 몰려들면서 도시 인구가 급격하게 팽창하였으며 그로 인해 빈부격차, 실업과 주거 문제, 위생 문제, 범죄 등 다양한 사회 문제들이 터지기 시작했고, 노동 계급 간의 갈등이 심화됨에 따라 사회적 불평등도 더욱 심각해졌다. 이로 인해 도시에는 알콜 중독자, 매춘부, 가난한 소시민들, 고리대금업자들이 가득했다.

　또한 이 소설은 그 당시의 실제 사건들을 참고했다고 한다. 1865년 1월 모스크바에서 게라심 치스토프라는 27세의 젊은이가 두 명의 여성을 도끼로 살해하고 돈과 귀중품을 훔친 사건과 1866년 1월 다닐로프라는 대학생이 고리대금업자를 죽이면서 때마침 현장에 나타난 하녀도 함께 살해한 사건이었다. 이 참혹한 사건들을 통해 당시의 어지러웠던 사회상을 그대로 엿볼 수 있다.

현재에 적용하기

라스콜니코프는 한 달 동안 방 안에서 홀로 생각을 거듭하다 잘못된 신념을 갖게 되고 결국 노파를 살해하기에 이른다. 이것을 통해 급변하는 사회에서 소외된 인간이 어떤 사상에 잠식될 수 있는지, 그것이 불러올 위험은 무엇인지에 대해 고민해 볼 수 있다. 또한 작가가 묘사한 주인공의 심리변화를 통해 누구나 라스콜니코프가 될 수 있음을 인식하고, 자신의 내면을 들여다보며 도덕적 가치에 대해 생각해 볼 수 있는 기회를 얻을 수 있다.

생기부 진로 활동 및 과세특 활용하기

▶ 책의 내용을 진로 활동과 연관 지은 경우 (희망 진로: 수의학과)

세계사 시간에 19세기 철학과 사상에 대해 배우던 중, 영국의 자유주의 개혁 사상의 기반이 되기도 한 사상이 벤담의 공리주의였다는 것을 알게 됨. '최대 다수의 최대 행복'이 사회에 어떤 영향을 끼쳤는지에 대해 호기심이 일어 '공리주의'에 대해 관심을 갖게 됨. '죄와 벌(도스토예프스키)'을 읽고 주인공 라스콜니코프가 자신의 범죄를 정당화하기 위해 사용한 관점이 벤담의 공리주의 사상이라는 것을 깨달음. 동시에 도덕적 의무를 우선시하는 칸트의 범주적 명령과 대비되는, 벤담의 공리주의를 윤리적 관점에서 탐구하며, 이를 동물실험의 윤리적 문제와 연결 지어 고민함. 세계적으로 동물실험은 윤리적인 문제 때문에 감소하고 있는 추세이지만 국내에서는 오히려 증가하고 있으며 특히 고통의 등급이 가장 높은 E등급의 실험이 증가하고 있다는 통계자료를 제시하며 다수를 위한 소수의 희생과 고통이 당연한 것인가에 대한 물음을 제기함. 이 내용을 바탕으로 <동물실험은 지속되어야 하는가?>라는 논제를 제시하며, 각 동물 개체가 삶의 주체로서 갖는 가치가 있다는 것을 주장하는 '동물 해방'을 연계 도서로 읽고 세계적으로 자행되고 있는 동물실험의 실태와 종 차별주의에 대한 자신의 입장을 정리하는 입론서를 작성함. 또한 동물실험이 정당화될 수 있는 경우는 어디까지인지, 인간의 생명권 보호를 위해 자행되는 동물실험에 윤리적 문제는 없는지, 인간과 동물의 복리가 충돌할 때 어떤 입장이 되어야 하는지에 대해 자신의 의견을 제시하고 동물 또한 윤리적 고려의 대상이 되어야 하기에 피터 싱어의 동물 해방론과 톰 리건의 동물 권리론의 입장을 심도 있게 고찰하며 자신의 입장을 선택하여 토론을 이끌어 나감.

▸ 책의 내용을 윤리와 사상 교과와 연관 지은 경우

윤리와 사상 시간에 <서양의 사상이 고전 속에 드러난 작품을 골라 소개하기>라는 주제로 진행한 조별 프로젝트에서 평소에 관심을 가졌던 '공리주의'의 한계라는 주제를 조원들에게 피력해 '죄와 벌(도스토예프스키)'을 프로젝트 고전으로 정함. 공리주의에 대한 개념을 정확히 하기 위해 칸트의 의무론과 벤담의 공리주의를 표로 작성하여 각각의 특징을 비교하고 각각의 윤리 사상이 갖는 장단점을 파악함. 또한 '죄와 벌'을 읽고 라스콜니코프가 초인사상과 공리주의에 심취해 살인을 하게 된 것을 분석하고 이를 뒷받침하기 위해 해당 부분을 발췌해 행복의 총합을 산출해 내고 가치를 수치화하는 공리주 사상의 위험성과 한계에 대해 비판함. 이 과정에서 도스토예프스키가 표현하고자 했던 주인공의 심리변화 과정을 세 단계로 나누어 분석하여 작품이 전하고자 하는 주제를 아직 책을 읽지 않은 학생들에게도 쉽게 전달함. 또한 정보통신 기술의 발전으로 다양한 정보를 얻는 동시에 개인정보 유출이나 사이버 범죄 등에 노출되는 현대 사회에 대해, 벤담이 제안한 개념인 '판옵티콘' 현상의 문제점을 예로 들면서 '최대 다수의 최대 행복을 위해 개인정보 침해는 감수해야 하는가?'라는 질문과 함께 공리주의의 문제점을 제대로 인식할 수 있도록 함. 또한 '정의란 무엇인가'에 나오는 정의의 사례(지하실 방에 갇힌 아이)를 발췌하여 벤담의 공리주의에 입각해 모두의 행복을 위해서라면 한 명의 아이는 불행해도 괜찮은지 반문하며 개인의 권리를 존중하지 않는 사상의 문제점을 다시 한 번 부각시킴. 그리고 결국 이 시대의 정의에 대한 화두는 평등이라고 정리함.

후속 활동으로 나아가기

▸ 소설의 배경이 되었던 그 당시 러시아는, 공리주의 사상이 유행하고 있었다. 그 사상에 따르면, 어리석고 의미 없고 하찮고 쓸모없고 병들고 못된 노파는 죽어도 괜찮은 사람일까? 사악한 인간을 죽이고 여러 명의 선한 이들을 돕는 게 합리적인 판단이라는 라스콜니코프의 생각에 동의하는가?

▸ 라스콜니코프는 "그럼 지금은 대체 왜 가고 있는 걸까? 과연 내가 그것을 해낼 수 있을까? 과연 진지하게 그것을 하려는 걸까? 진지는 무슨 진지. 그냥 나 자신을 위로하기 위한 환상에 불과하다. 장난감이랄까. 그래, 딱 장난감 정도 되겠군"이라고 혼잣말을 하며 실제 노파를 죽이기 전에 동태를 파악하려고 전당포를 방문한다. 라스콜니코프의 이런 심리와 행동에 대해 어떻게 생각하는가?

▸ 라스콜니코프의 살인에 대해 알게 된 스비드리가일로프는 그의 죄를 폭로하는 대신, 오히려 갑자기 주변 사람들에게 금전적인 도움을 주고 결국 권총 자살로 자신의 삶을 마무리하는데 그가 갑자기 자살을 선택한 이유는 무엇이었을까?

함께 읽으면 좋은 책

피터 싱어, 《동물 해방》 연암서가, 2012.

다자이 오사무, 《인간 실격》 민음사, 2004.

윌리엄 셰익스피어, 《햄릿》 민음사, 2001.

빅토르 위고, 《레 미제라블》 민음사, 2012.

오종우, 《무엇이 인간인가》 어크로스, 2016.

이현우, 《로쟈의 러시아 문학 강의 19세기》 현암사, 2014.

주 홍 글 자

너새니얼 호손 ▸ 민음사

너새니얼 호손은 19세기 미국의 소설가로, 메사추세츠주의 세일럼에서 청교도 명문가의 아들로 태어났습니다. 그는 그의 조상들이 세일럼 마녀 재판에 직접 관련되었다는 것을 알게 되었고, 이러한 가족의 역사는 도덕성이나 죄, 인간 본성의 어두운 면을 탐구하는 그의 작품들에 큰 영향을 끼쳤습니다.

이 소설의 이야기는 엄격한 청교도 사상이 지배하던 1640년대, 미국 보스턴의 한 마을에서 시작됩니다. 어느 날 이 마을에 주목할 만한 사건이 발생하는데, 헤스터 프린이라는 여성이 남편보다 먼저 이주해 2년 동안 홀로 생활하던 중 남편 없이 아이를 임신하고 출산한 것입니다. 금욕, 절제, 규율을 기본 윤리로 삼고 있는 청교도 사회의 엄격한 윤리관에 따르면, '간음하지 말라'는 십계명을 어긴 헤스터는 죽음을 면하기 어려웠습니다. 하지만 2년 동안 남편이 나타나지 않았고, 그가 이곳으로 오다가 바다에서 사고를 당해 죽었다는 소문이 무성했기에 판사들은 그녀에게 다른 형벌을 내리게 됩니다. 모든 시민이 보는 처형대에서 자신의 딸을 안고 죄를 공개적으로 인정한 뒤, 평생 'A(Adultery, 간음)'라는 주홍 글자를 달고 사는 것이었습니다. 사람들은 아이의 아버지가 누구인지 밝히라고 요구했지만, 헤스터는 끝까지 침묵을 지켰습니다. 사실 그녀의 간통 상대는 그 마을에서 가장 존경받는 젊은 목사, 아서 딤스데일이었습니다.

그 사건 이후, 헤스터 프린은 마을 외곽의 작고 낡은 오두막에서 딸 펄을 홀로 키우며 뛰어난 바느질 실력으로 생계를 꾸려 나갑니다. 처음에 사람들은 그녀를 멸시하고 조롱했지만, 헤스터의 바느질 솜씨에 반해 점차 그녀에게 일을 맡기기 시작합니다. 헤스터는 자신이 할 수 있는 선에서 최선을 다해 정직하게 살아가고자 했고 그러한 노력으로 인해 그녀가 가슴에 달고 다녔던 주홍 글자 'A'는 처음의 뜻과는 달리 Able(능력)을 상징하는 글자가 되어 갑니다.

사실 헤스터가 간통죄로 처형대에 서 있었던 그 순간에 그녀의 남편이었던 로저 칠링워스도 군중들 틈에 서서 그녀를 바라보고 있었습니다. 학자이자 의사였던 그는 자신의 아내가 죄를 저지르고도 상대방을 밝히지 않는 모습에 증오심과 복수심을 품고, 감옥에 들어가 있던 헤스터와 아이를 의사의 신분으로 마주한 후 자신이 남편임을 마을 사람들에게 절대로 밝히지 말라고 경고했던 것입니다. 그렇게 정체를 숨긴 채 마을에 정착하여 헤스터의 불륜 상대를 찾아내고자 했던 그는 결국 딤스데일 목사를 불륜 상대로 점찍은 후 자신의 지식과 가식적인 친절을 사용해 그에게 접근합니다. 그리고 마침내 존경받는 젊은 목사의 건강 관리자라는 명목으로 딤스데일의 집에서 함께 생활하게 되는데, 그럴수록 선량하고 지적이었던 그의 마음은 점점 더 증오심에 사로잡히게 되고, 그는 점점 더 악마처럼 변해갑니다.

그렇게 7년이라는 시간이 흐르고, 그동안 헤스터의 딸 펄은 종잡을 수 없이 자유분방하고 활기찬 아이로 성장합니다. 그녀는 엄마를 닮아 매우 귀엽고 아름다운 소녀로 자랐지만 그녀의 존재 자체가 헤스터의 죄를 상징하는 주홍 글자이기도 했습니다.

헤스터는 죄에 대한 대가를 치르며 사랑하는 딸과 함께 담담히 삶을 이어나갔던 반면, 딤스데일 목사는 자신의 죄를 숨긴 덕분에 목사로서 나날이 존경과 신뢰를 받게 됩니다. 하지만 홀로 방에 있을 때면 죄책감에 휩싸인 채 스스로를 괴롭혔습니다. 학식이 높고 용모도 수려한 그였지만 죄책감에 사로잡힌 채 외롭고 고통스러운 나날을 보내는 동안 점점 더 몸은 쇠약해져 가고, 이 모습을 본 헤스터는 로저가 딤스데일을 파멸시키고 있다고 생각해 그에게 멈추라고 부탁하지만 그는 말을 듣지 않습니다. 결국 헤스터는 딤스데일에게 로저의 정체를 밝히며 함께 다른 곳으로 떠나자고 제안하지만, 결국 그 약속은 이루어지지 않습니다. 죄책감에 시달리던 딤스데일 목사가 과거 헤스터가 아이를 안고 사람들 앞에서 모멸을 겪었던 그 처형대에 스스로 올라선 것입니다. 그러고는 군중이 지켜보는 가운데, 자신의 옷 안쪽에 새겨진 'A' 표식을 드러내며 자신의 죄를 고백하고 오랜 시간 가슴에 묵혀두었던 죄책감을 털어놓습니다.

그러나 너무 깊게 뿌리박힌 병 때문인지 진실을 밝히자마자 그는 그 자리에서 생을 마감하고 맙니다. 딤스데일이 세상을 떠나자 복수의 목적을 잃은 로저도 빠르게 늙어가다가 곧 사망하게 되고, 그가 보유한 많은 재산은 펄에게 상속됩니다. 이후 두 모녀는 한동안 자취를 감추었다가, 오랜 시간이 흐른 뒤 나이 든 헤스터 홀로 펄과 함께 살았던 오두막으로 돌아와 바느질일을 계속합니다. 수년 후, 딤스데일 목사의 무덤 옆에 헤스터의 무덤이 세워지며 이 이야기는 끝이 납니다.

헤스터 프린은 사생아를 낳고, 그 죄의 무게를 상징하는 'A'글자를 가슴에 달고 살아갑니다. 이 글자는 처음에는 사회적 낙인으로 작용하지만, 헤스터의 끊임없는 선행을 통해 'A'는 점차 다른 의미를 갖게 됩니다. 사람들은 이 글자를 보며 점점 더 '능력Able', '천사Angel'와 같은 긍정적인 의미를 연상하기 시작합니다. 이처럼 한때는 부정적인 상징이었던 것이 헤스터의 회복력과 선한 행동을 통해 새로운 의미를 얻게 됩니다. 반면, 딤스데일 목사는 같은 죄를 저질렀음에도 불구하고 그 죄를 숨기며 살아갑니다. 그의 비밀이 그를 괴롭힐수록 그의 설교는 아이러니하게도 점점 더 감동을 더해가지만, 그의 내면은 죄책감으로 끊임없이 고통 받습니다.

결국 죄를 저지르는 것은 인간의 본성일 수 있지만, 그 죄를 인정하고 반성하고 극복하는 과정에서 사람은 더욱 강해지고 지혜로워진다는 메시지를 우리는 이 작품을 통해 확인할 수 있습니다. 이 작품은 단순히 죄에 대한 이야기가 아닌 죄 이후의 이야기, 궁극적으로는 현대를 살아가는 우리들에게 인간의 죄와 윤리와 도덕의 의미를 곱씹어보게 하는 또 다른 메신저일지도 모릅니다.

도서 분야	외국고전	관련 과목	독서, 역사, 윤리와 사상	관련 학과	영어영문학과, 심리학과

▸ 기본 개념 및 용어 살펴보기

주요 기본 개념 및 용어	
개념 및 용어	의미
주홍 글자 A	소설에서 간통죄에 대한 처벌로 여성의 가슴에 주홍 글자 A를 달도록 한 것은 단순한 처벌이 아니라 강력한 상징이었다. 당시 여성은 남편에게 순종해야 했기에 간통을 저지른 여성에 대한 처벌은 특히 가혹했다. 이 주홍 글자 A는 그들의 죄와 수치를 끊임없이 상기시키며, 개인의 잘못을 통해 사회 전체의 회개를 유도하는 심리적 상징으로 작용한다고 볼 수 있다. 더 나아가 이것은 사회의 구성원을 선과 악으로 극단적으로 나누는 수단이며, 이 것을 통해 사회는 구성원에 대한 통제력을 유지할 수 있었다.
청교도주의 Puritanism	16세기부터 17세기까지 영국에서 발생한 사상 운동으로, 주로 종교적, 사회적, 도덕적 개혁을 목표로 했다. 이 운동은 영국 국교회 내에서 시작된 종교 개혁의 일환으로, 근본주의적이며 순수한 형태의 기독교를 지향했다. 성경을 신앙과 생활의 최고 권위로 삼았으며, 화려함과 사치를 거부하고 단순하며 절제된 생활 방식을 추구했다. 또한, 사회적 및 도덕적 규범을 엄격히 준수하는 것을 강조했으며, 이는 소설에서 묘사된 것처럼 종종 엄격한 규율과 처벌로 나타났다.

▸ 시대적 배경 및 사회적 배경 살펴보기

이 작품은 17세기 말 미국, 메사추세츠주의 세일럼이라는 청교도 마을을 배경으로 하고 있다. 세일럼은 청교도적 신앙이 깊게 뿌리박힌 곳으로 너새니얼 호손의 고향이기도 했으며 마녀재판으로도 유명한 곳이다. 그곳은 극도로 도덕적이고 종교적으로 엄격했으며 죄에 대한 처벌이 매우 가혹했다. 특히 간통과 같은 죄를 큰 치욕으로 여겼고, 이러한 죄를 저지른 자에게는 치욕의 상징인 'A' 글자를 옷에 달고 다니는 벌이 주어졌다. 이는 법적인 처벌을 넘어서서 죄인에 대한 사회적 낙인과 영구적인 오명을 의미했다.

   이런 배경을 바탕으로 너새니얼 호손은 사회의 엄격한 도덕적 규범과 그것이 개인에게 미치는 영향, 그리고 그로 인한 인간 본성의 복잡함과 모순을 작품을 통해 비판적으로 조명하고자 하였다.

현재에 적용하기

우리는 종종 사회가 바라는 모습에 맞추기 위해 다른 사람의 평가나 말로써 자신을 정의하곤 한다. 그 과정에서 마치 주홍 글자를 가슴에 달고 사는 것처럼 느끼기도 한다. 하지만 주홍 글자로만 자신을 정의하지 않고 성실하고 정직하게 그 후의 삶을 이끌어 나갔던 헤스터 프린의 모습을 통해, 자신의 정체성을 스스로 정의하는 삶이란 어떤 것인지 생각해 볼 수 있다. 또한 개인의 존엄성에 대해 생각해 볼 기회를 얻게 된다.

생기부 진로 활동 및 과세특 활용하기

▶ **책의 내용을 진로 활동과 연관 지은 경우**(희망 진로: 심리학과)

분석심리학자 카를 융의 이론을 바탕으로 '주홍 글자(너새니얼 호손)' 속 주인공들의 심리적 변화를 분석하며 인간의 페르소나와 자아 사이의 복잡한 관계를 탐구함. 필요에 따라 살아가는 모습을 '페르소나'로, 그 뒤에 숨겨진 진짜 자신의 모습을 '자아'로 정리하였으며 소설 속 주인공들의 이질적인 페르소나가 결국 개인의 선한 인격마저 파괴할 수 있다고 분석함. 이러한 분석 과정에서 프로이트의 심리학 이론과의 연결점을 찾아 인간의 죄책감, 속죄, 자아 인식 등 심리학적 측면을 통해 등장인물을 분석하며 인간 본성에 대한 이해를 도출시킴. 또한 소설을 읽고 스티그마 효과^{stigma effect}, 피그말리온 효과^{pygmalion effect}, 로젠탈 효과^{rosenthal effect} 등 비슷한 심리학 용어를 조사하고 그 용어들로 각 인물의 심리적 상태를 정의하며, 인간의 변화와 성장의 가능성을 제시하는 등 인간 심리의 다양한 측면을 이해하고 깊이 있게 탐구하려는 노력을 보여줌.

▸ 책의 내용을 통합사회 교과와 연관 지은 경우

세계사 시간에 17세기 청교도 사회의 역사적 배경과 그 시대의 윤리적 기준에 대해 배우면서 현대의 성평등, 성적 자유와 비교해 볼 부분이 있을 것 같다고 생각하여, 그 배경이 그대로 녹아 있는 '주홍 글자(너새니얼 호손)'를 읽음. 등장인물들의 끊임없는 의문과 자아의 혼돈 상태를 필사하고 이러한 모습이 사회적 억압 때문이라고 분석하였으며 헤스터를 통해 이러한 내면적 고립 상태에서의 갈등이 결국은 더 높은 차원의 성찰을 이끌어 낼 수 있다는 탐구보고서를 작성함. 또한 소설에 묘사된 그 당시 사회의 여성에 대한 인식과 처벌의 역사적 맥락을 탐구하며 '공정하지 못한 기준이나 이중 잣대에 따라 이루어지는 여성에 대한 도덕적 판단은 정당한가?', '헤스터의 벌은 죄에 비해 무거운 것인가?'라는 논제를 제시함. 후자의 논제를 지지하는 입론서를 작성하였는데 사회적 낙인과 고립, 사람들의 편견으로 인한 정신적 고통, 생계의 어려움 등 3가지를 쟁점으로 제시하였고, 이것으로 소설을 다각도로 바라보며 해석해 내는 능력을 보여줌. 소설 속에서 드러난 성적인 차별이나 도덕적 잣대의 불평등이 현대에도 존재하는 구체적 사례들을 제시하고 현대 여성의 권리와 평등을 위한 지속적 투쟁의 필요성을 보고서를 통해 적극적으로 제시함.

후속 활동으로 나아가기

▸ 죄를 들켰을 때와 들키지 않았을 때, 각각의 상황에서 개인의 태도가 다른 것은 양심의 유무 때문이라고 생각하는가? 다른 사람을 낙인찍고 비난할 권리가 개인에게 있다고 생각하는가? 만약 있다면 그 선은 어디까지일까? 주관적 또는 상대적인 죄는 어떻게 판단할 것인가?

▸ 소설 속에서 과연 누가 가장 큰 죄를 지었고, 누가 진정한 회개자이며 누가 가장 고통스러운 삶을 살았을까?

▸ "만약 이 청교도인들의 무리 속에 가톨릭 신자가 있었다면 아마 옷과 풍모가 그림처럼 아름다운 이 여인이 가슴에 갓난아이를 안고 있는 모습을 보고, 예로부터 그토록 많은 유명 화가들이 앞을 다투어 그렸던 성모마리아의 모습을 떠올렸을 것이다.(p.19)" 작가가 죄를 지은 헤스터 프린의 모습을 숭고한 성모 마리아에 빗대어 표현한 이유는 무엇이었을까?

▸ 전 남편의 광기 어린 집착에 대해 어떻게 생각하는가? 그가 의사로서 보인 행위에 동의하는가?

함께 읽으면 좋은 책

토마스 하디, 《테스》 민음사, 2009.

표도르 도스토예프스키, 《죄와 벌》 민음사, 2012.

참을 수 없는 존재의 가벼움

밀란 쿤데라 ▶ 민음사

프라하에 사는 유능한 의사 토마시는 왕진을 간 곳에서, 술집에서 일하는 테레자를 우연히 만나게 됩니다. 전처와의 사이에 아들을 하나 둔 토마시는 이혼을 한 후 어디에도 정착하지 못하고 가벼운 만남을 즐겨왔는데 이상하게 테레자에게는 마음이 끌립니다. 그는 관계를 가졌더라도 상대방과 함께 자신의 집에서 잠드는 것을 끔찍이도 싫어했는데, 테레자와는 짧은 시간에 강렬한 사랑에 빠지게 됩니다. 결국 테레자는 순수함과 운명적인 의무감으로 그를 찾아 프라하로 오고, 토마시는 테레자로부터 자신이 추구하는 사랑과는 또 다른 감정을 느끼며 그녀와 결혼합니다. 그리고 감당할 수 있음과 없음의 사이에서 줄다리기를 하는 삶이 이어집니다.

어린 시절, 테레자는 두 번의 결혼에 실패한 어머니에게 학대에 가까운 방치를 당하며 성장했기에 결핍과 상처가 가득했지만, 토마시와의 사랑으로 새로운 삶을 쟁취하고자 합니다. 하지만 바람둥이 토마시는 결혼 후에도 여러 여자들을 곁에 두면서 가벼운 사랑을 이어갑니다. 테레자는 이렇게 자유롭게 성생활을 즐기는 그의 태도로 인해 자신도 그가 가볍게 만나는 다른 여자들처럼 흔한 육체로만 소비되는 악몽에 시달리며 겉으로 내색하지 않지만, 질투와 불안으로 고통받습니다. 그러다가 낯선 남자와 관계를 가지는데 그 관계에서 설렘과 수치스러움을 동시에 경험하게 됩니다.

공산당이 체코를 지배하는 상황과 공산주의자들에 대한 비판적인 사설을 투고했던 토마시는 결국 사람들의 이목을 끌게 되고, 그는 자신의 주장을 포기할 수도, 안전을 포기할 수도 없어서 테레자와 함께 시골 마을로 떠나 트럭 운전수로 살아갑니다. 그는 테레자와 함께하는 시골 생활에서 행복감을 느낍니다.

반면 테레자는 자신의 의존성이 되레 토마시를 억눌렀다는 생각에 자신의 사랑이 부당했음을 알게 되고, 트럭 사고로 죽기 직전, 무언가를 예감한 듯 남편의 어깨에 기대어 이상한 행복과 슬픔을 동시에 느낍니다. 결국 그녀는 죽을 때가 되어서야 존재의 무거움을 벗어던지고 비로소 자신의 곁에 있던 토마시와의 시간들이 행복이었음을 깨닫게 됩니다. 둘은 트럭을 타고 이동하던 중 사고로 인해 계곡으로 떨어져 동시에 눈을 감습니다.

한편 토마시에게는 수많은 여성 중 육체적으로만 가끔 만나는 여자친구 사비나가 있었습니다. 그녀는 사랑에 집착하지 않는 자유로운 연애를 지향하며 자신의 자아를 소중히 여기고 얽매임을 거부하는, 늘 새로운 곳으로 떠나고 싶어 하는 예술가였습니다. 스위스로 이주한 사비나는 교수 프란츠와 사랑에 빠지게 됩니다. 단, 문제가 하나 있었는데 프란츠가 유부남이라는 사실이었습니다. 프란츠의 부인은 남편의 불륜 사실을 알게 되었고 프란츠는 사비나와의 사랑을 위해 아내와 헤어지고 그녀에게 정착하기로 결심하지만, 사비나는 자신만을 바라보기로 결심한 프란츠를 떠나서 미국으로 향하고 그렇게 둘은 다시는 만나지 못하게 됩니다. 그녀는 어린 시절 보수적인 아버지 아래서 자랐고 그 반발로 자유연애에 대한 사상을 품게 됩니다. 그녀는 자신의 삶을 작품으로 표현하여 예술성을 인정받았으나 작품을 통해서 그 어떤 정치적인 성향도 드러내지 않습니다. 그녀는 공산주의 혹은 공산주의에 반대하는 사상 그 어떤 것도 그녀의 신념과 가치관을 제한하는 것을 원치 않았고, 가족과 조국을 배신해야 할 대상으로 보았습니다. 하지만 미국 노부부에게서 그녀가 배척했던 행복한 가정의 모습과 친절한 아버지 상을 목격한 그녀의 두 눈은 어느 순간 젖어 듭니다. 즉 그녀가 키치를 아무리 경멸해도 키치는 인간 존재의 한 부분이기 때문에 그로부터 자유로

울 수 없다는 것을 알게 된 것입니다. 이렇듯 이해 가능한 거짓말과 이해할 수 없는 진실 속을 오가는 그녀의 가벼운 삶은 독자에게 불편함을 선사하지만, 동시에 그것은 우리 모두의 모습이기도 하기에 오히려 우리는 그녀의 삶과 행동 속에서 모든 인간은 키치적이라는 것을 깨닫게 됩니다.

프란츠는 스위스 대학의 교수이자 명예를 지닌 점잖고 교양 있는 인물이었지만, 현재 아내인 마리클로드가 죽어버리겠다고 협박해서 어쩔 수 없이 그녀와 결혼한 사람입니다. 그런 그에게 사비나가 접근해 오면서 둘은 연인 사이가 되지만 자신에게 몰두하는 그가 부담스러웠던 사비나는 프란츠를 떠나고 이후 그는 어린 여학생과 동거를 시작하지만 사비나에 대한 사랑을 내려놓지는 못합니다. 결국 그는 시위대에 참가해 의로운 죽음을 맞이하고자 하지만 뜻대로 되지 않고, 그 대신 시위가 끝난 후 방콕의 어느 밤거리에서 불량배들의 습격을 받아 전처가 보는 병실에서 생을 마감합니다.

이 책에서 가장 이상적인 사랑의 형태가 드러나는 대목은 바로 테레자가 자신의 개에게 보이는 사랑일 것입니다. 세인트버나드 종과 울프 종의 사이에서 난 잡종인 카레닌은 토마시의 선택을 받아 살아난 개로, 토마시에 의해 구원됐다는 점에서 테레자와 동일시됩니다. 카레닌은 매일 반복적인 일상을 보내지만 무의미, 지루함, 불행, 괴로움 따위는 느끼지 않습니다. 매일 순순한 행복을 느끼며 영원 회귀하는 삶을 살기에 카레닌은 '키치'를 느끼지 않습니다. 카레닌과 테레자 사이에는 이해관계가 없습니다. 그들은 서로에게 무언가를 원하지 않고 탐색하지 않고 저울질하지 않는 사랑을 보여주는데 그것은 토마스와 테레자의 사랑과는 정반대되는 사랑이었습니다. 그것은 가볍거나 무거운 사랑이 아닌, 사람들이 서로에게 원하는 가장 강렬한 형태의 사랑이었습니다. 카레닌은 자신을 가장 사랑해주고 끝까지 보살펴 준 두 사람 곁에서 생을 마감합니다.

우리 삶에는 영원한 회귀란 없습니다. 영원히 계속되지 않고 두 번 선택할 수 없기에 그저 자신의 선택에 따라 직선으로 나아갈 수밖에 없습니다. 작품 속 인물들은 그 유일한 삶 속에서 각기 다른 선택을 하며 살아갑니다. 누군가는 가벼움을 쫓으며 살고(개인의 자유와 욕망, 즉흥적인 선택), 누군가는 무거움(전통적인 가치관과 윤리적 책임, 사회적 규범)을 쫓습니다. 그 둘 중 무엇이 더 가치 있는 것인지는 알 수 없습니다. 그저 붕괴되어 가는 이데올로기 속에서 인생의 가벼움과 무거움을 고민하는 주인공들을 만날 수 있을 뿐입니다. 그들의 삶을 통해 인생의 의미에 대해 생각해 보길 바랍니다.

도서 분야	외국고전	관련 과목	독서, 문학, 윤리와 사상	관련 학과	철학과

▶ **기본 개념 및 용어 살펴보기**

주요 기본 개념 및 용어	
개념 및 용어	**의미**
영원 회귀	"영원한 회귀란 신비로운 사상이고, 니체는 이것으로 많은 철학자를 곤경에 빠뜨렸다." 이 소설의 첫 부분에 나오는 영원회귀는 프리드리히 니체의 사상으로, 생이 원의 형상을 띠면서 영원히 반복된다는 공상적인 개념이다. 하지만 밀란 쿤데라는 니체의 영원회귀에 대해 인간의 시간은 원형으로 돌지 않고 직선으로 나아간다고 말한다. 인간의 삶은 단 한 번뿐이며 끊임없이 변화를 추구하고 창조하며 결국 죽음으로 귀결되기에 삶 속에서 중요한 결정은 죽음 앞에서 매우 가벼울 수밖에 없음을 피력한다.
키치	원래는 '가짜 또는 본래의 목적에서 벗어난 사이비를 뜻하는 미술 용어'로, 급속한 산업화를 발판으로 성장한 중산층이, 상류층의 문화를 모방하기 위해 맹목적으로 향유했던 예술 복제품 혹은 겉으로는 수준 높아 보여도 실제로는 형편없는 대중양식을 일컫는 말이다. 미학적 이상 및 이성보다는 감정이 중시되고, 개인의 개성이나 독창성보다는 획일화된 사고가 강조되는 문화를 뜻한다. 　단, 밀란 쿤데라가 작품 속에서 말하는 키치는 이와는 약간 다른 의미를 지니는데, 작가는 스탈린의 아들 야코프의 일화에 빗대어 자신이 말하고자 한 키치를 설명한다. 야코프는 2차 세계대전 당시 전쟁 포로가 되어 수용소에 수감되는데, 더러운 변소를 청소하라는 수용소 소장의 말에 언쟁을 벌이다 비난과 모욕을 참지 못하고 고압 철조망에 몸을 던져 자살하고 만다. 그는 똥을 부정하는 무거움(키치)을 지닌 사람으로, '똥'이라는 가벼움을 참을 수 없었기에 죽음을 택했던 것이다. 똥은 이미 자신 안에 존재하고 있는 것이지만 그는 그것을 고상한 자신과는 먼 것이라고 여기며 수용하지 않는다. 하지만 고상함과 일상은 이렇게나 붙어 있기에 우리는 키치를 우리의 삶과 멀리 떨어뜨려 생각할 수는 없는 셈이다.

▶ 시대적 배경 및 사회적 배경 살펴보기

민주 자유화 운동이 일어났던 1960년대 '프라하의 봄'을 배경으로 한다. 소련의 영향 아래에 있었던 체코슬로바키아는 공산주의 정권이 자리 잡으면서 정치적으로 억압되고 자유가 제한되었고, 이러한 환경에서 개인의 자유와 삶의 의미를 찾는 게 어려워지는 등 복잡한 감정과 갈등을 안고 있었다. 친 러시아 스탈린주의자 정권의 보수 정책이 계속되자 체코슬로바키아 국민들의 민주와 자유화에 대한 열망이 고조되었는데 이 시기를 프라하의 봄이라 부른다. 하지만 프라하의 봄은 오래가지 못했고 다시 소련이 침공하는 바람에 그 상황은 무력 진압으로 마무리된다. 이에 밀란 쿤데라는 이데올로기의 무게를 벗겨내고 실존의 문제를 드러내는 게 소설가의 역할이라 생각하며 민주화에 앞장섰고 정부의 숙청으로 인해 공직 해직, 저서 압류, 연극 중지 등의 제재를 당하며 프랑스로 망명한다.

또한 작품의 공간적 배경이 되는 프라하와 취리히는 서로 다른 분위기를 지닌 공간인데, 프라하는 인물들의 일상과 사랑이 이루어지는 곳이며 그들은 이곳에서 자신의 삶과 사랑을 선택한다. 스위스의 취리히는 인물들이 망명을 떠나는 곳으로 여기에서 등장인물들은 자신의 삶을 되돌아보며 새로운 선택을 하게 된다.

현재에 적용하기

빠르게 변화하는 불확실성의 사회 속에서 개인의 자유와 선택, 사랑과 책임 등 우리 각자가 겪는 가벼움과 무거움의 문제에 대해 돌아보며 개인의 삶이 지니는 의미와 목적을 찾아볼 수 있다.

생기부 진로 활동 및 과세특 활용하기

▸ **책의 내용을 진로 활동과 연관 지은 경우**(희망 진로: 철학과)

'참을 수 없는 존재의 가벼움(밀란 쿤데라)'을 읽고 소설을 이해하기 위해 철학 이론에 대해 조사함. 실체의 불멸성을 주장한 고대 그리스 철학자 파르메니데스의 존재론을 예로 들어 '가벼움'이 소설 속 소재로 쓰인 이유에 대해 분석함. 또한 니체의 '영원회귀'에 대해 조사하고 알베르 카뮈의 '시지프스 신화'를 소개하며 '밀란 쿤데라가 영원회귀를 언급한 이유', '영원회귀는 가벼움에 속하는가, 무거움에 속하는가?' 등에 대한 의견을 밝히고, 소설 속에서 영원회귀의 삶을 보여준 인물 등을 분석하는 등 다양한 철학가들의 사유 방법을 통해 소설의 주제를 정확하게 이해하고 있음을 보여줌. 또한 "젊은 시절 삶의 악보는 첫 소절에 불과해서 함께 작곡하고 모티프를 교환할 수 있지만, 보다 원숙한 나이에 만난 사람들의 악보는 어느 정도 완성되어 있어 단어나 물건은 각자의 악보에서 다른 어떤 것을 의미하기 마련이다"는 문장을 필사하며 미성숙한 상태에서 만나 함께 성숙해가는 사랑과 성숙한 상태에서 만나는 사랑의 차이에 대한 자신의 생각을 제시함. 베토벤 현악 사중주 악보에 쓰여 있는 'Muss es sein? Es muss sein!(그래야만 하는가? 그래야만 한다)'를 소설의 한줄평 문장으로 뽑아, 개인의 자유와 선택의 중요성을 강조하며 그러한 선택이 가져올 수 있는 결과의 무거움과 책임을 회피하지 않고 삶의 가벼움과 무거움 사이에서 균형을 찾으려는 노력을 통해 자유를 얻는 삶의 의미를 강조함.

▶ 책의 내용을 문학 교과와 연관 지은 경우

'카드뉴스 만들어 책 소개하기' 프로젝트를 위해 '참을 수 없는 존재의 가벼움(밀란 쿤데라)'을 읽음. 소설 속 시점에 주목하면서, 어떤 장에서는 작가인 밀란 쿤데라가 전지적 작가 시점으로 자신의 생각을 제시하고, 다른 장에서는 각 인물의 관점으로 이야기가 전개되는 부분 등을 예로 들면서 이 소설의 특이한 구성을 소개하고, 이렇게 똑같은 사건을 다양한 관점으로 살펴보면 소설 속 인물과 사건을 입체적으로 바라볼 수 있게 된다고 분석함. 또한 소설 속에서 다양한 은유의 키워드를 뽑아내고 그것들을 조사하여 소설의 내용과 연관하여 설명하였는데, 특히 가벼움과 무거움의 개념을 대조적으로 제시하고 각 의미를 내포하고 있는 인물과 사건을 표로 나타내 한눈에 소설의 주제를 알 수 있도록 함. 또한 이 소설에서 가장 중요한 개념으로 '키치'를 뽑고, 키치의 개념에 대해 소개하였으며, 많은 사람들이 어렵게 여기는 그 개념을 좀 더 쉽게 소개하기 위해 소설 속 키치가 등장하는 문장을 고르고 각 인물들이 가지고 있는 키치를 닉네임 형식(ex.200명과의 자유연애, 토마시)으로 제시하여 재미있게 등장인물들의 성격과 행동 양식을 보여줌. 또한 작품에 등장하는 사비나, 테레자를 중심으로 소설 속 여성들의 성격을 보여주고, 당시의 여성관에 대한 비판적 의견을 제시함. 위의 내용을 토대로 <참을 수 없는 존재의 가벼움, 과연 가벼운가요?>라는 제목으로 카드뉴스를 만들어, 많은 학생들에게 소설의 시점, 주제와 인물, 주요 키워드를 소개하고, 나름대로 소설의 의미를 해석해서 자신의 생각을 공유함.

후속 활동으로 나아가기

▸ 소설을 읽고 제목이 의미하는 것이 '참을 수 없는 존재'의 가벼움인지, 참을 수 없는 '존재의 가벼움'인지에 대해 자신이 해석한 의미를 이야기해 보자.

▸ 삶을 숙고하는 진지함을 마냥 무겁게만 볼 것인가? 키치를 거부하는 행태를 마냥 가볍게만 볼 것인가? 이중 어느 한쪽이 더 가치가 있다고 생각하는가?

▸ 소설 속 각 인물들은 각각 다른 극단적인 가치를 좇으며 살아간다. 토마시는 '신성모독의 짜릿함'을 좇고, 테레자는 '고유한 육체로서의 가치'를 좇고, 프란츠는 '역동성'을 좇는다. 어떤 인물은 키치를 잃어가고, 어떤 인물은 키치를 끝까지 붙잡는데, 현재 내가 좇고 있는 가치가 있다면 그것은 무엇인가?

▸ 무거움을 이야기하는 베토벤의 'Es Muss Sein(그래야만 한다)'와 가벼움을 이야기하는 파르메니데스의 '가벼운 것이 존재다'를 가지고 밀란 쿤데라는 네 명의 인생을 이야기하는데, 이 두 가지 가치 중에 어떤 것이 내가 삶을 바라보는 시각과 비슷한가?

함께 읽으면 좋은 책

알베르 카뮈, 《시지프 신화》 민음사, 2016.

레프 톨스토이, 《안나 카레니나》 민음사, 2012.

니코스 카잔차키스, 《그리스인 조르바》 열린책들, 2009.

프리드리히 니체, 《차라투스트라는 이렇게 말했다》 민음사, 2004.

파리대왕

윌리엄 골딩 ▸ 문예출판사

 핵전쟁 중 비행기로 후송되던 한 무리의 영국 소년들이 태평양의 어느 무인도에 어른도 없이 불시착하게 됩니다. 비행기에 타고 있던 소년들은 성가대원이자 지휘자로서 카리스마를 지니고 있던 잭 대신에 소라를 불며 아이들을 모았던, 영웅 같은 면모를 보여준 매력적인 랠프를 지지하고, 이로써 랠프는 선거를 통해 소년들 무리의 대장이 됩니다. 그들은 몇 가지 규칙을 정하는데 소라를 부는 것은 무리를 소집하는 신호이며, 회의에서는 소라를 들고 있는 사람이 발언권을 가지는 것으로 약속합니다. 잭과 친하게 지내고 싶었던 랠프는 성가대원들의 책임자로 잭을 임명하고 그는 사냥 부대를 이끌게 됩니다. 구조되는 것을 최우선 목표로 삼은 아이들은 열두

살 랠프의 지휘 아래서 각자의 방법을 동원하며 무인도에서 살아남기 위해 노력합니다. 이때, 랠프가 가장 중요하게 생각했던 것은 오두막을 짓고 봉화를 올려 구조를 기다리는 것이었습니다.

한편, 뚱뚱한 덩치 때문에 돼지라고 불렸던 소년은 지혜를 가지고 있었습니다. 그는 이성적인 판단을 할 수 있었습니다. 그는 소년들에게 규칙을 정해 체계적으로 활동할 것을 주장하였고, 뚱뚱한 외모 때문에 무리 사이에서는 무시를 당했지만 불이 필요할 때 자신의 안경을 이용하는 등 랠프 곁에서 책사의 역할을 도맡아 합니다. 하지만 랠프가 대장이 된 것이 못마땅했던 잭은 실속 없이 봉화만 피우는 것에 큰 불만을 가졌고, 봉화보다 중요한 것은 배고픔을 이길 고기라고 주장하면서 멧돼지 사냥에 힘을 쏟습니다. 결국 멧돼지를 잡는 데 정신이 팔려서 해변에 피운 불을 관리하는 것을 소홀히 하게 되고, 무인도 주변을 지나치던 배를 그만 놓치게 됩니다. 결국 이 사건으로 갈등이 커진 랠프와 잭은 두 패로 나뉘게 됩니다.

그러던 와중에, 산 위에 유령 같은 짐승이 있다는 말이 떠돌면서 소년들의 불안감과 공포심은 커져만 갑니다. 이 미지의 짐승을 처음으로 목격했던 사이먼은 잭과 성가대가 그 짐승에게 암퇘지 머리를 재물로 바치는 것을 보고 그 재물을 받기 위해 미지의 짐승이 내려오지 않을까 기대하며 매복합니다. 썩어가는 암퇘지 머리 주변으로 파리들이 몰려들고, 사이먼은 정신이 혼미한 상태에서 파리가 꼬인 돼지머리의 모습으로 나타난 '파리대왕'과 대화를 나눕니다. 그 대화를 통해 파리대왕은 우리 내면에 존재하는 악마성과 두려움이라는 것이 드러납니다. 그리고 사이먼은 자신들이 두려워했던 미지의 동물이 사실은 '비행기 조종사의 시체'라는 것을 알게 됩니다. 하지만 야만인이 되어버린 잭의 무리는 얼굴을 검게 칠한 채 익명성에 기대 수치심과 자의식을 내다 버리고 춤을 추며 광기에 젖어듭니다. 처음에는 대장이 되지 못한 반발심 정도만 드러냈던 잭은 살육을 맛본 뒤로는 '짐승을 죽여라! 목을 따라! 피를 흘려라!'와 같은 노래를 부르며 인간의 어두운 본성을 그대로 보여줍니다. 결국 그들은 미지의 짐승이 실은 조종사의 시체였다는 것을 알리려고 온 사이먼을 그 짐승으로 오해해 흥분 상태에서 그를 때려죽입니다. 이제 무인도는 점점 살기와 광기, 대립과 증오의 섬이 되어가고 랠프를 지지하던 아이들은 그를 떠나 잭의 무리로 들어갑니다. 랠프 곁에는 이제 돼지 소년과 몇몇 어린 아이들만 남게 됩니다.

결국 잭의 무리는 랠프의 오두막을 급습해 무인도에서 유일하게 불을 피울 수 있는 도구인 돼지의 안경을 강탈해 갑니다. 안경을 돌려받으러 간 랠프와 돼지 소년은 이성적으로 행동할 것을 호소하지만 잭의 무리는 오히려 그들을 조롱하고 잭의 오른팔이었던 로저는 바위를 굴려 돼지 소년을 죽게 만듭니다. 그리고 섬에 불을 지른 채 혼자 남은 랠프를 추적합니다. 결국 랠프는 가까스로 해변으로 도망치고, 힘겹게 쫓기던 중 섬에서 피어오르는 불꽃을 보고 찾아온 해군 장교와 마주치게 되는데, 그를 본 랠프는 안도감에 오열합니다. 그리고 랠프의 울음소리를 들은 야만인처럼 변한 다른 소년들 역시 울음을 터뜨립니다.

영국 해군으로서 2차 세계대전에 참전한 경험이 있는 윌리엄 골딩은 참혹한 전쟁의 현장을 지켜보며 사회의 제어를 받지 않을 때 드러나는 인간의 야만성과 잔혹성에 대해 고민하게 됩니다. 그리고 모든 인간은 상충하는 두 개의 가치 즉, 도덕적인 규범을 추구하려는 본성과 무리를 위해 개인을 희생시키고자 하는 폭력적인 본성 이 두 개를 모두 품고 있다는 전제로 이 소설을 집필합니다. 소설 속 배경이 되었던 무인도처럼 고립된 곳에서 문명이 조금이라도 쇠퇴되어 통제되는 게 없다면 상황은 어떻게 바뀔까요? 바로 소설 속에서처럼 우리가 학습해 온 문명의 토대는 쉽게 무너지고 오로지 힘과 권력, 야만성이 모든 것을 지배하는 세상이 될 것입니다. 작가가 전하고자 했던 이 은근하고도 묵직한 메시지를 소설을 통해 곱씹어 보기를 바랍니다.

도서 분야	외국고전	관련 과목	독서, 문학, 윤리와 사상, 일반사회	관련 학과	경영학과, 국어국문학과, 영어영문학과, 정치학과

▶ **기본 개념 및 용어 살펴보기**

주요 기본 개념 및 용어	
개념 및 용어	의미
소라	랩프는 주운 소라를 불어 섬에 흩어져 있던 소년들을 모으고 이후 선거를 통해 표류된 아이들의 대장이 된다. 그들은 소라를 부는 것은 무리를 소집하는 신호이며, 회의에서는 소라를 들고 있는 사람이 발언권을 가지는 것으로 약속한다. 그러나 이 약속은 잭에 의해 결국 무시된다. '소라'는 소설 속에서 매우 중요한 상징으로 크게는 '문명'을, 작게는 '통솔력이나 규칙'을 의미한다. 결국 소라를 무시한다는 것은 문명의 약속, 규칙을 지키지 않는 것을 의미한다. 소년들이 악마성을 드러내면서 규칙을 따르지 않고 제멋대로 행동하기 시작하자 민주적인 의사결정과 발언권을 의미하는 소라는 결국 가루가 되어버린다.
안경	지식과 문명을 상징하는 도구이다. 표류된 소년들 중 유일하게 명석한 두뇌의 소유자이며 대장 랩프의 조력자였던 돼지 소년은 섬에서 유일하게 안경을 쓴다. 이 안경은 매우 중요한 역할을 하는데, 불을 피울 수 있는 유일한 도구이며, 이것은 결국 인류와 문명의 지혜를 상징한다. 하지만 불이 필요했던 잭의 무리가 안경을 훔쳐 가고 이 사건을 계기로 두 무리는 대립을 벌이게 되는데 이 과정에서 돼지 소년은 추락사한다. 돼지 소년의 안경이 점차 망가지고 아예 깨져버리는 설정은 문명의 점진적 퇴조를 상징한다.
파리대왕	잭의 무리가 공포의 대상인 미지의 짐승에게 돼지머리를 제물로 바치자, 그 돼지머리에 파리 떼들이 몰려든다. 소설에서는 그렇게 파리들이 에워싼 돼지머리를 파리대왕으로 묘사하고 있다. 　성경 속의 사탄을 히브리어로 바알세불이라고 하는데, '파리 떼의 왕, 벌레들의 왕'이라는 의미도 함께 지니고 있다. 고대 사람들은 파리를 불길하고 더러운 존재로 여겨 사탄을 파리들의 왕이라고 표현했다.

▸ 시대적 배경 및 사회적 배경 살펴보기

이 소설은 20세기 중반 영국을 배경으로 하고 있다. 영국 해군으로서 2차 세계대전에 참전한 경험이 있는 윌리엄 골딩은 참혹한 전쟁으로 고통받는 현장을 지켜보면서 인류의 발전과 현대 문명의 본질적인 모순, 인간의 잔혹성에 대해 많은 고민을 하였다. 그리고 이러한 인간 본성에 대한 고민을 소설 속 무인도에서 발생한 소년들의 갈등과 폭력을 통해 드러냈다. 20세기 중반의 세계적인 불안과 무력감을 그대로 반영한 소년들의 행동을 통해 인간의 본성과 사회 구조를 탐색하는 그의 방식은 당시 문학계에 큰 영향을 미쳤으며, 현대 문명의 모순과 사회적 질서가 무너지면 어떤 상황이 도래하는지에 대한 경각심을 불러일으켰다.

현재에 적용하기

소설을 통해 개인의 이기심 및 문명과 야만의 모호한 경계에 대해 생각해 볼 수 있다. 또한 소설 속 개인의 이기심과 집단 규범 사이의 갈등을 보며 민주주의 사회에서 발생할 수 있는 문제에 대해 고민해 볼 수 있다.

생기부 진로 활동 및 과세특 활용하기

▸ **책의 내용을 진로 활동과 연관 지은 경우**(희망 진로: 경영학과)

문학 시간에 은유에 대해 배우던 중 작품 속에서 다양한 은유를 통해 주제의식을 완벽하게 드러내는 소설 '파리대왕(윌리엄 골딩)'을 읽으며 주요 인물들의 태도와 행동을 통해 올바른 리더십에 대해서 분석함. 랠프의 리더십은 합리적이고 문명적인 리더십이지만 잭의 리더십은 자신의 무리를 만들고 권력을 행사하는 타락한 리더십이라고 분석하며 규칙과 질서가 존재하지 않는 혼란 속에서 리더는 어떤 역할을 수행해야 하는지에 대해 자신의 생각을 제시함. 여기에 '돼지 소년의 말'을 예로 들어 '자신이 알고 있는 것을 설득력 있게 전달하는 것'의 중요성을 제시하고, 올바른 가치관을 설득력 있게 전달하여 사람들을 통솔하는 용기를 지닌 사람이 리더의 자질을 지닌 사람이라고 주장함. 또한 어른들이 없는 세상에서 질서정연하게 자신들에게 맞는 사회를 만들어가는 '15소년 표류기'를 '파리대왕'과 비교해서 읽고 분석함.

또한 사회적 규범이 약해진 사회에서 잭처럼 힘이 강한 한 사람이 권력을 잡아 집단을 이끌 때 얼마나 큰 문제가 발생할 수 있는지를 얘기하고, 만약 내가 리더였다면 사냥, 봉화, 오두막 가운데 어떤 것을 최우선 가치로 삼았을지 고민하며 사회질서가 붕괴되는 시기에 조직을 이끌어나가는 데 필요한 리더십에 대해 고민함.

▸ 책의 내용을 윤리와 사상 교과와 연관 지은 경우

성선설과 성악설에 대해 배우던 중 두 개의 윤리 사상을 대조적으로 품고 있는 소설 '파리대왕(윌리엄 골딩)'을 읽음. 불시착한 섬에서 소년들이 공포심을 떨쳐내고자 광기에 물들어 폭력적인 야만인으로 변해가는 과정을 통해 저자가 드러내고자 하는 주제 의식을 서술하였으며, 사이먼과 파리대왕 사이의 대화를 발췌하여 사람들의 마음속에는 공포성과 악마성의 일부가 있음을 주장하며 성악설 쪽으로 힘을 싣는 의견을 제시함. 또한 "대다수의 사람들이 야만인으로 변해갈 때 나는 끝까지 소신을 지킬 수 있을 것인가?"와 같은 발제를 제시하며 소설이 제시하는 인간 본성에 대한 자신의 의견을 표현함. 섬에서 문명이 붕괴하는 과정을 강한 자는 살아남고 약한 자는 도태되는 생물학적 진화론과 연계해 분석하고, 사회제도가 인간의 본성을 억제하지 못할 때 발생하는 문명의 취약성을 사회학적 이론과 연계하여 분석함. 또한 사회복지와 정치학의 관점에서 섬의 구조적인 문제와 그 해결책을 제시하는 등 다양한 학문 사이에서 통합적 탐구를 하는 모습을 보여줌.

도덕적인 규범 및 평화를 추구하려는 본성과 무리를 위해 개인을 희생시키고 폭력성을 드러내는 동물적인 본성, 이렇게 상충하는 두 개의 가치를 각 주인공의 성격과 연결하여 분석하면서 <잔인하고 무질서하게 변해가는 사회에서 우리 스스로가 가져야 할 태도>라는 주제로 독후감상문을 작성함. 그리고 결국 그러한 혼란 속에서 빛을 발하는 것은 역경을 맞이했을 때 그것을 회복해 내고 새롭게 시작할 수 있는 회복 탄력성임을 결론으로 제시함.

후속 활동으로 나아가기

▸ 내가 만약 책 속의 상황에 처하게 됐다면 나는 랠프 편에 섰을지 아니면 잭 편에 섰을지 생각해 보자. 미래를 대비해 불을 피우는 게 더 중요할까 아니면 잭과 추종자들처럼 당장 눈앞에 보이는 쾌락을 즐기며 현재에 집중하는 게 더 중요할까. 현재에 나는 어떤 쪽에 무게를 두고 살고 있는가?

▸ 소년들이 폭력적이고 야만적인 본성을 드러낸 것은 '섬'이라는 고립된 환경 때문이었을까? 아니면 원래 사람들 내면에 악한 본성이 내재되어 있기 때문일까? 성악설과 성선설에 대해 자신의 생각을 말해보자.

▸ 생존한 아이들은 자국에서 죄에 대한 처벌을 받아야 한다고 생각하는가? 아니면 있었던 일을 덮어야 한다고 생각하는가? 이와 관련해 촉법소년 관련법 폐지에 대한 자신의 생각을 말해보자.

▸ 등장 부분도 짧고 이야기에 큰 갈등 요소도 아닌 파리대왕을 작가가 소설의 제목으로 쓴 이유는 무엇일까? 파리대왕은 무엇을 상징하며 소년들에게 어떤 영향을 끼쳤다고 생각하는가?

함께 읽으면 좋은 책

쥘 베른, 《15소년 표류기》 비룡소, 2005.

메리 셸리, 《프랑켄슈타인》 현대지성, 2021.

주제 사라마구, 《눈먼 자들의 도시》 해냄, 2022.

뤼트허르 브레흐만, 《휴먼카인드》 인플루엔셜, 2021.

프리드리히 엥겔스, 마르크스, 《공산당선언》 책세상, 2018.

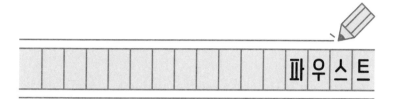

파우스트

요한 볼프강 폰 괴테 ▸ 현대지성

신성로마제국의 유복한 가정에서 태어난 요한 볼프강 폰 괴테는 어렸을 때부터 문학과 예술에 관심이 많았지만, 사회에 나와서는 법학을 공부했고 재상 자리까지 올랐던 엘리트였습니다. 그는 1774년 출간과 동시에 수많은 젊은이들을 감동시켰던 편지글 형식의 소설 《젊은 베르테르의 슬픔》으로 명성을 얻게 되는데, 이는 그가 법률 사무소 견습생일 때 약혼자가 있는 샤를로테 부프와 사랑에 빠진 경험을 글로 쓴 것입니다. 불과 몇 주 만에 완성된 이 작품은, 사회에 의해 자유로운 정신세계를 억압당했던 젊은이들의 고뇌와 슬픔을 담고 있었으며 이로 인해 '베르테르 효과'라는 현상이 생기는 등 사회에 큰 파장을 일으켰습니다. 《파우스트》 역시, 괴테가

1772년에 일어났던 한 사건을 모티브로 삼아서 쓰기 시작한 작품입니다. 한 여인이 영아 살해죄로 처형된 사건에 충격을 받은 그는 이 사건을 바탕으로 20대 초에 소설을 구상하기 시작해 그 후 60여 년 동안 더하고 고치기를 거듭해 83세의 나이로 눈을 감기 직전 마침내 이야기를 완성합니다. 중세와 근대를 넘나드는 배경을 바탕으로 그리스 로마신화, 민간설화, 철학사상 등을 생동감 있는 어휘로 담아낸 《파우스트》는 1부와 2부로 구성되어 있는데, 전체가 12,111행의 운문으로 되어 있는, 즉 시의 언어로 쓰여진 중세 유럽을 배경으로 한 '비극 서사'입니다.

중세에서 근대로 넘어가던 시기, 신에 대한 믿음은 약해지고 그에 따라 인간이 스스로 자신의 존재에 대한 설명을 찾아야 했던 그 과도기적인 시기에, 소설의 주인공 파우스트는 인간과 인생의 본질을 탐구하기 위해 끝없는 공부를 이어갑니다. 철학, 법학, 문학, 예술, 의학, 신학 등 다양한 학문을 섭렵하면서 지식을 통해 자연의 흐름과 우주를 조망하고 삶의 본질을 파악하고자 했으나 결국 인간의 능력에 한계가 있음을 깨닫고 좌절한 그는, 독배를 마시고서 생을 마감하려 합니다. 그러나 메피스토펠레스라는 악마가 나타나 자신의 힘으로 세상의 모든 것을 경험하게 해줌으로써 그를 만족시켜 주겠다고 유혹합니다. 단, 그가 더 이상 원하는 게 없이 안주하고 싶은 순간을 만나게 되면 그때 그의 영혼을 가져가겠다는 조건을 겁니다. 파우스트는 그의 내기에 응하고 온갖 쾌락과 모험을 경험합니다. 사실 악마와 나누는 이 희극식 대화를 보면, 파우스트는 단지 욕망을 좇는 게 아니라, 자신의 가능성을 완전히 펼치고 싶어 함을 알 수 있습니다. 반면 메피스토펠레스는 도덕과 이상, 삶의 가치를 끊임없이 부정하면서 파우스트를 유혹하고 조롱합니다. 이 둘의 관계는 마치 인간의 마음속에서 속삭이는 두 개의 목소리처럼 느껴집니다.

그렇게 메피스토펠레스 덕분에 욕망과 젊음을 얻게 된 파우스트가 가장 먼저 한 일은 무엇일까요? 바로 사랑이었습니다. 파우스트는 우연히 순수한 소녀 그레트헨을 만나 사랑에 빠집니다. 하지만 그는 자신의 사랑을 위해 넘지 말아야 할 선을 넘습니다. 그는 그녀에게 함께 밤을 보내자고 제안하지만, 혼전 성관계가 용인되지 않았던 시기였기에 그녀는 어머니의 눈을 두려워했습니다. 이에 파우스트는 그녀의 어머니에게 수면제를 먹이자고 제안하고 결국 그레트헨은 어머니에게 수면제를 먹이게 되는데, 치사량을 넘긴 양을 먹게 된 그녀의 어머니는 결국 사망하게 됩니다. 게다가 그레트헨은 그날 밤의 관계로 혼전 임신을 하게 되고, 파우스트는 여동생의 삶을 망친 그를 비난하던 그레트헨의 오빠 발렌틴과 싸우다 그를 죽이게 되며, 그레트헨은 자신의 아이를 익사시키고 유죄 판결을 받아 감옥에 가게 됩니다. 악마와 계약을 한 이후로 학문에 몰두하던 파우스트의 모습은 온데간데없이 사라지고, 오직 사랑만을 갈구한 결과로 그는 그레트헨을 비극의 소용돌이로 몰아넣고 맙니다. 파우스트는 감옥으로 그녀를 찾아가 함께 떠나자고 말하지만 그녀는 자신의 죗값을 치르겠다며 죽음을 받아들입니다.

1부의 파우스트가 사적私的 영역에 머물러 있다면 2부에서는 공적公的 영역이 그의 활동의 주 무대가 됩니다. 파우스트는 중세 유럽의 궁정에서 정치가로 활약하며 반란군을 진압하기도 하고, 지폐를 만들어 국가의 재정난을 해소하기도 합니다. 또한 인조인간 '호문쿨루스'를 따라 시간을 거슬러 고대 그리스로 간 그는 중세의 기사로 변신하여 그리스 신화에 나오는 미의 여신 헬레나와 결혼하여 오이포리온이라는 아이를 낳기도 합니다. 이 모든 것은, 어느 순간 사라져 버리지만 파우스트는 그런 것에 연연하거나 슬퍼하지 않고 다음에 펼쳐지는 현재를 충실히 살아가려고 애씁니다.

파우스트는 전쟁을 진두지휘하여 승리로 이끈 후 황제로부터 땅을 받고 자신이 생각하는 이상세계를 그곳에 실현하기 위해 바다를 메꿔 토지로 만드는 간척사업을 시작합니다. 그는 다수의 행복을 위해 토지를 개척하여 이상적인 곳을 만들고자 하지만 그 과정에서 신의 뜻에 순응하며 사는, 자신의 땅을 지키려는 원주민 노부부와 대립하게 됩니다. 결국 파우스트는 바우키스와 필레몬의 오두막을 불태우고 노부부를 죽음에 이르게 만듭니다. 새로운 부를 창출한다는 명분으로 끊임없이 인간적인 가치를 파괴하는 근대인들의 단면을 비판적으로 바라보는 괴테의 시선이 바로 이 대결 구도에 담겨 있습니다. 그리고 대공사가 완성된 순간, 파우스트의 두 눈은 멀게 되지만 그럼에도 불구하고 그는 자신의 눈앞에 지상 낙원이 펼쳐졌다는 아이러니한 환각에 빠지게 됩니다. 그리고 그 순간, 금구("멈추어라! 너는 그토록 아름다우니!")를 외칩니다.

메피스토펠레스가 제공해 준 온갖 향락을 경험했지만, 그가 궁극적으로 금구를 외치며 영원히 머물기를 원했던 순간은 물질적 욕구나 쾌락이 충족되는 순간이 아니었습니다. 그는 사람들에게 안전과 자유를 주는 낙원을 만들기 위해 노력했고, 그것이 완성되었다고 생각한 순간에 금구를 외친 것입니다. 그 말을 들은 메피스토펠레스는 자신이 내기에서 이겼다고 생각하고 흐뭇하게 파우스트의 영혼을 거두어 가려고 하지만, 속죄를 통해 구원받았던 그레트헨의 사랑이 그를 천상으로 데려가고 그 역시 그레트헨의 사랑을 통해 신에게 구원받습니다.

파우스트는 단지 욕망만을 좇았던 사람이 아닙니다. 그는 인간의 한계를 극복하고 자신의 가능성을 완전히 펼치고자 몸부림칩니다. 반면 메피스토펠레스는 파우스트가 좇았던 도덕과 이상, 삶의 가치를 끊임없이 부정합니다. 파우스트와 메피스토펠레스는 마치 인간의 내면에 항상 존재하는 두 가지 상반된 목소리와 같습니다. 소설 속 이 두 인물을 통해 인간 존재의 의미와 인간성의 한계, 선악의 개념에 대한 답을 한번 찾아보기를 바랍니다.

도서 분야	외국고전	관련 과목	독서, 국어, 심리학, 문학, 윤리와 사상	관련 학과	철학과, 영어영문학과, 독어독문학과

▸ 기본 개념 및 용어 살펴보기

주요 기본 개념 및 용어	
개념 및 용어	의미
낭만주의	서유럽에서 발생한 미술적, 문학적, 지적 사조를 뜻한다. 계몽주의와 신고전주의에 반대하여 나타난 낭만주의는 '비현실적인, 지나치게 환상적인'이라는 의미를 지니고 있으며, 이 사조는 이성이나 합리성, 절대성에 회의를 품었지만 이성을 거부하지는 않았고, 개성을 강조하였다. 《파우스트》 또한 독일 낭만주의 문학의 대표작으로 인간의 내면세계와 감정, 상상력을 중요하게 다루고 있다. 이는 당시 지배적인 사조였던 계몽주의와는 대비되는 특징이다.
메피스토 펠레스	'악'의 상징이지만 나쁘기만 한 캐릭터로 볼 수는 없다. 메피스토펠레스를 만나고부터 파우스트는 사람들을 만나고 사랑도 알게 되었고 자기 삶에 대한 만족도 얻게 되는 등 그를 통해 삶의 원동력을 얻는다. "저는 악입니다. 선을 만들어내는 존재죠." 《파우스트》에서 악이라고 부르는 존재는 단지 선의 다른 면일 뿐이며 필연적으로는 선의 존재에 속한다고 보았다. 메피스토펠레스는 악한 쪽으로만 유혹하는 게 아니었고 인간을 위한 합리적인 충고도 해주었다. 그는 파우스트의 동력이었고, 결국 메피스토펠레스가 상징하는 것은 성취욕과 같은 근대적 욕망의 한 모습이라고 볼 수 있다.
간척사업	악마와의 동행을 시작한 후 파우스트는 신의 존재를 잊는다. 신에 대한 절대적인 종속성을 잊고 하늘에 더 이상 미련을 두지 않은 채, 인간을 중심으로 생각하고 그들의 힘을 모아 터전을 마련해 신의 품을 떠나려는 근대인의 모습을 보여준다. 이처럼 간척사업은 그동안의 신앙적이고 신학적인 인간관에서 벗어나 인간을 중심으로 탈 신앙적, 세속적으로 변모하는 서구의 역사를 상징적으로 보여주고 있다.

▸ 시대적 배경 및 사회적 배경 살펴보기

괴테가 1772년 영아 살해죄로 처형된 한 여인을 보고 구상하기 시작한 《파우스트》
는 시간과 공간을 넘나드는 이야기 배경을 가지고 있다. 대부분의 이야기가 중세 말기의
유럽을 배경으로 진행되는데, 이 시기에는 신이 중심이었던 중세 시기의 특징과 신에
대한 믿음이 약화되고 인간에게 집중하기 시작했던 근대사회의 특징이 혼재되어 있
었다. 신을 우선시하고 육체적 쾌락을 금지했던 시대적 특징은 영아 살해나 혼전 성관
계를 비판적으로 묘사한 부분에서 볼 수 있으며, 신앙과 이성, 전통과 변화가 충돌하던
시기적 특징은 파우스트가 인간을 중심으로 한 근대적 사상에 대해 고민하는 모습을 통
해 보여준다. 《파우스트》는 괴테가 20대 초에 쓰기 시작해 60여 년 동안 더하고 고
치기를 거듭하며 생을 마감하기 직전인 83세에 완성한 역작으로 성서, 그리스 로마신
화, 민간설화, 철학사상 등을 참고해 생동감 있는 어휘와 다양한 문학적 형식을 이용하
여 집필한 작품이다.

현재에 적용하기

작품 속 신이 말한 "인간이란 노력하는 한, 방황하기 마련이다"는 문장을 통해 삶에서
'노력'과 '방황'은 필연적임을 깨닫고, 파우스트의 모순 가득했던 삶을 보며 좌절하지 않
고 어떻게 하면 인간으로서 자아실현을 이룰 수 있을지 고민해 볼 수 있다.

▶ **책의 내용을 진로 활동과 연관 지은 경우**(희망 진로: 독어독문학과)

영어와 달리 예외를 거의 허용하지 않는 독일어의 문법구조를 논리적으로 느끼며, 그 때문에 평소 독일어에 대해 많은 관심을 보임. 독일어 안에 담긴 독일 문화를 이해하는 것이 결국 독일을 넘어 유럽 전체를 이해하는 일이라는 선생님의 말씀을 듣고 독일 문학에도 관심이 생겼으며 대표적인 독일 문학인 '젊은 베르테르의 슬픔(요한 볼프강 폰 괴테)'을 읽음. 소설이 쓰인 시대적 배경과 당시 사상에 대해 알게 되면서 낭만적이고 슬픈 사랑이야기라는 감상을 넘어 젊은 시절 괴테의 고뇌에 대해 관심을 갖게 됨. 그리고 그가 평생 집필했다는 '파우스트'를 연계하여 읽고, 괴테가 메피스토펠레스를 통해 '악'을 '선'의 반대가 아닌 단지 선의 다른 면으로 표현하였다고 분석하면서 파우스트의 삶의 동력은 메피스토펠레스였다는 결론을 내림. 결국 괴테가 메피스토펠레스를 통해 표현하려던 것은 인생을 거는 각오라면 결과는 달라질 수 있으며, 끊임없이 고민해서 선택한 길이라면 가치 있으니 그대로의 모습을 인정하고 받아들이며 모험하는 용기와 끈기를 가져야 한다는 것이었다고 발표함. 또한 당시의 시대적 상황과 괴테의 삶을 이해해야만 괴테가 '파우스트'를 통해 제시하고자 한 '선'과 '악'의 의도적인 구도와 주제의식을 정확히 파악할 수 있다고 말하고, 연계 도서로 '독일사 산책'을 함께 읽으면서 독일의 가치관과 문화, 역사적 특수성 등을 통해 괴테가 말하려고 했던 주제를 '진보적 발전의 윤리성'과 연관해서 이해하고자 노력함.

▸ 책의 내용을 문학 교과와 연관 지은 경우

괴테의 다이내믹한 삶을 방황이라는 관점에서 보고 '파우스트(요한 볼프강 폰 괴테)' 에서 언급했던 의미 있는 희곡 대사들을 뽑아 문장이 가지는 의미를 분석하며 괴테 가 말하고자 했던 소설의 주제를 제시함. 또한 서정 갈래와 극 갈래의 특징을 조사 하여 표로 제시하면서 각 특징을 이해하고 희곡 형식으로 쓰였던 '파우스트'가 독자 들에게 주는 효과를 분석해서 발표함. 이를 통해 풍부한 상징성과 은유, 압축적이고 함축적인 표현과 다양한 장르가 융합된 새로운 문학의 형식을 가진 파우스트의 희 곡적 특성을 친구들에게 정확하게 전달하였음. 또한 분석심리학자 카를 구스타프 융이 '파우스트'를 읽고 깊은 감명을 받았다는 기사를 읽고 융의 분석심리학을 토대 로 '파우스트'를 분석함. 그 속에서 악의 근원인 메피스토펠레스를 파우스트의 자아 가 감당하기 어려워 무의식 속으로 묻어버린 열등한 인격인 그림자라고 분석함. 또 한 그런 그림자를 통합해야만 자기실현의 길로 갈 수 있다고 해석하며 결국 '악이 야말로 선의 동력이 된다'며 새로운 방식으로 작품의 주제를 분석해 냄. 또한 <괴테 를 사랑한 사람들>이라는 주제로, 괴테에게서 문학적 영향을 받은 예술가들의 일 화를 조사하고 그들의 문학적 업적에 대한 보고서를 작성함.

후속 활동으로 나아가기

▸ 만약 원하는 것을 들어주겠다고 하면서 메피스토펠레스가 내게 접근한다면 계약에 응할 것인가? 악마와 거래를 하면서까지 얻고 싶은 것이 있는가?

▸ 그레트헨을 파멸과 죽음으로 몰아넣은 파우스트의 충동적 행동은 무엇을 의미한다고 생각하는가? 《파우스트》에 '비극'이라는 수식어가 붙은 이유는 무엇이라고 생각하는가?

▸ 사회통념에 반하는 유혹을 경험하는 게 인간의 성장에 필요하다고 보는가? 또한 과오를 저질렀다 하더라도 파우스트처럼 자신의 한계를 뛰어넘기 위해 노력하는 도중 저질렀던 것이라면 구원받을 수 있다고 생각하는가? 파우스트가 마지막에 결국 천사들에게 구원받은 결말에 대해 어떻게 생각하는가?

▸ 파우스트는 악마 메피스토펠레스와 계약을 하면서 만약 자신이 "멈추어라. 너는 그토록 아름다우니!"라고 말하면 그때 악마가 자신의 영혼을 가져가도 좋다고 말한다. 멈추고 싶은 순간에 내뱉은 이 말에는 어떤 의미가 들어 있다고 생각하는가?

함께 읽으면 좋은 책

이부영, 《괴테와 융》 한길사, 2020.

닐 맥그리거, 《독일사 산책》 옥당, 2016.

박래식, 《이야기 독일사》 청아출판사, 2020.

로버트 A. 존슨, 《돈키호테, 햄릿, 파우스트》 동연, 2023.

황윤영, 김미경, 《독일문화 오디세이》 글로벌콘텐츠, 2019.

요한 볼프강 폰 괴테, 《젊은 베르테르의 슬픔》 민음사, 1999.

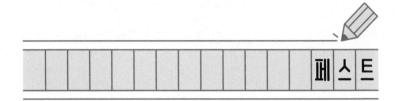

페스트

알베르 카뮈 ▸ 민음사

《페스트》는 공포와 죽음, 이별의 아픔 등 극한의 절망 속에서 재앙에 대처하는 사람들의 서로 다른 태도를 극명하게 보여주면서, 비극의 소용돌이 속에서도 현실을 직시하며 의연히 운명과 대결하는 사람들의 모습을 그려낸 소설입니다. 이 소설은 출간 한 달 만에 초판 2만 부가 매진되면서 2차 세계대전 시기를 경험한 동시대인들에게 큰 공감을 얻어냈습니다. 작가인 카뮈는 프랑스의 철학자이자 극작가, 신문기자였고 노벨문학상을 수상한 작가이기도 합니다. 그는 '자동차 사고로 죽는 것보다 더 부조리한 죽음은 상상할 수 없다'고 생전에 말했었는데, 아이러니하게도 자동차 사고로 생을 마감하게 됩니다.

2차 세계대전의 전운이 감도는 1940년, 북아프리카 알제리 지역의 프랑스 식민 도시 오랑이라는 곳에서 전염병 '페스트'가 창궐합니다. 처음에는 죽은 쥐들이 발견되기 시작했고 이때까지만 해도 대수롭지 않게 여겼던 사람들은 쥐의 사체가 대량으로 발견되면서 심상치 않은 상황이라는 것을 알게 됩니다. 쥐 8,000마리의 사체는 결국 인간에게 페스트라는 전염병을 안겨주었고, 많은 사람들은 죽음의 공포를 느끼기 시작합니다. 전염병 페스트가 공식적으로 발표되기 전까지는 누구도 그 징조가 페스트라는 것을 단언하지 못하고 불길한 분위기를 외면하거나 회피하거나 불신합니다. 그러나 금방 지나가리라고 믿었던 전염병은 점차 확산되기 시작하고 많은 사람들이 죽어가기 시작합니다.

 페스트 창궐 초기 등장인물들은 각자가 처한 위치와 상황에 따라 저마다의 모습을 보여줍니다. 베르나르 리유는 사회의 갑작스러운 이상 현상에 페스트 창궐이라는 결론을 내리고, 비상사태 선포를 요구합니다. 하지만 공무원들은 그것을 부정하였고 시간이 지나 그 요구가 받아들여졌을 때에는 이미 페스트가 도시 전역으로 퍼져나간 상태였습니다. 결국 오랑 시는 봉쇄되었고 그는 의연하게 환자들을 치료하려고 노력합니다.

 랑베르는 취재차 오랑 시에 방문했다가 고립된 일반인입니다. 그는 자신은 이 질병과 상관없다고 말하며 몇 번이나 오랑 시를 빠져

나가려 하지만 번번이 실패하고 결국 보건대에 들어가 일을 맡게 됩니다. 그곳에서 냉혈한인 줄 알았던 리유가 사랑하는 사람과 생이별을 했는데도 묵묵히 환자를 치료하는 모습을 보고 조금씩 마음의 변화를 느낍니다. 초반에는 이기적인 인물로 그려졌지만, 결국 그는 도시를 빠져나갈 기회를 얻은 후에도 자의로 오랑 시에 남습니다. 더 이상 오랑 시가 자신과 무관한 곳이 아니라는 것을 느꼈기 때문입니다.

타루는 페스트가 발병하면서 자신이 보고 경험한 일들을 세세하게 기록하기 시작합니다. 그는 검사인 아버지 밑에서 자랐고 아버지를 존경했습니다. 하지만 아버지가 재판에서 사형선고를 하는 모습을 보고 큰 충격을 받습니다. 사형선고를 법과 권력을 이용한 살인이라고 느낀 그는 존경하던 아버지를 더 이상 받아들일 수 없게 되어 집을 나옵니다. 그는 페스트에 걸린 사람들을 구하기 위해 보건대를 조직하여 그들을 돌보는 데 자신의 하루하루를 바칩니다. 하지만 보건대 업무에 너무 치중한 나머지 예방접종을 놓치고, 페스트가 잠잠해가던 시기에 결국 페스트에 감염되어 죽게 됩니다.

파늘루 신부는 전염병을 신의 심판이자 징벌이라고 생각하며, 그렇게 믿고 있는 많은 신앙인들의 생각을 대변하는 사람입니다. 신이 인간의 죄악을 벌하기 위해 페스트를 보낸 것이며 죄가 없는 사람들은 페스트 전염으로부터 안전하고, 죄가 있는 사람들도 속죄하면 신에게 구원받을 수 있다고 설교합니다. 하지만 오통판사의 어린 아들이 페스트로 죽자, 그와 같은 신념은 흔들리며 결국 그는 신앙의 길을 잃어버립니다.

이 소설에서 유일하게 악의 축으로 그려지는 코타르는 한때 자살을 결심했던 불행한 인간이었습니다. 그러나 페스트라는 위기 상황 속에서 물자 밀수와 거짓과 사기로 이익을 취하게 되자 페스트가 가져온 새로운 일상에 행복해하며 그 속에서 오히려 살아있음을 느낍니다. 하지만 결국 페스트는 종식되고, 이 사실에 절망감에 빠진 코타르는 권총을 난사하고 체포됩니다.

페스트가 처음 창궐했을 때 인물들은 저마다 다른 행동을 합니다. 언제 죽을지도 모르는 상황에서 죽기 전 최대한으로 쾌락을 즐기기도 하고, 생존을 위해 오랑 시를 탈출하는 데 목숨을 걸기도 합니다. 또 어떤 이들은 페스트 속에서도 담담하게 자신의 일을 하기도 합니다. 하지만 시간이 지날수록 상황은 악화되고 페스트가 고착화되자 이들은 다 같이 연대하며 페스트에 맞서는 모습을 보여줍니다. 사람들이 연대한 이유는 무엇일까요? 바로 페스트라는 거대한 장벽 앞에서 그들 모두 공동의 운명체임을 깨달았기 때문입니다.

타루는 페스트를 막기 위해 노력하지만 아이러니하게도 페스트가 사라지기 시작할 무렵에 페스트로 인해 세상을 떠나고 맙니다.

파늘루 신부도 페스트와 유사한 증상을 보이다가 사망하지만, 그의 병명은 결국 '미상'으로 기록됩니다. 한편, 코타르는 무분별한 총격 행위 끝에 경찰에 의해 붙잡힙니다. 이 모든 소용돌이 속에서 리유와 랑베르만이 제대로 살아남습니다. 이들은 자신을 믿고 현재의 어려움에 맞서며 생존하기 위해 투쟁한 실존주의를 상징하는 인물로 묘사됩니다.

기나긴 시련 끝에 페스트가 종식되자 시민들은 크나큰 기쁨을 느낍니다. 하지만 최전선에서 갖은 고생을 겪어온 의사 리유는 기뻐하는 군중들이 모르는 사실이 있다며 오히려 냉정한 반응을 보입니다. 페스트는 결코 사라지지 않을 것이며, 우리 주변을 맴돌다가 언제든 인간들에게 불행과 교훈을 주기 위해 다시 삶 속으로 찾아와 우리를 위협할 것이라고 생각합니다. 그렇게 이 소설은 마무리됩니다.

인간의 삶 속에는 전쟁, 범죄, 불행 등 수많은 페스트가 존재합니다. '페스트'로 상징되는 고통은 지금까지 계속 우리를 찾아왔었고 소멸되지 않고 앞으로도 계속 찾아올 것입니다. 소설 속 여러 인물들의 모습을 통해 시련과 고난이라는 페스트 앞에서 어떤 마음가짐으로 살아가야 할지 한번 생각해 보시길 바랍니다. 또한 인간의 본질에 관해서도 곱씹어보았으면 좋겠습니다. 그리고 하나

더, 이 소설의 서술자가 누구인지 추측하며 읽어보시길 바랍니다. 그렇게 한다면 한층 더 이야기에 몰입해서 재미있게 읽을 수 있을 것입니다.

도서 분야	외국고전	관련 과목	문학, 통합과학, 윤리와 사상	관련 학과	국어국문학과, 사회학과, 의학과, 약학과, 간호학과

고전 필독서 심화 탐구하기

▶ **기본 개념 및 용어 살펴보기**

주요 기본 개념 및 용어	
개념 및 용어	**의미**
페스트	표면적으로는 소설의 소재가 되는 전염병을 의미하지만 이것은 하나의 상징이자 장치라고 볼 수 있다. '페스트' 사태라고 표현 되었던 상황은 사실은 모든 자유가 제한되는 상황을 뜻하며, 이 것은 전쟁, 억압, 독재, 차별, 기아 등 인간 사회에 존재하는 모든 형태의 부조리를 의미한다고 볼 수 있다. 또한 '페스트 균은 결코 죽거나 소멸하지 않으며'라는 문장에서 사실 페스트는 다시 재발할 수 있는 병, 즉 늘 우리 곁에 존재하는 부조리를 의미한다고 볼 수 있으며 작가는 이것을 통해 우리의 삶을 돌아보게 만들었다.
실존주의	개인의 자유, 책임, 주체적 존재성을 중요하게 여기는 문학적 흐름을 말한다. 근대의 기계문명과 메카니즘적 조직 속에서 인간은 개성을 잃고 평균화, 기계화, 집단화 되어가며 소외현상을 겪었다. 그리하여 이것에 대한 반발로 실존의 구조를 인식, 해명하려고 하는 철학사상과 문예사조가 싹트게 된다. 카프카, 생텍쥐페리, 카뮈 등 서구 실존주의 문학가들의 작품은, 전쟁의 폐허와 죽음을 경험했던 한국의 문학계에도 큰 영향을 미쳤다.

▶ **시대적 배경 및 사회적 배경 살펴보기**

페스트는 흑사병이라고도 불렸으며, 14세기에 유럽 전역을 강타해 수많은 희생자를 남겼던 재앙과도 같던 전염병이었다. 이 소설은 유럽에 흑사병이 창궐한 지 15년이 지난 시점에 출간되었으며, 당시 프랑스 식민지였던 알제리(아프리카) 오랑 지역을 배경으로 하고 있다. 페스트라는 전염병이 사람들의 삶과 사회에 미치는 영향을 생생하게 담았으며, 극단적 상황 속에서도 인간 존재의 의미, 개인의 자유, 책임 등 윤리성과 연대의 중요성을 강조했던 카뮈의 철학적 고민도 함께 드러나 있다. 이는 당시 카뮈가 직면해야 했던 제2차 세계대전, 독재와 같은 문제에 대한 자신의 생각을 드러낸 것이라고도 볼 수 있다.

현재에 적용하기

우리는 코로나 펜데믹을 거치며 언택트 시대를 자연스럽게 받아들이게 되었다. 현대에서 인간이 직면하게 될 다양한 문제(부조리)를 현실적으로 바라보고, 우려되는 상황을 그려보면서 그것을 어떻게 극복할 수 있을지 고민해 보자.

생기부 진로 활동 및 과세특 활용하기

▶ 책의 내용을 진로 활동과 연관 지은 경우(희망 진로: 사회학과)

생활과 과학 시간에 <인류의 역사를 바꾼 최악의 전염병과 예방법>을 시청한 후 의학 지식 및 기술, 위생 관념, 사회 구조 등이 어떻게 발전됐는지 정리함. 특히 코로나19로 많은 사람들이 생명을 잃는 것을 보고 도시에서의 전염병 대책이 얼마나 중요한지 체감하며 인간의 고립과 사회적 연대, 사회적 책임에 대해 탐구하기 위해 세계적 전염병을 소재로 한 '페스트(알베르 카뮈)'를 읽음. 소설에 드러난 실존주의를 바탕으로 '페스트'가 이야기하는 감염병 확산의 위험과 인간의 도덕적 선택과 책임, 사회적 연대에 대해 자신의 생각을 서술하였으며 사회적으로 전염병에 어떻게 대처하고, 국가는 어떤 대책을 세워야 하는지 사회의 역할에 대한 자신의 의견을 제시함. 또한 이러한 분석을 바탕으로 <바이러스와의 전쟁 속 사회의 역할>이라는 주제로 심화탐구 활동 보고서를 작성함. '세계사를 바꾼 전염병 13가지(제니퍼 라이트)'를 참고하여 과거의 흑사병, 콜레라, 천연두 등 시대의 전환점이 된 질병과 현대에 유행했던 사스, 신종플루, 메르스, 코로나19 등을 비교하고 그 질병들이 역사 흐름에 끼친 영향을 탐구함. 또한 코로나19로 인해 심화될 수 있는 디지털 양극화를 지적하며 사회적 해결 방안을 제시함. 보고서를 위한 정보를 탐색하던 중 환경 문제가 기후변화를 일으키면서 새로운 전염병을 일으킬 수 있다는 것을 발견하고, 사회적으로 환경교육이 이루어져야 함을 제안함. 환경 교육에 대한 관심을 가지고 '환경과 생태 쫌 아는 10대', '빌 게이츠, 기후재앙을 피하는 법'을 진로 도서로 선정하여 장기적인 독서 계획을 세워나감.

▸ 책의 내용을 문학 교과와 연관 지은 경우

'서사 갈래의 특성'과 '인물, 사건, 배경'이 두드러지게 드러난 작품을 선정해서 분석하고 감상을 발표하는 문학 수업 활동을 통해 '페스트(알베르 카뮈)'를 대상 도서로 선정함. 페스트 상황에서 각 인물들의 태도의 변화를 도피적 태도(기자 랑베르), 초월적 태도(신부 파늘루), 저항적 태도(의사 리유)로 나누어 분석해서 작가가 말하고자 하는 바를 정확히 표현함. 일반적으로 책 표지를 만들 때, 작품의 주제와 작가의 세계관을 반영한다는 것에 착안해 각기 다른 출판사에서 출간한 '페스트'의 5개의 표지를 스크랩하여 각 표지가 말하는 바를 유추하면서 주제와 연결시켜 해석함. 또한 "작품 속에서 페스트가 의미하는 것은 무엇인가?"라는 질문을 던지고 그것에 대한 답으로 부조리를 제시함. 삶에서 부조리에 대응하는 가장 좋은 방법은 현실을 직면하고 인정하고 그 안에서 반항하는 것이라 주장하며 카뮈가 소설을 통해 드러내고자 했던 실존주의를 정확하게 이해하는 모습을 보여줌. 고전탐구 활동으로 책을 소개하는 카드뉴스를 제작하였는데, 전염병을 처음 맞닥뜨린 순간부터 인물의 변화상을 세세하게 나열하여 소설의 결말에 대한 궁금증을 유발하였고, 많은 학생들의 관심을 받음.

▸ 페스트가 창궐한 재난 상황에서 소설 속의 인물들은 다양한 태도를 취한다. 현실을 빠르게 직시하고 자신이 할 수 있는 일을 하는 의사 리유, 연인을 만나겠다고 탈출을 시도하지만 결국 오랑 시에 남는 랑베르, 보건대를 조직하여 적극적으로 페스트에 맞서는 타루, 페스트라는 재난에 오히려 안도감을 느끼는 코타르, 페스트를 신의 뜻이라고 생각하며 순응하는 파늘루 신부 등. 소설 속 인물들의 행동에 대해 어떻게 생각하는가? 그들 각자가 가장 중요시했던 가치는 무엇이었으며, 그중 가장 공감이 가는 인물은 누구인가?

▸ 처음에 랑베르는 이 도시 사람이 아니라며 벗어나려고 하지만 결국에는 보건대에 합류하고 탈출할 수 있는 상황임에도 불구하고 오랑 시에 남아 페스트를 극복해 나간다. 오랑을 떠나면 개인의 행복과 사랑을 되찾을 수 있지만 결국 떠나지 않는다. 랑베르의 이런 행동을 어떻게 생각하는가? 개인의 이익(행복)과 공익 가운데 무엇이 더 가치 있다고 생각하는가?

▸ 소설 제목인 '페스트'는 무엇을 의미한다고 생각하는가? 마지막 타루가 한 말, "사람은 저마다 자신 속에 페스트를 지니고 있다"는 말은 무엇을 의미한다고 생각하는가? 그 '페스트'가 단순히 전염병을 의미하는 것이 아니라면 우리 사회의 페스트는 어떤 것들이 있을까?

함께 읽으면 좋은 책

주제 사라마구, 《눈먼 자들의 도시》 해냄, 2022.
제니퍼 라이트, 《세계사를 바꾼 전염병 13가지》 산처럼, 2020.
로날트 D, 게르슈테, 《질병이 바꾼 세계의 역사》 미래의창, 2020.
조지무쇼, 《세계사를 바꾼 10가지 감염병》 사람과나무사이, 2021.

스물여덟 번째 책

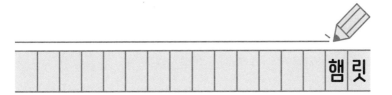

| | | | | | | | | | 햄 | 릿 |

윌리엄 셰익스피어 ▶ 민음사

《햄릿》은 1601년에, 윌리엄 셰익스피어가 4대 비극 가운데 가장 먼저 집필한 희곡으로, 가장 유명하고 대중적이라는 평을 듣는 걸 작입니다. 대중 극작가였던 셰익스피어는 당시 유행했던 복수극을 염두에 두고 이 작품을 썼지만, 통일된 주제와 깊이를 가진 이 극을 통해 인간 존재와 도덕성에 미치는 영향 및 그 행위의 본질에 대해서도 탐구하고자 하였습니다. 이 비극적인 이야기의 배경은 바로 덴마크였습니다.

햄릿의 아버지이자 덴마크의 왕이 갑자기 죽은 뒤 햄릿의 삼촌인 클로디어스가 왕위에 오릅니다. 햄릿은 고향을 떠나 있다가 아버지가 독사에 물려 돌아가셨다는 것을 알게 되었는데 왕자인 자신이 아닌 삼촌이 왕이 되었고, 엄마인 거트루드가 삼촌과 결혼한다는 황당한 이야기를 듣게 됩니다. 삼촌이 자신의 자리를 빼앗고 갑자기 아버지처럼 구는 것에 대한 반발심을 느끼는 한편, 아버지가 돌아가신 지 두 달도 되지 않은 사이에 삼촌과 재혼하는 어머니를 보며 원망과 함께 여자에 대한 불신이 생기기 시작합니다. 정황상 아버지의 죽음에는 의혹이 가득했지만 무엇이 진실인지 누가 자신의 편인지 알 수 없었기 때문에 햄릿은 혼란스러웠습니다.

사실 왕비인 거트루드는 그 시대의 의존적인 여성상의 전형이라고 볼 수 있습니다. 자신의 보호자였던 남편이 죽고, 그로 인한 권력의 공백이 그녀의 생존까지 위협하는 상황에서 아들은 멀리 떨어져 있습니다. 엘시노아 성에 홀로 남겨진 그녀는 자신과 가족을 보호할 능력이 없었기 때문에 왕권과 가족을 지키기 위해 결국 시동생인 클로디어스에게 의존하는 것을 선택합니다.

그런데 한밤중, 엘시노아 성의 망대에서 보초를 서던 병사들이 선왕의 모습을 한 갑옷 차림의 유령을 보게 됩니다. 이 이야기를 들은 햄릿은 선왕의 유령을 만나고 그에게서 죽음의 진실을 듣게 됩니다. 정원에서 자다가 독사에 물린 것이 아니라 동생 클로디어스가 자신의 귀에 독즙을 쏟아 부어 죽음에 이르게 했다는 사실을 말입니다. 선왕의 유령은 복수를 부탁하지만 햄릿은 성급하게 행동하기 전에 그 말이 사실인지 확인해야 했습니다. 그는 성에 들어온 극단을 이용해 아버지의 암살 사건과 유사한 플롯의 '곤자고의 암살'이라는 연극을 삼촌 앞에서 공연하도록 하고 그의 반응을 지켜봅니다. 마침내 암살 장면이 공연되기 시작하고, 그것을 지켜보던 클로디어스는 안색이 변한 채 자리를 뜹니다. 그리고 이를 계기로 햄릿은 그가 아버지를 죽였다는 것을 확신하게 되고 복수를 결심하게 됩니다.

클로디어스는 권력에 눈이 멀어 형을 암살하고 형의 여자를 빼앗았지만 그 사실에 죄책감을 느끼면서 언제 자신의 비밀이 드러날지 몰라 불안해합니다. 급하게 왕권을 얻었기에 그의 정치기반은 약했고, 단단한 왕권이 확립되기 전에 햄릿이 자신의 비밀을 밝힌다면 왕권 자체가 흔들릴 수도 있기 때문입니다. 그는 폴로니어스를 시켜 햄릿을 끊임없이 관찰하고 염탐하게 합니다. 그리고 어느 날 햄릿은 커튼 뒤에서 자신을 염탐하던 폴로니어스를 클로디어스로 착각해 칼로 무참히 찔러 죽입니다. 클로디어스는 이 사건을 계기로 햄릿의 안전을 위해 그를 사신 신분으로 영국에 보내기로 하는데, 실은 영국 왕에게 도착하는 즉시 그를 죽이라는 밀서를 은밀히 전달해 놓은 상태였습니다. 그러나 햄릿은 영국으로 가는 도중 해적의 도움으로 다시 덴마크로 돌아오게 되고 그와 동시에 햄릿이 죽인 재상 폴로니어스의 아들 레어티즈도 프랑스에서 귀국합니다. 클로디어스는 레어티즈에게 정당한 검술 시합으로 아버지의 복수를 하라고 말합니다. 그리고 레어티즈의 칼끝에 독을 묻혀 놓기로 합니다.

햄릿은 폴로니어스의 딸 오필리아를 사랑했습니다. 그러나 어머니가 아버지를 배신한 것을 보면서 사랑 자체를 불신하게 됩니다. 게다가 오필리아는 암묵적으로 정치적 적대관계인 왕 클로디어스의 신하 폴로니어스의 딸이었습니다. 햄릿은 생존을 위해 미친 척하고 있었고, 폴로니어스는 클로디어스를 대신해 그런 자신을 염탐하고 있었기 때문에 경계할 수밖에 없었습니다. 햄릿은 오필리아를 사랑했지만 개인적인 감정은 모두 숨긴 채 어머니에게서 느낀 여자에 대한 불신을 오필리아에게 투영하고 그녀를 공격합니다. 그리고 인간에 대한 불신과 자기혐오 때문에 오필리아에게 결혼도 하지 말고, 자식도 낳지 말도록 수녀원에 가라고 독촉합니다. 햄릿의 딜레마를 알 수 없었던 순수하고 여린 오필리아는 그의 행동에 상처받고 괴로워하다가 아버지의 죽음까지 겹치자 실성하고 정신을 놓은 채 돌아다니다가 연못에 빠져 익사하고 맙니다.

복수심에 눈 먼 레어티즈는 검술시합에서 독이 묻은 칼로 햄릿을 상처 입히는 데 성공하지만 결국 자신도 그 칼에 상처를 입고 죽기 직전 햄릿에게 자신과 왕의 계략을 알려줍니다. 결국 햄릿과 레어티즈는 서로를 용서하지만, 혹여나 시합에서 자신의 계획이 실패할 것을 대비해 클로디어스가 준비해 놓은 독주를 거트루드 왕비가 대신 마시고 죽게 되자, 햄릿은 죽어가는 와중에도 남은 힘을 모아 클로디어스를 찌르고 그에게 독주를 먹여 결국 모두가 죽게 되는 엄청난 비극을 맞이합니다.

셰익스피어는 뛰어난 언어력과 표현력으로 인간의 내면을 풍부하고 다층적으로 묘사하였고, 그의 작품들은 현재까지도 많은 사람들에게 깊은 감동을 전해주고 있습니다.

주인공 햄릿뿐 아니라 각각의 등장인물들이 겪는 세세한 마음의 변화를 통해 인간 존재에 대한 갈등과 모순에 대해 함께 생각해 보는 시간을 가졌으면 좋겠습니다.

도서 분야	외국고전	관련 과목	독서, 국어, 윤리와 사상	관련 학과	영어영문학과

▶ 기본 개념 및 용어 살펴보기

주요 기본 개념 및 용어	
개념 및 용어	의미
햄릿 증후군 Hamlet Syndrome	"있음이냐 없음이냐, 그것이 문제로다to be or not to be." 햄릿의 이 명대사에서 파생된 신조어로, 선택해야 하는 순간이 왔을 때 쉽게 결정을 내리지 못하고 우유부단하게 행동하는 것을 뜻한다. 정보 과잉의 시대에 넘쳐나는 콘텐츠와 상품들로 쉽게 결단을 내리지 못하고 결정 장애를 앓고 있는 현대인을 빗대어 표현하는 것이기도 하다.
데우스 엑스 마키나 deus ex machina	그리스 연극에서 쓰인 무대기법 중 하나로 초자연적인 힘을 이용해 극의 긴박한 국면을 타개하고 결말로 이끌어가는 기법이다. 에우리피데스가 즐겨 쓴 수법으로, 기중기와 같은 기계를 이용해 갑자기 신 역할을 맡은 배우를 무대 공중에 등장시켜서 위급하고 복잡한 사건을 해결하던 것에서 나온 말이며, 매우 급작스럽고 간편하게 작중 문제를 해결하고 이를 정당화시키는 사기 캐릭터나 연출 요소 등을 의미한다. 'ex machina(기계 장치로 구성된)'라고 줄여 말하는 경우도 있다. 영국으로 가는 도중 햄릿이 해적을 만나 오히려 무사히 덴마크로 돌아오게 된 장면도, 바로 이러한 기법을 사용한 것이다. 해적이 데우스 엑스 마키나로 등장하는 것은 다른 작품에서도 종종 찾아볼 수 있다.

‣ 셰익스피어 4대 비극

작품	내용
햄릿 Hamlet	셰익스피어의 4대 비극 중 하나로 가장 유명한 작품이다. 덴마크 왕국의 왕자인 햄릿이 아버지의 죽음을 모사한 숙부, 그리고 그와 결혼한 어머니에 대한 복잡한 감정과 복수심 사이에서 갈등하는 이야기를 담고 있으며, 인간의 심리와 죽음, 도덕적 선택에 대한 탐구를 보여준다.
오셀로 Othello	제국의 장군인 오셀로가 부하 이아고의 음모로 인해, 사랑하는 아내 데스데모나를 죽이고 스스로 죽음을 맞이하는 이야기를 담았다. 질투와 배신, 사랑이 주제이다.
리어 왕 King Lear	브리튼의 왕 리어가 자신에 대한 사랑을 증명하라고 딸들에게 요구하면서 벌어지는 비극을 다룬 작품이다. 리어의 세 딸들 중 두 딸은 거짓과 아첨과 권력욕을 드러내며 아버지를 속이고 그 결과 리어는 점점 더 광기에 빠져들게 된다. 가족 간의 사랑과 배신, 욕망, 권력에 대한 복잡한 감정을 담고 있다.
맥베스 Macbeth	스코틀랜드 귀족인 맥베스가 세 마녀의 예언에 홀려 왕을 죽이고 왕좌에 오르는 이야기를 다룬다. 하지만 자신의 행동에 대한 죄책감과 공포로 인해 점차 환각에 시달리게 되고 결국 적에게 죽임을 당하게 된다. 권력에 대한 욕망과 그로 인한 파멸을 주제로 하고 있다.

▶ 시대적 배경 및 사회적 배경 살펴보기

작품 속 배경은 르네상스 이전인 12세기이지만, 사실은 17세기 초반 후계자 문제로 불안했던 엘리자베스 1세 시대(엘리자베스 여왕의 총애를 받던 에섹스 백작이 왕위 계승 문제로 한순간에 반역자가 되는 상황을 목도하고 이 작품을 구상)를 그대로 반영하고 있다. 그 당시는 국가 권력과 종교적 변화(카톨릭과 개신교가 혼재), 사회적 계층 간의 긴장감 등 다양한 변화가 일어나는 르네상스 시대였고, 철저한 위계질서와 신 중심적인 사고방식에서 벗어나 오로지 성경에 기초한 개인의 신앙을 역설함으로써 오히려 인간의 내면 의식을 강조하게 된 시대였다. 작품 속 햄릿의 갈등과 고민은 그런 부분을 반영했다고 볼 수 있다. 또한 그 시대에는 국왕이나 국가를 비판하는 것이 금지되었기에 많은 작가들이 고대 그리스와 로마 이야기를 통해 현실을 암시하거나 비판하였는데 《햄릿》 또한 이런 부분이 엿보인다.

작품 속에서 성실하고 순수한 여성들이 애꿎은 희생자가 되는 장면들이 있는데, 이는 그 당시가 남성은 우월하고 여성은 열등하다고 보는 성차별주의 시대였고 이러한 가부장적인 분위기로 인해 여성은 대체로 작고 힘없는 대상으로 묘사되었기 때문이다. 여자들은 외교적인 이익이나 왕가의 경제적인 이익을 위해 전략적인 결혼 수단이 되기도 하였다.

현재에 적용하기

선과 악, 인간의 본성과 도덕적 선택에 대해 깊이 고뇌하며 자신의 존재를 걸고 삶의 진실을 찾아 나가는 햄릿의 여정을 통해, 현재 자신의 선택이 어떤 의미를 가지는지에 대해 생각해 볼 수 있다.

▶ 책의 내용을 진로 활동과 연관 지은 경우(희망 진로: 영어영문학과)

영미문학에 대한 호기심을 바탕으로 문학작품에 함축된 시대적 배경과 작가의 관점이 글에 어떠한 영향을 끼치는지 궁금증이 생겨 영미문학의 대표작 '햄릿(윌리엄 셰익스피어)'을 선정하여 읽음. 영국 르네상스 시대를 반영한 각 인물들의 심리 변화 과정을 분석해 보고서를 작성하고 선과 악의 문제는 상대적이며 욕망과 갈등 사이에서 끊임없이 고뇌하는 것이야말로 삶의 비극이라는 결론을 내며 작가의 (르네상스) 시대적 관점을 정확하게 이해하고 있음을 드러냄. 특히 누군가의 아내로서만 지위를 유지하려는 거트루드 왕비를 통해, 그 당시의 수동적이고 연약한 여성상을 엿볼 수 있다며 시대적인 배경과 연결하여 작품을 비판적으로 이해함.

또한 영국이 셰익스피어와 같은 작가를 배출할 수 있었던 이유를 극장의 발달과 연관 지어 분석하고 <셰익스피어 문학에 영국의 극장 발달이 끼친 영향>이라는 주제로 영국 유명 극장의 역사와 시대적 배경을 셰익스피어 문학과 연결해 분석하고 그것을 영자신문 기사로 작성함. 개성 있고, 논리적으로 자신의 주장을 펼치며 수준 있는 어휘와 다양한 연결사 및 문장구조를 활용하여 자신의 생각을 효과적으로 표현함.

▶ 책의 내용을 문학 교과와 연관 지은 경우

자유주제 발표 수행평가에서 자신의 관심 분야인 영미문학과 관련해 '햄릿(윌리엄 셰익스피어)'을 읽고 '셰익스피어의 작품이 오랜 세월 동안 인류의 고전으로 남은 이유'를 조리 있게 발표함. 개인의 욕구와 윤리적 딜레마라는 대립 구도가 사람들의 깊숙한 본성을 건드리고 있기 때문이라는 이유를 들며, 특히 그 본성 가운데 '질투'를 부각시켜서 햄릿의 서사를 인류 최초로 살인을 저지른 창세기 속 '카인'과 비교하여 설명함. 또한 셰익스피어 작품들 간의 철학적 교훈과 메시지를 탐구하기 위해 한 학기 동안 4대 비극을 읽은 후, 비극의 공통적 단계(욕심-여성의 희생-비극 속 합리화-뒤늦은 깨달음-비극을 통한 위계질서의 파괴)를 분석함. 각 작품의 내용을 발췌하여 예시로 들어 발표하는 등 같은 작가의 작품에서 공통적으로 내포하고 있는 함축적 의도를 파악하고, 이를 통해 소설의 주제와 문학작품의 시대적 배경을 이해하는 기회를 가짐. 특히 수행발표 보고서를 작성하기 전 셰익스피어의 작품을 읽은 친구들을 대상으로 "햄릿이 (비극을 통해) 우리에게 주는 카타르시스는 무엇이라 생각하는가?"라는 발제문을 제시하여 의견을 취합하고, 그 내용을 바탕으로 자유주제의 결론을 도출해냄. 이를 통해 다양한 분야의 지식을 통합적으로 활용하고 분석하는 능력을 드러냄.

후속 활동으로 나아가기

- 러시아 문학의 3대 거장 중 한 명으로 불리는 이반 세르게예비치 투르게네프는 인간의 유형을 사색에 몰두하고 회의적인, 그래서 매우 현실적이지만 행동을 자제하는 성격의 햄릿형과 현실보다는 이상을 추구하고, 목표를 향하여 무모할 만큼 돌진하는 돈키호테형으로 분류하였다. 햄릿형은 사려 깊을 수 있지만 우유부단하다. 돈키호테형은 실천력이 돋보이지만 처신이 가벼울 수 있다. 본인은 어떤 유형의 성격과 가깝다고 생각하는가?

- 햄릿의 명대사 원문 "To be, or not to be"는 많은 역자에 의해 다양하게 번역되었다. 나라면 이 부분을 어떻게 번역할 것인지, 그렇게 번역한 이유는 무엇인지, 책의 주제와 연관 지어 이야기해 보자.

- '햄릿 증후군'이라는 신조어는, 중요한 순간이 되었을 때 결정하지 못하고 우유부단하게 고민만 하는 행동을 뜻하는 말이다. 하지만 햄릿은 아버지를 죽인 원수를 처단하기 위해 증거를 모으고 기회를 엿보다가 결국 복수를 했기에 햄릿은 우유부단함의 상징보다는 신중함의 상징에 가깝다는 의견도 있다. 햄릿은 정말 우유부단한 사람이었을까? 신중함과 우유부단함 중 햄릿의 성향에 더 가까운 것은 무엇이라고 생각하는가?

함께 읽으면 좋은 책

윌리엄 셰익스피어, 《오셀로》 민음사, 2001.
윌리엄 셰익스피어, 《리어왕》 민음사, 2005.
윌리엄 셰익스피어, 《맥베스》 민음사, 2004.
앵거스 플레처, 《우리는 지금 문학이 필요하다》 비잉, 2021.

스물아홉 번째 책

허클베리 핀의 모험

마크 트웨인 ▸ 민음사

    마크 트웨인의 《허클베리 핀의 모험》은 우리에게 익숙한 《톰 소여의 모험》의 스핀오프 작으로, 남북전쟁이 일어났던 당시 흑인 노예의 인권과 자유의 문제를 다룬, 당시로서는 꽤 진보적인 메시지를 담고 있는 소설입니다. 소설 도입 부분에서 허클베리 핀은 학교에 가기 싫어하고 욕을 입에 달고 살며 담배도 피우는 등 일반적인 도덕이나 법에 대한 관념이 없는 학생처럼 나올 뿐만 아니라, 그가 흑인 노예와 동료가 되어 모험을 떠나는 등 노예 해방에 관한 문제를 다루고 있었기 때문에 노예 제도를 당연하게 여겼던 그 당시 미국 사회에 대한 도전처럼 느껴지는 책이기도 했습니다. 그래서 한때는 원색적인 비난을 받으며 금서 취급을 받기도 하였으나 20세기 미국의 대문호 헤밍웨이가 "미국의 모든 현대문학은《허클베리 핀의 모험》에서 비롯된다. 이것이야말로 가장 미국적이다"라는 말을 남기는 등 여러 작가들이 미국 문학의 정체성을 담은 훌륭한 문학으로 언급하고 여러 연구가 진행되면서 미국의 가장 대표적인 고전소설로 인정받게 됩니다. 특히 당시로서는 금기처럼 여겨졌던 인종차별을 정면으로 다루고 있고 흑인을 한 사람의 인격체로 묘사했던 게 후대에 높은 평가를 받게 된 가장 큰 이유였습니다.

마크 트웨인은 1835년 미주리주 플로리다에서 태어나 미시시피 강을 낀 해니벌이라는 마을에서 어린 시절을 보냈습니다. 매일 증기선이 오가고 사람들이 북적대던 곳이었습니다. 어려서부터 식자공, 견습 인쇄공으로 일했던 마크 트웨인은 스물두 살에는 미시시피 강을 오가는 증기선에서 수로 안내인으로 근무했습니다. 그의 실제 이름은 새뮤얼 랭혼 클레먼스였는데, 수로 안내인으로 근무할 때 수심이 사람 키의 두 배가 되는 곳에 이르면 안전수역에 들어섰다는 신호로 "Mark Twain(두 길)"이라고 외치던 것에서 자신의 필명 '마크 트웨인'을 따왔다고 합니다.

《톰 소여의 모험》에서 톰과 헉(허클베리 핀)은 모험을 통해 6천 달러의 부를 거머쥐게 됩니다. 헉은 그 이후 더글라스 아주머니 댁에 양자로 입양되어 생활하게 되는데 부랑자로서 자유롭게 살아왔던 헉은 더글라스 아주머니와 그녀의 동생 왓츤의 초월적인 기독교식 훈육에 갑갑함과 괴로움을 느낍니다. 그러던 중 죽은 줄만 알았던 헉의 아버지가 헉이 톰과의 모험을 통해 많은 재산을 얻었다는 소문을 듣고 자신의 몫을 챙기기 위해 그를 찾아옵니다. 하지만 헉은 그동안 자신의 재산을 관리해주던 새처 판사에게 그 돈을 모두 넘깁니다. 헉의 아버지는 포기하지 않고 더글라스 부인의 집에서 헉을 빼내 마을에서 멀리 떨어져 있는 숲속의 오두막으로 끌고 가 감금하고 학대합니다. 그런 생활을 견디기 힘들었던 헉은 멧돼지의 피를 오두막집에 뿌려 자신이 마치 살해된 것처럼 꾸미고 집에서 탈출합니다. 헉은 더글라스 아주머니 집으로 돌아갈 수도 있었지만 아버지나 아주머니나 그의 자유를 빼앗는 것은 마찬가지였기에 속박당하는 삶을 거부하며 잭슨섬으로 도망칩니다. 왓츤 부인의 흑인 노예 짐 역시, 왓츤 부인이 800달러에 자신을 팔아버리려는 걸 알아채고 노예 상인이 나타나기 전 잭슨섬으로 도망칩니다. 그렇게 그들은 잭슨섬에서 서로 마주치고, 함께 뗏목을 타고 미시시피 강을 따라 여행을 시작합니다. 그들의 목적지는 '카이로'였는데 그곳에 가면 짐이 노예 신분을 벗고 자유를 쟁취할 수 있었기 때문입니다.

그들은 현상금을 받기 위해 짐을 붙잡으려는 사람들의 위협을 피해 계속 떠돌면서 다양한 사람들을 만나고 다양한 사건과 마주하게 됩니다. 어느 날, 그들이 탄 뗏목을 보지 못한 증기선으로 인해 뗏목은 부서지고, 헉은 겨우 목숨을 건져 홀로 근처에 있는 집으로 피신합니다. 그곳이 바로 그랜저포드Grangerford 가문이었습니다. 그들은 근처 셰퍼드슨Sheperdson 가문과 이유도 없이 총을 난사하며 몇 십 년 동안이나 싸움을 벌이는 원수지간이었습니다. 두 집안의 대립은 30년 동안이나 지속되었지만 그들은 무엇 때문에 자신들이 싸우는지 이유도 모른 채 비극을 향해 달려갑니다. 헉은 그곳에서 지내는 동안 미움의 극한을 경험합니다. 이후 짐과 재회한 헉은 그가 수리한 뗏목을 타고 그곳을 떠납니다.

그 후, 그들은 한 노인과 30대 남자를 만나게 됩니다. 서로 초면이었던 그들은 사실 사기꾼들이었고, 노인은 자신을 프랑스 혁명 당시 루이 16세와 마리앙투아네트 사이에서 태어난 황태자 루이 17세라고 소개하고, 젊은 남자는 부친이 죽은 후 형에게 모든 작위와 재산을 빼앗긴 후 도망쳐 나온 비운의 공작이라고 소개합니다. 그들은 초면이었지만 단번에 서로가 사기꾼이라는 것을 알아보고 헉과 짐의 뗏목을 이용해 이곳저곳을 다니며 사기를 치고 돈을 법니다. 엉터리 약을 팔고, 목사인 척 부흥회를 열어 헌금을 강탈하고, 짐을 자신들의 하인으로 위장시키는 것도 모자라 윌크스 집안을 찾아가 자신들을 그 집안의 하비와 윌리엄이라고 사칭하며 잠시 유산의 처분권까지 손에 넣기도 합니다. 헉과 짐은 그들의 사기 행각이 못마땅했지만 철저하게 그들에게 대응한다거나 적극적으로 거부하지도 못한 채 그저 환경에 순응하며 끌려다닙니다. 그들이 만나는 인물들은 모두가 하나같이 위선적이고 폭력적이며 전형적인 사기꾼들로 천연덕스럽게 매일 사람들을 속이고 돈을 갈취하는, 거짓 그 자체의 삶을 사는 사람들이었습니다. 특히 자신들을 보살펴 준 흑인 노예 짐을 사일러스에게 40달러에 팔아버리는 사기꾼의 모습은 인간이 얼마나 비열하고 위선적일 수 있는지를 생생하게 보여줍니다.

혁은 짐을 노예로 사간 펠프스 농장의 사일러스를 찾아가 그의 아내 샐리 부인을 만나게 됩니다. 그런데 알고 보니 샐리 부인은 톰 소여의 이모인 폴리 부인의 동생이었습니다. 샐리 부인은 톰이 자기를 찾아온다는 연락을 받았기 때문에 혁을 톰으로 착각하고 그를 반갑게 맞이합니다. 그리고 혁은 실제로 샐리 부인의 집으로 오고 있던 진짜 톰과 만나게 되고, 상황에 대한 설명을 들은 톰은 어른들에게 자신의 정체를 밝히는 대신 톰의 이복동생인 척하며 혁과 함께 짐을 구출하기 위한 여러 가지 계획을 세우고 실행합니다. 그러나 짐을 구출해내던 중 다리에 총을 맞게 된 톰은 의사에게 보내지고, 때마침 폴리 부인이 도착해 상황은 정리됩니다. 그리고 모두들 왓츤 부인이 유언을 통해 짐을 노예 신분에서 해방 시켰다는 사실과 혁의 아버지가 강도에게 살해당한 사실을 알게 됩니다. 마침내 짐은 자유를 찾았고, 혁 역시 아버지의 폭력으로부터 자유를 얻게 되었습니다.

샐리 부인은 헉을 양자로 삼고자 하지만 헉은 정돈된 생활에서 오는 편안함보다는 자유를 더 갈망했기 때문에 인디언 보호구역으로 다시 모험을 떠날 계획을 세웁니다. 그렇게 끊임없이 자유를 갈망했던 그였기에 아마도 짐의 자유를 위해 끝까지 투쟁했던 것인지도 모릅니다.

누군가의 보살핌을 받아본 적 없는 허클베리 핀과 보살핌은커녕 인간 대접도 받지 못한 짐과의 모험을 통해 우리는 그 당시 사회가 지니고 있었던 편견과 인종차별에 대해 많은 생각을 하게 됩니다. 특히 편견을 이겨내고 자신이 생각한 대로 행동하며 짐의 자유를 돕는 헉의 행동과 그로 인한 갈등과 고뇌를 보며, 모두가 당연하게 여기는 현시대의 규범과 제도가 과연 모두 올바르기만 한 것인지 다시 한 번 생각해보게 됩니다.

도서 분야	외국고전	관련 과목	세계사, 문학, 영미문학	관련 학과	영어영문학과

▸ **기본 개념 및 용어 살펴보기**

주요 기본 개념 및 용어	
개념 및 용어	의미
뗏목	혁은 아버지를 피해, 짐은 노예의 신분에서 도망치기 위해 선택한 장소로, 혁에게는 자유롭고 안락한 새로운 가정이자 사회이며 자유와 탈출의 상징이기도 하다. 그들은 뗏목 위에서 동등한 인격체로 만나 자유로운 삶을 살아가며 서로 돕고 의지하며 성장한다.
미시시피 강	육지와 대비되는 공간으로 사회의 부조리와 욕심으로부터 혁을 지켜주고 감싸주는 배려의 공간이다.
카이로	짐에게는 노예 신분을 벗어나 자유를 얻고 헤어진 가족을 만날 수 있는 희망의 장소이며, 혁에게는 사회적인 규범에 얽매이지 않고 자유로운 삶을 살 수 있는 공간이다.

▸ **시대적 배경 및 사회적 배경 살펴보기**

1885년에 발표된 《허클베리 핀의 모험》은, 1863년 미국의 노예 해방령 선언 이후로 약 10년이 지난 뒤 발표된 소설이다. 노예 제도가 폐지되기 전인 1840~1850년대의 미국 상황을 보여주고 있는데, 노예 제도와 인종차별이 여전했던 사회와 그에 대한 비판이 혼재했던 시기의 미국 사회상을 그대로 보여준다. 1833년 영국에서는 이미 노예제가 폐지되었고, 1861년 미국에서는 노예제 폐지를 둘러싸고 미연방 정부와 남부

11개 주 사이에서 남북전쟁이 발발했다. 그리고 1862년 9월, 링컨 대통령이 노예 해방 예비 선언을 발표하였으며 1863년 1월 1일 마침내 노예 해방령이 공포되었다.

남북전쟁이 발발하기 전의 남부지역은 농업과 축산업이 주요 산업이었기에 목장 관리를 위한 노예가 반드시 필요했다. 《허클베리 핀의 모험》은 이런 남부를 배경으로 헉과 짐의 모습을 보여주고 있으며, 이를 통해 사회적인 문제와 도덕적인 부분에 대한 고민을 유도하고 있다.

또한 헉은 모험 중에 많은 어려움을 겪으며 세상을 경험하고, 고생 끝에 평온한 삶을 살 수 있게 되었지만 틀에 박힌 안락함을 거부하고 또다시 새로운 세상을 찾아 모험을 떠난다. 한곳에 안주하지 않고 새로운 것을 찾아 끊임없이 떠나는 미국의 개척 정신을 드러내고 있는 대목이다.

현재에 적용하기

소설 속에서 헉은 당시 사회가 당연하게 여기던 인종차별이나 노예제도와 같은 부조리한 사회의 모습을 보고 옳지 않다고 여긴다. 적극적으로 나서서 무언가를 바꾸지는 못하지만 자신의 선에서 옳다고 생각하는 일을 행동으로 옮기며 기존의 편견에서 벗어나려고 노력하는 모습을 보인다. 이러한 모습을 보며, 우리도 지금 이 시대가 당연하게 여기는 규범과 제도를 다시 한 번 살펴보고 허물어야 할 벽이 있는지에 대해 고민해 볼 수 있다.

생기부 진로 활동 및 과세특 활용하기

▶ 책의 내용을 진로 활동과 연관 지은 경우 (희망 진로: 영어영문학과)

'허클베리 핀의 모험(마크 트웨인)'을 읽으면서 19세기 미국 남부 사회의 인종차별과 사회 불평등에 대해 확인하고 그 역사적 배경을 조사함. 미국 남부지역의 계층 간 갈등과 성 역할, 인종차별의 모습을 대변하고 있는 '앵무새 죽이기'를 함께 읽으며 소설 속에서 말하고 있는 인종 간 불평등한 모습을 비교·분석하며 당시의 사회적 배경과 그 사회의 가치, 제도에 대해 해석함. 또한 소설 내에서 '미시시피 강', '뗏목' 등의 장소를 설정해놓은 것이, 자연의 순수함과 인간 사회의 부패한 가치를 대비적으로 그려내며 사회의 문제와 불평등을 비난하기 위한 장치였다고 주체적 관점에서 이해하고 평가함.

'영미문학에서 드러난 청교도적 윤리관'이라는 주제로, 기독교적 도덕론과 윤리학을 조롱하고 풍자하는 헉의 대사("좋아, 난 지옥으로 가겠어!")를 발췌하고, 그 다짐을 올바른 가치(짐을 구출하는 것이 그 당시 사회적 시선으로 봤을 때 악행이라고 하더라도 자신의 생각을 따르겠다)에 따라 그 당시 사회적 규범을 뛰어넘는 적극적 의지로 해석하며, 윤리와 자유의 가치에 대한 자신의 생각을 제시함. 또한 '헉의 모험은 가치가 있다고 생각하는가?'라는 논제를 제시하면서 당시 미국의 노예 제도와 인종차별 문제를 논의 주제로 삼음. 동시에 짐과 헉이 모험을 통해 자신을 발견하고 성장한다는 점과 그들이 현실에 안주하지 않고 자유를 추구한다는 점에서 미국의 개척 정신을 그대로 보여준다고 주장하며, 그 때문에 이 소설이 영미 문학 내에서 큰 가치를 지닌다고 설명함.

이처럼 소설 내의 이야기뿐 아니라 소설의 시대적 배경도 함께 분석하면서, 당시 미국 사회의 모습을 전반적으로 이해하며 문학작품을 다양하게 해석하는 창의성을 보여줌.

▸ 책의 내용을 문학 교과와 연관 지은 경우

'치숙(채만식)'을 배우면서 풍자 문학에 대해 관심을 갖게 됨. 특히 '풍자'의 역할이 당시 암울한 식민지 현실을 비판하기 위한 것이라는 점을 알고 이처럼 그 당시 사회의 현실을 풍자하고 있는 대표적인 미국의 풍자소설 '허클베리 핀의 모험(마크 트웨인)'을 읽고 문학작품을 분석하는 다양한 방법을 통해 풍자 문학의 기능을 확인함. 소설의 배경이 되는 1840년대 미국 남부의 시대적 상황을 조사하여 인종차별, 노예제가 당연시 되던 그 당시 상황들을 소설 속에서 보여주면서, 이 작품이 인간과 사회의 도덕성 및 사회의 부패된 가치를 풍자하였다고 분석함. 또한 사실적 언어나 농담, 방언과 욕을 활용한 독특한 문체로 생동감 있게 이야기를 전개한 점과 헉이라는 인물을 규범에 갇히지 않은 생명력 있는 인물로 표현한 점이 인상 깊었다고 평가함. 특히 헉이 노예 짐에게 왕이나 공작, 백작에 대해 설명해 주는 부분과 '걸리버 여행기'에서 영국 왕과 귀족, 사제들을 은근히 비판하던 부분을 발췌·비교하며 당시의 지배층에 대한 풍자를 분석하고 그 기능에 대해 자신의 생각을 밝힘. 이처럼 소설 속 풍자의 역할을 정확하게 이해하고 있을 뿐만 아니라 다양한 방법으로 문학작품을 이해하고 분석하는 모습을 함께 보여줌.

'허클베리 핀의 모험'의 전편인 '톰 소여의 모험'을 함께 읽고 톰은 가정과 학교, 교회라는 제도권의 보호를 받는 미국의 중산층을, 헉은 부모로부터 버려지지만 이에 굴하지 않고 자신의 삶을 개척하여 아메리칸 드림을 이룬 초기 이민자들을 상징하는 것이라고 해석함. 또한 톰은 자신이 생각한 이상을 구현하기 위해 무리하는 인물이지만, 헉은 현실 가능한 대안을 찾는 수동적인 태도를 가지고 있다며 그 배경을 성장 과정과 연결하여 분석함. 또한 책의 맨 앞장에 나오는 경고문을 필사하며 작가가 그러한 경고문을 쓴 이유를 생각해 보고, 문학작품의 본질적인 기능과 의미에 집중하여 작품을 다각도로 이해하는 적극적인 모습을 보임.

후속 활동으로 나아가기

▸ "미국의 모든 현대문학은 마크 트웨인이 쓴 《허클베리 핀의 모험》이라는 책 한 권에서 비롯되었다"고 어니스트 헤밍웨이는 말했다. 이 소설은 미국 현대 문학의 원류라는 소리를 듣는다. 이 소설의 무엇 때문에 이렇게 이야기하는 것일까?

▸ 이 책은 본문을 시작하기 전 첫 페이지에 경고문을 써 놓았다. "동기가 무엇인지 알려고 드는 자는 처형될 것이며 도덕적 교훈이 무엇인지 찾으려는 자는 추방될 것이며 작품의 플롯이 있는지 찾으려 하는 자는 총살당할 것이다." 이러한 경고문이 의미하는 것은 무엇일까? 마크 트웨인이 이렇게 써놓은 이유는 무엇일까?

▸ 헉은 그들의 뗏목생활에 합류한 왕과 공작이 사기꾼이라는 것을 금세 알아차렸는데 모르는 척 넘어가기로 했고 짐에게도 그 사실을 말하지 않았다. 왜 그런 결정을 했을까?

▸ 톰은 짐을 구출하는 과정에서 일을 좀 더 어렵게 풀어내야 제대로 하는 것이며 그렇기 때문에 계획을 좀 더 어렵게 짜야 한다고 말한다. 반면 헉은 쉽고 현실적인 방안을 선호한다. 두 가지 방법 가운데 누구의 방법이 더 마음에 드는가?

함께 읽으면 좋은 책

캐스린 스토킷, 《헬프》 문학동네, 2011.

하퍼 리, 《앵무새 죽이기》 열린책들, 2015.

마크 트웨인, 《톰 소여의 모험》 민음사, 2009.

콜슨 화이트헤드, 《니클의 소년들》 은행나무, 2020.

스테이시 리, 《아래층 소녀의 비밀 직업》 우리학교, 2023.

알렉스 캘리니코스, 《인종차별과 자본주의》 책갈피, 2020.

서른 번째 책

| | | | | | 호 | 밀 | 밭 | 의 | | 파 | 수 | 꾼 |

제롬 데이비드 샐린저 ▶ 민음사

성적도 나쁘고 친구, 교사와의 관계도 원만하지 않아 펜시 기숙
고등학교에서 쫓겨난 16살 주인공 홀든 콜필드가, 뉴욕을 거쳐 집
으로 돌아오기까지 겪은 며칠간의 일들을 독백 형식으로 담아낸
작품이 바로 이 소설《호밀밭의 파수꾼》입니다.

부유한 집안에서 태어난 주인공 홀든은 명문 사립 고등학교에 재
학 중이었는데 미성년임에도 불구하고 술과 담배를 즐겼고 5과
목 중 4과목에서 낙제를 받아 크리스마스를 앞두고 퇴학당하게 됩
니다. 심지어 이것은 네 번째 퇴학이었습니다.

홀든은 학교를 떠나기 전 역사 과목 담당인 스펜서 선생님을 찾

아가 작별 인사를 합니다. 그러나 선생님의 미래에 대한 걱정과 잔소리에 기분이 상하게 되고, 그 상황에서 가식과 위선으로 둘러싸인 교장 선생님의 모습이 떠올라 더욱 우울해집니다. 결국 그는 거짓말을 하고 그 자리를 떠납니다. 그 후 홀든은 기숙사로 돌아가 룸메이트인 스트라드레이터를 만나게 됩니다. 스트라드레이터는 홀든의 오랜 친구인 제인 갤러허와의 데이트를 준비하느라 홀든에게 작문 숙제를 부탁합니다. 홀든은 스트라드레이터가 데이트를 하는 동안 그의 숙제를 대신 해주면서 죽은 남동생 앨리를 떠올립니다. 그러면서 작문 숙제로 앨리의 야구 글러브를 묘사하는 글을 씁니다. 그런데 데이트에서 돌아온 스트라드레이터가 그 글을 읽고 형편없다며 화를 내자, 홀든은 분노에 휩싸여 그 작문을 찢어버립니다. 이에 스트라드레이터가 데이트 이야기를 하며 홀든을 약 올리자, 홀든은 그동안 참아왔던 감정을 터뜨리며 스트라드레이터와 몸싸움을 벌이고 결국 그날 밤 기숙사를 떠나 뉴욕으로 향합니다. 역에 내리자마자 그는 누군가와 이야기를 나누고 싶어져 공중전화 부스에 들어가 전화를 걸 사람을 떠올립니다. 하지만 한참을 망설이다가 결국 누구에게도 전화를 걸지 못한 그는 쓸쓸하게 전화 부스를 떠납니다. 택시를 탄 홀든은 뜬금없이 택시기사에게 센트럴 파크 남쪽 연못이 얼면 거기에 있던 오리는 다 어디로 가는지 묻습니다. 그러나 한겨울의 오리 따위에 관심이 없었던 기사는 그를 미친 사람 취급합니다. 그는 성인인 척하며 뉴욕의 호텔과 술집, 클럽을 전전하면서 다양한 사람들을 만납니다. 에드몬트 호텔에서는 우연히 맞은편 창문을 통해 여자 옷을 입은 채 거울을 쳐다보고 있는 남자를 보게 되고, 그 위층의 창을 통해서는 남자와 여자가 서로 번갈아가며 서로의 얼굴에 물을 내뿜는 모습을 보게 됩니다. 홀든은 호텔에 묵는 사람 중 정상적인 사람은 없다고 생각합니다. 유명한 피아니스트 어니가 연주하는 클럽에 가지만 그는 그의 연주가 가식적이라고 느끼며, 그곳에서 만난 손님들마저 모두 얼간이 같다고 생각하며 실망합니다. 호텔로 돌아온 그는 5달러만 내면 여자를 보내준다는 엘리베이터 보이의 말을 듣고 매춘을 시도합니다. 잠시 후 여자가 왔지만 홀든은 이야기만 나누다가 그 여자를 보냅니다. 하지만 엘리베이터 보이는 소개비가 원래는 10달러였다고 우기며 홀든을 폭행하고 돈을 갈취해 갑니다. 홀든의 눈에 비친 어른들의 세계는 이렇게 거짓과 폭력이 난무했습니다.

　허세를 부리며 돈을 쓰다 허탈감을 맛본 다음 날, 홀든은 자신이 진짜 연락하고 싶었던 제인 대신 샐리에게 만나자는 연락을 합니다. 데이트 장소로 가던 중 홀든은 한 가족에게 시선이 꽂힙니다. 자신의 여동생 피비에게 사다 줄 〈리틀 셜리 빈즈〉 음반을 사기 위해 레코드 가게를 찾고 있었는데 한 꼬마가 '호밀밭에 들어오는 사람을 잡는다면'이라는 노래를 흥얼거리고 있었기 때문입니다. 그리고 이상하게 그 순간만큼은 홀든의 우울함이 사라집니다. 홀든은 샐리를 만나 연극을 본 후 바에 갑니다. 그곳에서 그는 샐리에게 함께 떠나자고 말하지만 그녀는 현실적이지 않다는 이유로 거절합니다.

홀든은 호텔, 클럽, 술집처럼 순수의 세계에 속하지 않는 속물의 세계를 받아들이지 못합니다. 하지만 아이러니하게도 정작 자신은 학생 신분으로 끊임없이 담배를 피우고 술을 마시고, 수시로 여자들에게 집적대고, 속물이라고 생각하는 여자에게 사랑한다고 거짓으로 속삭입니다. 이상과 현실의 부조화로 인해 그의 내면에서는 끝없는 갈등이 일어나고 있었던 것입니다.

자신을 이해해 줄 사람을 찾던 홀든은 여동생 피비를 보기 위해 한밤중에 자신의 집으로 몰래 들어갑니다. 피비는 홀든을 반갑게 맞이하지만 홀든이 퇴학당했다는 것을 알아차리자 아빠가 오빠를 가만두지 않을 거라며 그에게 진정으로 하고 싶은 일이 무엇인지, 좋아하는 게 무엇인지 묻습니다. 피비의 질문에 홀든은 아이들이 재미있게 노는 호밀밭에서 그들이 절벽 아래로 떨어지지 않게 도와주는 파수꾼이 되고 싶다고 말합니다. 홀든은 사회적으로 강자인 사람들에게는 불성실하고 반항적인 모습으로 보이지만, 약자인 사람, 특히 아이들에게는 기꺼이 애정을 쏟는 모습을 보여줍니다. 피비는 홀든에게 자신의 크리스마스 용돈을 주고, 홀든은 자신의 빨간 모자를 그녀에게 줍니다.

홀든은 집을 나와 그동안 가장 좋은 선생님이라고 여기고 있었던 앤톨리니 선생님을 찾아갑니다. 선생님은 그의 이야기를 듣고 조언해주고 친절하게 대해 주면서 잠자리를 제공해 줍니다. 하지만 그날 밤 선생님에게 추행을 당하고 큰 충격을 받은 홀든은 선생님 집을 급하게 빠져나오면서 아무도 자신을 알지 못하는 서부로 떠나기로 마음먹습니다.

홀든은 떠나기 전 피비를 만나기 위해 학교로 찾아가는데, 그 학교 벽면에는 어린이들이 보면 안 될 욕이 적혀 있었습니다. 평소 욕을 입에 달고 살던 홀든은 그 낙서를 발견하자마자 지우기 시작합니다. 그리고 학교 옆 박물관 앞에서 피비를 기다립니다. 그 앞에 나타난 피비는 자신의 몸만 한 캐리어를 들고 홀든의 빨간 모자를 쓴채 자신도 데리고 가 달라고 말합니다. 오빠를 따라가겠다고 말하는 피비를 달래기 위해 동물원에 간 홀든은 피비에게 회전목마를 태워주고 그 모습을 물끄러미 바라봅니다. 그러던 중 갑자기 비가 내리기 시작하고, 모두가 회전목마 밑으로 들어가 비를 피하는데 홀든은 그러지 않습니다. 온몸이 다 젖은 채로 피비가 회전목마를 타는 것을 행복하게 지켜봅니다. 그리고 결국 피비를 위해 집을 떠나지 않기로 결정합니다. 한참 시간이 흐른 후, 정신과에서 치료를 받고 있는 듯한 홀든의 독백이 나오고, 이 치료가 끝나면 다른 학교로 전학 갈 것이라는 말로 소설은 마무리가 됩니다. 그의 짧았던 한

겨울의 방황은 이렇게 끝을 맺습니다.

　홀든은 왜 파수꾼이 되는 것이 자신의 꿈이라고 말했을까요? 엄격한 아버지, 신경이 예민한 어머니, 할리우드로 떠나버린 형, 죽은 남동생 등 믿어주고 보호해 주는 사람이 없는 상황에서 자기 자신에게도 자신을 지켜주는 파수꾼이 필요했던 것은 아니었을까요? 청소년의 시각으로 어른들을 들여다본, 어른들의 위선을 전면적으로 다룬 이 책을 통해 청소년기의 갈등과 성장을 깊이 있게 이해하는 시간을 가져보면 좋겠습니다.

도서 분야	외국고전	관련 과목	문학, 영어	관련 학과	교육학과, 심리학과, 영어영문학과

고전 필독서 심화 탐구하기

▸ 기본 개념 및 용어 살펴보기

주요 기본 개념 및 용어	
개념 및 용어	의미
콜필드 신드롬	주인공 홀든 콜필드처럼 위선적이고 가식적인 기성 사회체제 및 구조에 반항하고, 기존 질서에 도전하면서 본연의 가치와 순수를 찾으려는 시각을 가리키는 말이다. 이런 태도는, 관습적인 기존 사회체제에 대항하고 권위에 저항하는 1950년대 '비트 운동'의 기폭제가 되기도 하였다.
파수꾼	경계하면서 지키는 일을 하는 사람으로, 어떤 일을 한눈팔지 않고 성실하게 하는 사람을 비유적으로 이르는 말이다. 《호밀밭의 파수꾼》에서 '파수꾼'은 호밀밭에서 즐겁게 노는 아이들이 절벽으로 떨어지지 않도록 잡아주는 존재를 의미한다. 작품의 주제와 연관 지어 생각해 보았을 때 허위와 가식으로 가득 찬 어른의 세계(절벽)로 떨어지지 않도록 옆에서 도와주는 존재라고 볼 수 있다.

▸ 시대적 배경 및 사회적 배경 살펴보기

1951년에 출판된 이 소설은 당시 50년대 미국의 사회적, 문화적 상황을 그대로 드러내고 있다. 제2차 세계대전이 끝나고 엄청난 산업화가 이루어지면서 미국은 번영과 안정을 누렸지만 동시에 물질주의와 소비주의, 자본주의, 인종차별, 성차별 등 여러 문제가 미국을 지배하고 있었다. 그러나 사람들은 현재에 안주하면서 기존 체제가 안정되게 운영되기만 바라게 되었고 비판 없이 순응하며 사회를 따라가는 질서가 형성되었다. 이런 시대적 상황 속에서 작가는 소설 속 홀든을 통해 자신의 세대와 사회에 대한 저항과 반항의 태도를 드러내며 독자들에게 세상에 대한 새로운 시각과 비판의식을 가져야 함을 이야기하고 있다고 볼 수 있다.

현재에 적용하기

주인공 홀든이 성장 과정에서 겪는 세대 간 갈등이나 가족관계에서의 어려움을 따라가면서, 현재 청소년들이 직면하고 있는 다양한 문제들을 되돌아보고 극복해나갈 수 있는 방법에 대해 고민해 보자.

▸ 책의 내용을 진로 활동과 연관 지은 경우(희망 진로: 교육학과)

평소 교육 분야에 관심이 많아 관련 분야의 기사를 틈틈이 검색하고 스크랩하여 요약하는 습관을 가지고 있으며, 기사와 관련된 도서를 연계하여 읽고 독서기록을 꾸준히 함. <The Athlantic>에서 "What is good teaching?"이라는 제목의 기사를 읽고 내용을 요약함. 어떤 교육 방식이 학생들에게 좋은지에 대해 고민하다가 교육방식도 중요하지만 교육의 주체가 되는 학생의 심리를 정확하게 이해하는 것이 중요하다고 생각하여 청소년들이 직면하고 있는 심리상태와 문제를 그대로 드러낸 '호밀밭의 파수꾼(J.D.샐린저)'을 연계하여 읽음. 미국 10대 청소년들의 방황과 갈등 상황을 분석하여 그들의 정신적 혼란과 딜레마를 이해하려는 노력을 보이는 한편, 작품 속 주인공의 일상을 분석하면서 그의 갈등 원인을 파악함. 또한 작품 속에서 상징적인 의미를 가지고 있는 단어를 골라 그 상징의 의미들을 나름대로 해석하고 이를 바탕으로 "Where did the ducks go?"라는 제목으로 에세이를 작성하며 '오리'의 상징적 의미를 유추하고 홀든이 겪은 삶과 사회에 대한 혼란과 불안감의 원인을 정확하게 파악함. 동시에 예비 교사로서 가져야 할 자세와 교육적 시사점을 작품 속에서 이끌어 냄. 교육자로서 필요한 일상의 자세와 마음가짐을 고민한 끝에 '교사가 되기 위해 해야할 일'을 만다라트 차트로 정리하면서 진로를 위해 자신이 가져야 할 자질을 구체적으로 계획하고 실천하고자 하는 포부를 보임.

▸ 책의 내용을 영미문학읽기 교과와 연관 지은 경우

'문학으로 영어 즐기기'에 적합한 책을 탐색하던 중, 1999년 미국도서관협회가 발표한 '50권의 위대한 금서' 목록을 확인하고, 금서 목록 중 13위를 차지하였지만 현재는 미국 고등학생들의 필독서일 뿐 아니라 해마다 30만 부씩 팔리는 스테디셀러라는 점에 호기심이 생겨 '호밀밭의 파수꾼(J.D.샐린더)'을 원서로 읽음. 소설의 배경이 되었던 당시 미국 사회의 시대적 배경을 조사하고, 작가가 그 당시 청소년들이 겪었던 감정적 고통과 열등감을 소설 내에서 제대로 표현해냈지만 동시에 가족과 사회에 대한 불신, 배신감, 세상을 바라보는 모순적인 감정들도 담아내 세대 간 갈등의 원인이 되었다고 분석함. 또한 소설에서 자주 등장하는 old, and all 등의 단어들을 나름대로 해석하며 회화에 유용하게 사용할 수 있는 자신만의 팁을 정리하였으며 foil, grandstand와 같은 단어들이 자신이 알던 것과 다른 의미로 쓰인 것을 발견하고 사전에서 그 단어를 찾아보고, 새롭게 알게 된 단어 뜻을 정리함. 또한 작가가 선택한 단어들을 작품의 주제와 연관시켜 이해하고자 노력함. 주인공 홀든이 좋아했던 빨간 모자, 오리, 자연사 박물관, 회전목마, 야구 글로브 등의 키워드가 상징하는 바를 나름대로 해석해 냈고, 독후 활동으로 '홀든 콜필드의 3일'이라는 주제의 3페이지 미니북을 만들어 홀든이 경험한 3일간의 여정과 그때의 감정을 영어로 담아냄. 이로써 작품을 다양한 방식으로 이해하면서 작가가 작품을 통해 전하고자 하는 주제를 이해하고 공감하고 즐기는 모습을 보여줌.

후속 활동으로 나아가기

▸ 현재의 학창시절을 생각해 볼 때 홀든의 행동이나 생각에 공감되는 부분이 있는가? 혹은 크게 공감되지 않는 부분이 있는가?

▸ 홀든은 센트럴파크의 오리에 관심을 보이며 그것에 대해서 계속 이야기한다. 소설 속에서 오리가 의미하는 것은 무엇이라고 생각하는가?

▸ 이 소설은 1951년에 발표되었는데, 당시에 많은 논란을 불러왔다. 거친 욕설과 비도덕적인 내용을 담고 있다는 이유로 청소년 금서로 지정되기도 했으며, 비틀스의 멤버인 존 레논을 암살했던 마크 채프먼이 그 당시 이 책을 읽고 있었다는 게 밝혀지면서 다시 한 번 화제를 모으기도 했다. 범죄 당시 그는 왜 이 책을 거론했던 것일까? 무슨 이유에서 이 책에 그렇게 관심을 보였던 것일까? 그 이외의 다른 연쇄살인범들도 《호밀밭의 파수꾼》을 추종한 자들이 많았는데 그 이유는 무엇이라고 생각하는가?

함께 읽으면 좋은 책

헤르만 헤세, **《데미안》** 민음사, 2000.

잭 케루악, **《길 위에서》** 민음사, 2009.

헤르만 헤세, **《수레바퀴 아래서》** 민음사, 2001.

N.H.클라인바움, **《죽은 시인의 사회》** 서교출판사, 2004.

명문대 입학을 위해 반드시 읽어야 할

생기부 고전 필독서 30 | 외국문학 편 |

초판 1쇄 발행 2024년 11월 20일

지은이 권희린
펴낸이 민혜영
펴낸곳 데이스타
주소 서울시 마포구 월드컵로 14길 56, 3~5층
전화 02-303-5580 | **팩스** 02-2179-8768
홈페이지 www.cassiopeiabook.com | **전자우편** editor@cassiopeiabook.com
출판등록 2012년 12월 27일 제2014-000277호

ⓒ권희린, 2024
ISBN 979-11-6827-245-3 (43800)